雅舍杂文

梁实秋 著

山西出版传媒集团 山西人民出版社

图书在版编目（CIP）数据

雅舍杂文 / 梁实秋著 . -- 太原：山西人民出版社，2019.10

ISBN 978-7-203-10967-9

Ⅰ . ①雅… Ⅱ . ①梁… Ⅲ . ①杂文集－中国－现代 Ⅳ . ① I266.1

中国版本图书馆 CIP 数据核字 (2019) 第 142663 号

雅舍杂文

著　　　者：梁实秋
责任编辑：郝文霞
复　　　审：秦继华
终　　　审：姚　军
装帧设计：宋双成

出 版 者：山西出版传媒集团·山西人民出版社
地　　　址：太原市建设南路 21 号
邮　　　编：030012
发行营销：0351-4922220　4955996　4956039　4922127（传真）
天猫官网：http://sxrmcbs.tmall.com　电话：0351-4922159
E - m a i l：sxskcb@163.com 发行部
　　　　　　sxskcb@126.com 总编室
网　　　址：www.sxskcb.com

经 销 者：山西出版传媒集团·山西人民出版社
承 印 厂：三河市天润建兴印务有限公司

开　　　本：880mm×1230mm　1/32
印　　　张：10
字　　　数：200 千字
印　　　数：1-5000 册
版　　　次：2019 年 10 月第 1 版
印　　　次：2019 年 10 月第 1 次印刷
书　　　号：ISBN 978-7-203-10967-9
定　　　价：39.80 元

如有印装质量问题请与本社联系调换

目　录

第一辑　说东道西

3	流行的谬论
10	谈学者
13	谈时间
16	时间观念
17	时间即生命
19	闲暇
22	利用零碎时间
25	剽窃
27	谈考试
30	考生的悲哀
32	出了象牙塔之后
35	谈友谊
38	写信难
41	戒烟
43	送礼

47	升官图
50	代　沟
54	生　日
56	年　龄
59	新年献词
61	了生死
64	说　胖
67	模范男子
69	谈　谜
72	搬　家
76	房东与房客
79	住一楼一底房者的悲哀
82	市　容
85	吐痰问题
86	广　告
90	拥　挤
92	天　气
95	风　水
98	鸦　片

第二辑　谈书论艺

105	读书苦？读书乐？
113	影响我的几本书
125	漫谈读书

128	好书谈
131	学问与趣味
134	听戏、看戏、读戏
138	莎士比亚的演出
144	略谈莎士比亚作品里的鬼
147	莎士比亚的墓志
151	与莎翁绝交之后
156	略谈英文文法
158	"讨厌"与"可怜"
160	散文的朗诵
165	中国语文的三个阶段
168	作文的三个阶段
170	胡适之先生论诗
176	重印《西滢闲话》序
178	漫谈翻译
185	阿伯拉与哀绿绮思的情书
195	译英诗（六首）
213	《扫烟囱的孩子》
217	《忽必烈汗》
221	亲切的风格
224	纯文学
227	钱神论
230	书评（七则）
255	《国王不会错》
257	画梅小记

第三辑　修身养性

261	谈幽默
264	谈话的艺术
267	为什么不说实话
269	废　话
272	应酬话
273	沉　默
275	小声些
276	骂人的艺术
281	说　俭
283	廉
286	懒
289	勤
291	谈　礼
293	礼　貌
296	让
299	太随便了
300	养成好习惯
302	守　时
305	悲　观
306	义　愤
308	怒
310	快　乐
313	《誓还小品》读后

第一辑
说东道西

流行的谬论

有许多俚语俗谚,都是多少年来的经验与智慧累积锻炼而成的。简单的一句话,好像含着颠扑不破的真理。所以在言谈之间,常被摭引①,有时候比古圣先贤的嘉言遗训还更亲切动人。由于时代变迁,曩昔的金言有些未必可以奉为圭臬②,有些即使仍在流行,事实上也已近于谬论。如要举例,信手拈来就有下面几条:

一、树大自直

一个孩子,缺乏家教,或是父母溺爱,很容易变成性情乖张,恣肆无礼,稍长也许还会沾染恶习,自甘堕落。常言道:"三岁看小,七岁看老。"悲观的人就要认为这个孩子没有出息,长大了之后大概是败家子或社会上的蛀虫。有些人比较乐观(包括大多数父母在内),另有想法:"没关系,树大自直。""浪子回头金不换"的故事不是常有所闻吗?

树大会不会都能自直,我怀疑。山水画里的树很少是直的,多半是欹斜歪斜的,甚或是悬空倒挂的。"抚孤松而盘桓",那孤松不

---

① 摭(zhí)引:摘录,引用。
② 圭臬(guīniè):准则,法度。

歪不斜便很难去抚。景山上的那棵歪脖树，是天造地设的投缳①殉国的装备，至今也没有直起来。当然，山上的巨木神木都是直挺挺地矗立着的，一片片的杉木林全是栋梁之材，也没有一棵是弯曲的。这些树不是长大了才变直，而是生来就直。堂前栽龙柏，若无木架扶持，早晚会东倒西歪。

浪子回头的事是有的，但是不多，所以一有这种事情发生，便被人传诵，算是佳话。浪子而不回头者则比比皆是，没有人觉得值得齿及。没出息的孩子变得有出息，我们可以举出许多例子，而没出息的孩子一直没出息到底，则如恒河沙数。

树要修要剪，要扶要培。孩子也是一样。弯了的树不会自直，放纵坏了的孩子大概也不会自立。西谚有云："舍不得用板子，便会纵坏了孩子。"约翰逊博士不完全反对体罚，孩子的行为若是不正，在他身上肉厚的地方给几巴掌，他认为是最简捷了当的处理方法。

二、虱多不痒，债多不愁

晋王猛"扪虱而言，旁若无人"，固然是名士风流，无视权势。可是他的大布褂内长满了体虱（有无头虱阴虱我们不知道），那份奇痒难熬，就是没有多少经验的人也能想象得出。嵇康与山巨源绝交，也自称"性复多虱，把搔无已"，作为不堪"裹以章服揖拜上官"的理由之一。若说虱多不痒，天晓得！虱不生则已，生则繁殖甚速，孵化很快，虱愈多则愈痒，势必非"情麻姑痒处搔"不可。

对许多人而言，借贷是寻常事。初次向人告贷，也许带有几分忸怩，手心朝上，口将言而嗫嚅。既贷到手，久不能偿，心头不能不感到压力，不愁才怪！债愈多则压力愈大。债主逼上门来，无辞以对，处境尴尬，设若遇到索债暴徒，则不免当场挂彩。也许有人要说，近有以债养债

---

① 投缳（huán）：上吊，自缢。

之说,多方接纳,广开债源,债额愈大,则借贷愈易,于是由小债而变成大债,挹彼注此,左右逢源,最后由大债而变成呆账,不了了之。殊不知这种缺德之事也不是人尽能为,其人必长袖善舞而且寡廉鲜耻,随时担着风险,若说他心里坦然,无忧无虑,恐亦不然。又有人说,既不能偿,则走为上计。昔人有"债台高筑"之说,所谓债台即是逃债之台。如今时代进步,欲逃债可以远走高飞,到异乡做寓公,不必自己高筑债台,何愁之有?殊不知人非情急,谁也不愿效狗急之跳墙。身在外邦,也要藏藏躲躲,见不得人,我猜想他的那种生活也不是一个愁字了得。

有虱必痒,债多必愁。

三、老天爷饿不死瞎家雀儿

有人真相信"天地之大德曰生",对于一切有情之伦挣扎于濒死边缘好像视若无睹。人间有无法糊口者,有生而残障者,有遭逢饥馑、旱涝蝗灾,辗转沟壑者。他认为不必着慌,"船到桥头自然直",冥冥之中似有主宰,到头来大家都有饭吃。即使是一只瞎家雀也不会活生生地饿死。

谁说的!我在寒冷的北方就不止一次看到家雀从檐角坠下,显然是饥寒交迫而死的,不过我没有去验它是否瞎。我记得哈代有一首诗,题曰"提醒者",大意是说他在圣诞前夕正在准备过一个快乐的夜晚,忽见窗外寒枝之上落着一只小鸟,冻得直哆嗦,饿得啄食一个硬干果,一下子坠下去,像个雪球似的死了。他叹道,我难得刚要快活一阵,你竟来提醒我生活的艰难困苦!这是典型的悲观主义者哈代的一首小诗,他大概不知道我们的那句俗话"老天爷饿不死瞎家雀儿"。麻雀微细不足道,但是看看非洲在旱灾笼罩之下,多少人都成了饿殍,白骨黄沙,惨不忍睹,是人谋不臧[①],还是天降

---

① 人谋不臧(zāng):事情之所以失败,是由于人没有谋划好,与天时、地利无关。

鞫凶①？人在情急的时候，无不呼天抢地，天地会一伸援手吗？有些地方旱魃肆虐，忽然大雨滂沱，大家额手相庆，感谢上苍，没有想到雨水滋润了干土，蝗虫的卵得以在地下孵化，不久就构成了蝗灾。老天爷是何居心？

天生万物，相克相杀，没有地方讲理去，老天爷管不了许多。

四、好的开始便是成功的一半

这句话是从外语翻译过来的，很多人常把这句话挂在嘴边，未尝不是一句善颂善祷的话，当事人听了觉得很受用。但是再想一下，一个辉煌的开始便是百分之五十成功的保证，天下有这等便宜事？

《诗经·大雅·荡》："靡不有初，鲜克有终。"是比较平实的说法。我们国人做事擅长的一手是"五分钟热度"，在开始的时候激昂慷慨，铺张扬厉，好像是要雷厉风行，但是过不了多久，渐渐一切抛在脑后，虽然口里高唱"贯彻始终"，事实上常是有始无终。

参加赛跑的人，起步固然要紧，但最后胜利却系于临终的冲刺。最近看我们的一个球队参加国际比赛，开始有板有眼，好一阵子一直领先，但是后继无力，终落惨败。好的开始似乎无关最后的成败。

五、眼不见为净

老早有人劝我别吃烧饼，说烧饼里常夹有老鼠屎，我不信。后来我好奇，有一天掰开烧饼看看，赫然一粒老鼠屎在焉。"一粒老鼠屎搅坏一锅粥！"从此我有了戒心，不敢常吃烧饼。偶然吃一次，必先掰开仔细看看。

有人笑我过分小心。他的理论是：我们每天吃的东西种类繁多，

---

① 鞫凶：灾祸。

焉能一一亲自检视，大致不差也就是了，眼不见为净。人的肉眼本来所见有限，好多有毒的或无害的微生物都不是肉眼所能窥察得到的。眼见的未必净，眼不见的也未必不净。他这种说法好有一比。现代司法观念之一是：凡嫌犯之未能证实其为有罪之前，一律假设其为无罪。食物未经化验其为不净，似乎也可以认为它是净的。这种说法很危险，如果轻信眼不见为净，很可能吃下某些东西而受害不浅，重则致命，轻则缠绵病榻伏枕呻吟。

科学方法建立在几项哲学假设上面，其中之一是假设物质乃普遍一致。抽样检查之可靠性也是假立其全部品质都是一样的。我们除了信赖科学检验之外别无选择。俗话说"过水为净"，不失为可行，蔬菜水果之类多洗几遍即可减除其中残留的农药。不过食物不是都可以水洗的。

"眼不见为净"之说固不可盲从，所谓"不干不净，吃了没病"之说简直是荒谬。

六、伸手不打笑脸人

笑脸是不常见的。常见的是面皮绷得紧紧的驴脸、可以刮下一层霜的冷脸、好像才吞了农药下去的苦脸、睡眠不足的或是劬劳瘏悴①的病脸，再不就是满脸横肉的凶脸。所以我们偶然看见一张笑脸，不由得心生喜悦。那笑脸也许不是生自内心而自然流露，也许是为了某种需要而强作笑颜。脸不必笑得像一朵花，只要面部肌肉稍微放松，嘴角稍微咧开一点，就会给人以相当的舒适感。我一向相信，笑脸是人际关系中可以通行无阻的安全证。即使人在盛怒之中，摩拳擦掌，但是不会去打一个笑脸人，他下不去手。

最近看了报上一则新闻，开始觉得笑脸并不一定能保障一个人

---

① 劬（qú）劳瘏（tú）悴：劳累辛苦，疲惫憔悴。

的安全。赔笑脸有时还是免不了挨嘴巴,实属常有,我所见的这条新闻却不寻常。有一位不务正业而专走邪道的青年,有一天踉跄地回家,狼狈地伏在案头,一言不发。老母见状,不禁莞尔。这一笑,不打紧,不知年轻人是误会为讥笑、讪笑,或是冷笑,他上去对准老母胸前就是一拳。老母应拳而倒,一命归西!微微一笑引起致命的一拳。以后下文如何,不得而知。

人到了要伸手打人的时候,笑脸不但不足以御强拳,而且可以招致杀身之祸。但愿这是一条孤证。

七、吃一行,恨一行

"三百六十行,行行出状元。"这是说职业不分上下,每一行范围之内,一个人只要努力,不愁不能出人头地做到顶尖的位置。这也是劝勉人各就岗位奋斗向上,不要一味地"这山望着那山高"。究竟行还是有高低,犹山之有高低。状元与状元不同。西瓜大王不能与钢铁大王比,馄饨大王也不能和煤油大王比。

每一行都有它的艰难困苦,其发展的路常是坎坷多舛①的。投身到任何一个行当,只好埋头苦干。有人只看见和尚吃馒头,没看见和尚受戒,遂生羡慕别人之心,以为自己这一行只有苦没有乐,不但自己唉声叹气,恨自己选错了行,还会谆谆告诫他的子弟千万别再做这一行。这叫作"吃一行,恨一行"。

造出"吃一行,恨一行"这句话的人,其用心可能是劝勉大家安分守己,但是这句话也道出了无数人的无可奈何的心情。其实干一行应该爱一行才对。因为没有一行没有乐趣,至少一件工作之完满地完成便是无上乐趣。很多知道敬业的人不但自己满足于他的行当,而且教导他的子弟步武他的踪迹,被人称为"克绍箕裘"(比喻

---

① 舛(chuǎn):不顺遂。

能继承父祖的事业——编者注），其间没有丝毫恨意。

八、子不嫌母丑，狗不嫌家贫

狗是很聪明的动物，但不算太聪明。乞丐挂着一根杖，提着一个钵，沿门求乞，一条瘦狗寸步不离地跟随着他。得到一些残肴剩炙，人与狗分而食之。但是狗不会离开他，不会看到较好的去处便去趋就，所以说狗不算太聪明，虽然它有那么一分义气。

在儿女的眼光里，母亲应该是最美最可爱最可信赖最该受感激的一个人。人有丑的，母亲没有丑的。母亲可以老，但不会丑。从前有一首很流行的儿歌《乌鸦歌》，记得歌词是这样的："乌鸦乌鸦对我叫，乌鸦真真孝。乌鸦老了不能飞，对着小鸦啼。小鸦朝朝打食归，打食归来先喂母。'母亲从前喂过我！'"这是借乌鸦反哺来劝孝的歌，但是最后一句"母亲从前喂过我"实在非常动人，没有失去人性的人回想起"母亲从前喂过我"，再听了这句歌词，恐怕没有不心酸的。每个人大概都会为了他的母亲而感觉骄傲，谁会嫌他的母亲丑？

"狗不嫌家贫，子不嫌母丑"，话没有错。不过嫌贫爱富恐怕是人之常情，不嫌家贫这份美誉恐怕要让狗来独享。子嫌母丑的例子也不是没有。我就知道有两个例子，无独有偶。有两位受过所谓"高等教育"的人，家里宴见宾客，照例有两位衣服破敝的老妇捧茶出来，主人不予介绍，客人也就安然受之，以为那个老妪必是佣妇。久之才从侧面打听出来那老妪乃主人之生母。主人嫌其老丑，有失体面，认为见不得人，使之奉茶，废物利用而已。

狗不嫌家贫，并未言过其实。子不嫌母丑，对越来越多的人来说，有变为谬论的可能。

谈学者

在上一期的《文星》里看到居浩然先生的一篇文章，他把 scholarship 一词译成为"学格"。这一个词是不容易翻译得十分恰当的，因为它含义不太简单。从字面上讲，这个词分两部分，scholar+ship，其重心还是在前一半，ship 表示特征、性质、地位等。韦氏字典所下的定义是：character or qualities of a scholar；attainments in science or literature, formerly in classical literature；learning. 这一定义好像是很简单明了，但是很值得我们想一想。什么是学者的特征与性质呢？换言之，怎样才能是一个学者呢？居先生提出了三点：第一是诚实；第二是认真；第三是纪律。愿再补充申说一下。

学者以探求真理为目的，故不求急功近利。学者研究一个问题，往往是很小的而且很偏僻的问题，不惜以狮子搏兔的手段，小题大做，有时候像是迂腐可笑，有时候像是玩物丧志。这种研究可能发生很大的影响，或给人以重要的启示，但亦可能不产生什么实际的效果。在学者自身看来，凡是探求真理的努力都是有价值的，题目不嫌其小，不嫌其偏，但求其能有所发现，纵然终于不能有所发现，其探讨的过程仍然是有价值的。学者的态度是"无所为而为"的，是不计功利的。一个有志于学的人，我们只消看看他所研究的题目，就可以约略知道他是否有走上学问之途的希望。学者有时为了探讨真理，不惜牺牲其生命，不惜与权威抗争，不为利诱自然是更不待言的了。

小题大做并不是一件容易事。要小题大做需先尽力发掘前人研究的成果与过程；需先对此一小题所牵涉到的其他各方面的材料做一广泛的探讨，然后方能正式着手。题小，然后才能精到。可是这精到仍是建立在广博的基础之上。题目若是大，则纵然用功甚勤，仍常嫌肤泛①，可供通俗阅览，不能做专门参考。高谈义理，固然也是学问，不过若无切实的学识做后盾，便要流于空疏。题小而要大做，才能透彻，才能深入，才能巨细靡遗。所以学问之道是艰辛的。

学者有学者的尊严。他不屑于拾人涕唾，有所引证必注明出处，正文里不便述说则皆加脚注，最低限度引号是少不得的。凡是正式论文，必定脚注很多，这样可显示作者的功力与负责的态度。不注明出处，一方面是掠人之美，一方面是削弱了自己论证的力量。论文后面总是附有参考书目，从这书目也可窥见学者的素养。学者不发表正式论文则已，发表则必定全盘公布他的研究经过，没有一点夹带藏掖。

学者不肯强不知以为知。自己没有把握的材料，不但不可妄加议论，即使引述也往往失当，纰漏一出，识者齿冷。尝见文史作者，引证最新科学资料，或国学大师，引证外国文字，一知半解，引喻失当，自以为旁征博引，头头是道，实则暴露自己之无知与大胆，有失学者风度。

有了学者的态度，穷年累月地锲而不舍，自然有相当的造诣。但学者，永远是虚心的，偶有所得，亦不敢沾沾自喜，更不肯大吹大擂地目空一切，做小家子气。剑拔弩张的，火辣辣的，不是学者的气息，学者是谦冲的，深藏若虚的。

学者风度，中外一理。不过以我们的学校制度以及设备环境而论，我们要继续不断地一批批地培养学者，似乎甚有困难。以文字训练来说，现代文、古文、外国文都极重要，缺一不可，这只是工具的

---

① 肤泛：肤浅空泛。

训练,并不是学问本身,而我们的一般青年学子中能有几人粗备语言文字的根底?现在的大学很少有淘汰作用,一入大学,便注定可以毕业,敷衍松懈,在学问上无纪律之可言,上课钟点奇多,而每课都是稀松。到外国去留学的学生,一开学便叫苦连天,都说功课分量重,一星期上三门课便忙不过来。以此例彼,便可知我们的教育积弊之所在。我们的学者,绝大部分都是努力自修成功的,很少是学校机构培养出来的。这不是办法。国家不能等待着学者们自生自灭,国家需要有计划地培植青年学者,大量地生产,使之新陈代谢,日益精进。这不是一纸命令的事,也不是添设机构即可奏效,最要紧的莫过于稳定的生活与充足的设备。讲到学者的养成,所有的学术教育机构皆有责任。有人讥笑我们为文化沙漠,我们也大半自承学术气氛不足。须知现代的学者和从前的不同,从前的人可以焚膏继晷皓首穷经,那时候的学术领域比较狭窄,现代的人做学问不能抱残守缺,需要图书馆、实验室的良好设备来做辅助。我深感我们的高级学府培育人才,实际上是漫无目标,毕业出来的学生从事专门职业,则常嫌准备不足,继续研究做学问,则大部分根底也很差。这是很可虑的。

谈时间

希腊哲学家 Diogenes（第欧根尼）经常睡在一只瓦缸里，有一天亚历山大皇帝走去看他，以皇帝的惯用的口吻问他："你对我有什么请求吗？"这位玩世不恭的哲人翻了翻白眼，答道："我请求你走开一点，不要遮住我的阳光。"

这个家喻户晓的小故事，究竟含义何在，恐怕见仁见智，各有不同的看法。我们通常总是觉得那位哲人视尊荣犹敝屣，富贵如浮云，虽然皇帝驾到，殊无异于等闲之辈，不但对他无所希冀，而且亦不必特别地假以颜色。可是约翰逊博士另有一种看法，他认为应该注意的是那阳光，阳光不是皇帝所能赐予的，所以请求他不要把他所不能赐予的夺了去。这个请求不能算奢，却是用意深刻。因此约翰逊博士由"光阴"悟到"时间"，时间也者虽然也极为宝贵，却也是常常被人劫夺的。

"人生不满百"，大致是不错的。当然，老而不死的人，不是没有，不过期颐①以上不是一般人所敢想望的，数十寒暑当中，睡眠占去了很大一部分。苏东坡所谓"睡眠去其半"，稍嫌有一点夸张，大约三分之一总是有的。童蒙一段时期，说它是天真未凿也好，说它是昏昧无知也好，反正是浑浑噩噩，不知不觉；及至寿登耄耋，老悖聋瞑，甚至"佳丽当前，未能缱绻"，比死人多一口气，也没有多少生趣可

---

① 期颐：指百岁高龄的人需要颐养，后来代指人一百岁。

言。掐头去尾，人生所余无几。就是这短暂的一生，时间亦不见得能由我们自己支配。约翰逊博士所抱怨的那些不速之客，动辄登门拜访，不管你正在怎样忙碌，他都觉得宾至如归，这种情形固然令人啼笑皆非，我觉得究竟不能算是怎样严重的"时间之贼"。他只是在我们有限的资本上抽取一点捐税而已。我们的时间之大宗的消耗，怕还是要由我们自己负责。

有人说："时间即生命。"也有人说："时间即金钱。"二说均是，因为有人根本认为金钱即生命。不过细想一下，有命斯有财，命之不存，财于何有？有钱不要命者，固然实繁有徒，但是舍财不舍命，仍然是较聪明的办法。所以《淮南子》说："圣人不贵尺之璧而重寸之阴，时难得而易失也。"我们幼时，谁没有做过"惜阴说"之类的课艺？可是谁又能趁早体会到时间之"难得而易失"？我小的时候，家里请了一位教师，书房桌上有一座钟，我和我姐姐常乘教师不注意的时候把时钟往前拨快半个钟头，以便提早放学，后来被老师觉察了，他用朱笔在窗户纸上的太阳阴影画一痕迹，作为放学的时刻，这才息了逃学的念头。

时光不断在流转，任谁也不能攀住它停留片刻。"逝者如斯夫，不舍昼夜！"我们每天撕一张日历，日历越来越薄，快要撕完的时候便不免矍然以惊，惊的是又临岁晚，假使我们把几十册日历装为合订本，那便象征我们的全部的生命，我们一页一页地往下扯，该是什么样的滋味呢！"冬天来了，春天还会远吗？"可是你一共能看见几次冬去春来呢？

不可挽住的就让它去吧！问题在，我们所能掌握的尚未逝去的时间，如何去打发它，梁任公先生最恶闻"消遣"二字，只有活得不耐烦的人才忍心去"杀时间"。他认为一个人要做的事太多，时间根本不够用，哪里还有时间可供消遣？不过打发时间的方法，亦人各不同，士各有志。乾隆皇帝下江南，看见运河上舟楫往来，熙熙攘攘，顾问左右："他们都在忙些什么？"和珅侍卫在侧，脱口而出："无非名利二字。"这答案相当正确，我们不可以人废言。不过三代以下唯恐其不好名，大概名利二字当中还是利的成分大些。"人为财死，鸟为食亡。"时间即金钱之说仍属不诬。诗人华兹华斯有句：

> 尘世耗用我们的时间太多了，夙兴夜寐，
> 赚钱挥霍，把我们的精力都浪费掉了。

所以有人宁可遁迹山林，享受那清风明月，"侣鱼虾而友麋鹿"，过那高蹈隐逸的生活。诗人济慈宁愿长时间地守着一株花，看那花苞徐徐展瓣，以为那是人间至乐。嵇康在大树底下扬锤打铁，"浊酒一杯，弹琴一曲"；刘伶"止则操卮执觚，动则挈榼提壶"，一生中无思无虑其乐陶陶。这又是一种颇不寻常的方式。最彻底的超然的例子是《传灯录》所记载的"南泉师问陆亘曰：'大夫十二时中作么生？'陆曰：'寸丝不挂！'"寸丝不挂即是了无挂碍之谓，"本来无一物，何处染尘埃？"这境界高超极了，可以说是"以天地为一朝，万期为须臾"，根本不发生什么时间问题。

人，诚如波斯诗人奥玛·海亚姆所说，来不知从何处来，去不知向何处去，来时并非本愿，去时亦未征得同意，稀里糊涂地在世间逗留一段时间。在此期间内，我们是以心为形役呢？还是立德立功立言以求不朽呢？还是参究生死直超三界呢？这大主意需要自己拿。

时间观念

凡是大国的国民，做起事来，总要带些雍容闲适的态度，尤其是我们中国人，据说已经有了好几千年的历史，所以对于时间观念，不必一定要怎样十分地准确。

张先生今天晚上六点请你吃饭，他的意思是说，你八点再去，并不算迟。头脑稍微简单一些的，或许误会，误会张先生所谓六点即是六点。你也许自己估量着寿命有限，把时间看得认真一点，但是你不可不替别人打算，张先生也许还有两圈麻雀（此处指麻将——编者注）没有打完，李大人也许是正在衙门抽烟，王小姐也许还没倒干那瓶香水。你稀里糊涂地准时报到，那叫作热心过度。

自己把时间观念看得认真，这是傻瓜；希望别人心里也存有时间观念，那是双料傻瓜。所以向店铺购东西，你总不可希望限期交货，至少要预料出几桩意外的事，例如店铺老板忽然气绝，或是店伙突然中风，诸如此类的意外，都足以使他拖期。而这种意外的事，你一定要放在意中。

无论什么事，都要慢慢地做。与人要约，延误一小时两小时、一天两天，都是小意思。我们五千来年的历史就是这样过来的！

时间即生命

最令人触目惊心的一件事,是看着钟表上的秒针一下一下地移动,每移动一下就是表示我们的寿命已经缩短了一部分。再看看墙上挂着的可以一张张撕下的日历,每天撕下一张就是表示我们的寿命又缩短了一天。因为时间即生命。没有人不爱惜他的生命,但很少人珍视他的时间。如果想在有生之年做一点什么事,学一点什么学问,充实自己,帮助别人,使生命有意义,不虚此生,那么就不可浪费光阴。这道理人人都懂,可是很少有人真能积极不懈地善于利用他的时间。

我自己就是浪费了很多时间的一个人。我不打麻将,我不经常听戏看电影,几年中难得一次,我不长时间看电视,通常只看半小时,我也不串门子闲聊天。有人问我:"那么你大部分时间都做了些什么呢?"我痛自反省,我发现,除了职务上的必须及人情上所不能免的活动之外,我的时间大部分都浪费了。我应该集中精力,读我所未读过的书,我应该利用所有时间,写我所要写的东西,但是我没能这样做。我好多的时间都稀里糊涂地混过去了,"少壮不努力,老大徒伤悲"。

例如,我翻译莎士比亚,本来计划于课余之暇每年翻译两部,二十年即可完成,但是我用了三十年,主要的原因是懒。翻译之所以完成,主要是因为活得相当长久,十分惊险。翻译完成之后,虽然仍有工作计划，但体力渐衰，有力不从心之感。假使年轻的时候鞭策自己，如今当有较好或较多的表现。然而悔之晚矣。再例如，作为一个中国人，经书不可不读。我年过三十才知道读书自修的重要。我批阅，我圈点，但是恒心不足，时作时辍。"五十以学《易》，可以无大过矣"，我如今年过八十，还没有接触过《易经》，说来惭愧。史书也很重要。我出国留学的时候，我父亲买了一套同文石印的前四史，塞满了我的行箧的一半空间，我在外国混了几年之后又把前四史原封带回来了。直到四十年后才鼓起勇气读了《通鉴》一遍。现在我要读的书太多，深感时间有限。无论做什么事，健康的身体是基本条件。我在学校读书的时候，有所谓"强迫运动"，我踢破过几双球鞋，打断过几支球拍。因此侥幸维持下来最低限度的体力。老来打过几年太极拳，目前则以散步活动筋骨而已。寄语年轻朋友：千万要持之以恒地从事运动，这不是嬉戏，不是浪费时间。健康的身体是做人做事的真正本钱。

闲　暇

英国十八世纪的笛福，以《鲁滨逊漂流记》一书闻名于世，其实他写小说是在近六十岁才开始的，他以前的几十年写作差不多全是以新闻记者的身份所写的散文。最早的一本书——一六九七年刊行的《设计杂谈》(*An Essay Upon Projects*) 是一部逸趣横生的奇书，我现在不预备介绍此书的内容，我只要引其中的一句话："人乃是上帝所创造的最不善于谋生的动物；没有别的一种动物曾经饿死过；外界的大自然给它们预备了衣与食；内心的自然本性给它们安设了一种本能，永远会指导它们设法谋取衣食；但是人必须工作，否则就要挨饿，必须做奴役，否则就得死；他固然是有理性指导他，很少人服从理性指导而沦于这样不幸的状态；但是一个人年轻时犯了错误，以致后来颠沛困苦，没有钱，没有朋友，没有健康，他只好死于沟壑，或是死于一个更恶劣的地方——医院。"这一段话，不可以就表面字义上去了解，须知笛福是一位"反语"大师，他惯说反话。人为万物之灵，谁不知道？事实上在自然界里一大批一大批饿死的是禽兽，不是人。人要适合于理性的生活，要改善生活状态，所以才要工作。笛福本人是工作极为勤奋的人，他办刊物、写文章、做生意，从军又服官①，一生忙个不停。就是在这本《设计杂谈》里，他也提出了许多高瞻远瞩的计划，像预言一般后来都一一实现了。

① 服官：为官，做官。

人辛勤困苦地工作，所为何来？夙兴夜寐，胼手胝足①，如果纯是为了温饱像蚂蚁、蜜蜂一样，那又何贵乎做人？想起罗马皇帝马可·奥勒留的一段话：

在天亮的时候，如果你懒得起床，要随时作如是想："我要起来，去做一个人的工作。"我生来就是为了做那工作的，我来到世间就是为了做那工作的，那么现在就去做那工作又有什么可怨的呢？我既是为了这工作而生的，那么我应该蜷卧在被窝里取暖吗？"被窝里较为舒适呀。"那么你是生来为了享乐的吗？简言之，我且问你，你是被动地还是主动地要有所作为？试想每一个小的生物，每一只小鸟、蚂蚁、蜘蛛、蜜蜂，它们是如何地勤于劳作，如何地克尽厥职，以组成一个有秩序的宇宙。那么你可以拒绝去做一个人的工作吗？自然命令你做的事还不赶快地去做吗？"但是一些休息也是必要的呀。"这我不否认。但是根据自然之道，这也要有个限制，犹如饮食一般。你已经超过限制了，你已经超过足够的限量了。但是讲到工作你却不如此了；多做一点你也不肯。

这一段策励自己勉力工作的话，足以发人深省，其中"以组成一个有秩序的宇宙"一语至堪玩味。使我们不能不想起古罗马的文明秩序是建立在奴隶制度之上的。有劳苦的大众在那里辛勤地劳作，解决了大家的生活问题，然后少数的上层社会人士才有闲暇去做"人的工作"。大多数人是蚂蚁、蜜蜂，少数人是人。做"人的工作"需要有闲暇。所谓闲暇，不是饱食终日无所用心之谓，是免于蚂蚁、蜜蜂般的工作之谓。养尊处优，嬉邀惰慢，那是蚂蚁、蜜蜂之不如，还能算人！靠了逢迎当道，甚至为虎作伥，而猎取一官半职或是分享一些残羹剩饭，那是帮闲或是帮凶，都不是人的工作。奥勒留推

---

① 胼（pián）手胝（zhī）足：手和脚都磨出老茧，形容十分辛勤劳苦。

崇工作之必要,话是不错,但勤于劳作亦应有个限度,不能像蚂蚁、蜜蜂那样地工作。劳动是必须的,但劳动不应该是终极的目标。而且劳动亦不应该由一部分人负担而令另一部分人坐享其成果。

人类最高理想应该是人人能有闲暇,于必须的工作之余还能有闲暇去做人,有闲暇去做人的工作,去享受人的生活。我们应该希望人人都能属于"有闲阶层"。有闲阶层如能普及于全人类,那便不复是罪恶。人在有闲的时候才最像是一个人。手脚相当闲,头脑才能相应地忙起来。我们并不向往六朝人那样萧然若神仙的样子,我们却企盼人人都能有闲暇去发展他的智慧与才能。

利用零碎时间

英国有一位政治家兼作者威廉·考贝特（William Cobbett, 1762-1835）。他写过一本书《对青年人的劝告》，其中有一段"利用零碎时间"，如下：

文法的学习并不需要减少办事的时间，也不需要占去必需的运动时间。平常在茶馆咖啡馆用掉的时间以及附带着的闲谈所用掉的时间——亦即一年中所浪费掉的时间——如果用在文法的学习上，便会使你在余生中成为一个精确的说话者与写作者。你们不需要进学校，用不着课室，无须费用，没有任何麻烦的情形。我学习文法是在每日赚六便士当兵的时候。床的边沿或岗哨铺位的边沿便是我研习的座位，我的背包便是我的书架子，一小块木板放在腿上便是我的写字台，而这工作并没有用掉一整年的工夫。我没钱去买蜡烛油；在冬天除了火光以外我很难得在夜晚有任何照光，而那也只好等到我轮值时才有。

如果我在这种情形之下，既无父母又无朋友给我以帮助与鼓励，居然能完成这工作，那么任何年轻人，无论多穷苦，无论多忙，无论多缺乏房间或方便，可有什么可借口呢？为了买一支笔或一张纸，我被迫放弃一部分粮食，虽然是在半饥饿状态中。在时间上没有一刻钟可以说是属于我自己的；我必须在十来个最放肆而又随便的人之高谈阔论歌唱嬉笑吹哨吵闹当中阅读写作，而且是在他们毫无顾忌的时间里。莫要轻视我偶尔花掉的买纸笔墨水的那几文钱。那几文钱对于我是一笔巨款！除了为我们上市购买食物所费之外，我们每人每星期所得不过是两便士。我再说一遍，如果我能在此种情形之下完成这项工作，世界上可能有一个青年能找到借口说办不到吗？哪一位青年读了我这篇文字，若是还说没有时间没有机会研习这学问中最重要的一项，他能不羞惭吗？

以我而论，我可以老实讲，我之所以成功，得力于严格遵守我在此讲给你们听的教条者，过于我的天赋的能力；因为天赋能力，无论多少，比较起来用处较少，纵然以严肃和克己来相辅，如果我在早年没有养成那爱惜光阴之良好习惯。我在军队获得非常快的擢升，有赖于此者胜过其他任何事物。我是"永远有备"：如果我在十点要站岗，我在九点就准备好了；从来没有任何人或任何事在等候我片刻时光。年到二十岁，从上等兵立刻升到军士长，越过了三十名中士，应该成为大家忌恨的对象；但是早起的习惯以及严格遵守我讲给你们听的教条，确曾消灭了那些忌恨的情绪，因为每个人都觉得我所做的乃是他们所没有做的而且是他们所永不会做的。

考贝特这个人是工人之子，出身寒微，早年在美洲从军，但是他终于因苦读自修而成功，他写了不少的书，其中有一部是《英文文法》。

常有人问我：你大部分时间用在什么上面？我回答说：我的大部分时间浪费掉了。这并非是矫情。的确，大部分时间是未加利用，浑浑噩噩地消磨掉了，所以一事无成老大伤悲。我又常听人说，他想读一点书，苦于没有时间。我不同情他，因为一个人不管多么忙，总不至于忙得抽不出一点时间。如果每日抽出一小时读书，一年就有三百六十五小时，十年就有三千六百五十小时。积少成多，何事不可为？放翁诗有"呼童不应自生火，待饭未来还读书"之句，我曾写了张贴在壁上，鞭策自己不要浪费"待饭未来"的那一段光阴。我的子女也无意中受到影响，待饭的时间人手一卷。这就是利用零碎时间之一道。古人所谓"马上、枕上、厕上"三上之功，其立意也无非是如此。

西人有度周末之说，工商界人士一周劳瘁，到周末游憩，亦我国休沐①之意，无可厚非。读书人似应仍以"焚膏油以继晷，恒兀兀以穷年"为圭臬。零碎时间不可浪费，矧周末大好时光，竟杀之而后快？

---

① 休沐：休息沐浴，意指休假。

剽　窃

顾亭林《日知录》卷二十有这样一段：

凡述古人之言，必当引其立言之人。古人又述古人之言，则两引之。不可袭以为己说也。《诗》曰："自古在昔，先民有作。"程正叔传《易·未济》"三阳皆失位"而曰："斯义也，闻之成都隐者。"是则时人之言，而亦不敢没其人。君子之谦也。然后可与进于学。

他的意思是说：引述古人的言论，要说明那古人是谁。如果古人又引述另一古人的言论，两个古人的姓名都要说明。不可以把古人的议论当作是自己的。《诗经》(《商颂·那》)说："从前古时候，已经有人这样做过。"程正叔（颐）作《易传》，讲到"未济、三阳皆失位"，特别声明这个说法是从成都一位隐者听来的。可见纵非古人，而是时人，也不可埋没他。这是君子谦逊的态度。能做到这个地步，然后才可讲到做学问。

这一段文章的标题是"述古"，但未限于古，对时人也一样地提到了。他警诫初学的人，为文不可剽窃。他人之美，不可据为己有，并且说这是为学的初步，可谓语重心长。

做硕士论文或博士论文的人，一定受过指导教授的谆谆叮嘱，选题要慎重，要小题大做，搜集资料要巨细靡遗，对于前人的有关著作要尽量研读，引用前人的言论要照录原文，加上引号，在脚注里注明出处，包括版本、年月、页数。按照这些指导原则写出来的论文，大概都有相当的分量。这样的论文，从表面上看，几乎每页都有相当多的脚注，密密麻麻地排在页底，这就说明了作者下过不少功夫，看过不少书，而且老老实实地引证别人的文字而未据为己有。这种论文，本来无须什么重大的发明创见，只要作者充分了解他的勤恳治学的态度，也就可以及格了。这种态度，英文叫作 intellectual honesty（学术上的诚实），不只硕士博士论文需要诚实，一切学术性文字都必须具备这种美德。

有人以为这种严谨诚实的作风是西方人治学的态度，这就不大合于事实。上引顾亭林《日知录》的一段文字，即足以证明我们中国学者早已注意到这个问题。

剽窃者存有一种侥幸的心理，以为古今中外的图书浩如烟海，偶然偷鸡摸狗，未必就会东窗事发。一般人怕管闲事，纵有发现也不一定会挺身检举。举例来说，从前大陆上出版的图书，此间不易见到。但是偶然也有一些渗漏进来。剽窃者得之如获至宝，放心大胆地抄袭，大段大段、整页整页地、一字不易地照抄不误。也有较为狡黠者，利用改头换面移花接木的手法，加以粉饰。但是起先不易得的图书，现在有不少大量翻印流通了，有心人在对比之下就不难发现其中的雷同之处。穿窬[①]扒窃之事，未必都能破案，可是一旦被人逮住，就斯文扫地，无可辩解。这种事不值得做。

著书立说，古人看作一件大事，名之为立言，为太上三不朽之一。后来时势不同，煮字疗饥之说不能不为大家所接受。迨至晚近，从事写作的人常自贬为"爬格子的动物"了。但是不管古今有多少变化，有一条铁则当为大家所共守：不可剽窃。

[①] 穿窬（yú）：钻洞和爬墙，多指偷窃。

谈考试

少年读书而要考试,中年做事而要谋生,老年悠闲而要衰病,这都是人生苦事。

考试已经是苦事,而大都是在炎热的夏天举行,苦上加苦。我清晨起身,常见三面邻家都开着灯弦歌不辍;我出门散步,河畔田埂上也常见有三三两两的孩子们手不释卷。这都是一些好学之士吗?也不尽然。我想其中有很大一部分是在临阵磨枪。尝闻有"读书乐"之说,而在考试之前把若干知识填进脑壳的那一段苦修,怕没有什么乐趣可言。

其实考试只是一种测验的性质,和量身高体重的意思差不多,事前无须恐惧,临事更无须张皇。考的时候,把你知道的写出来,不知道的只好阙疑,如是而已。但是考试的后果太大了。万一名在孙山之外,那一份落第的滋味好生难受,其中有惭恶,有怨恨,有沮丧,有悔恨,见了人羞答答,而偏有人当面谈论这回事。这时节,人的笑脸都好像是含着讥讽,枝头鸟啭都好像是在嘲弄,很少人能不顿觉人生乏味。其后果犹不止于此,这可能是生活上一大关键,眼看着别人春风得意,自己从此走向下坡。考试的后果太重大,所以大家都把考试看得很重。其实考试的成绩,老早地就由自己平时读书时所决定了。

人苦于不自知。有些人根本无须去受考试的煎熬,但存一种侥幸心理，希望时来运转，一试得授。上焉者临阵磨枪，苦苦准备；中焉者揣摩试题，从中取巧；下焉者关节舞弊，浑水捞鱼。用心良苦，而希望不大。现代考试方法，相当公正，甚少侥幸可能。虽然也常闻有护航顶替之类的情形，究竟是少数的例外。<u>如果自知仅有三五十斤的体重，根本就不必去攀到千斤大秤的钩子上去吊。贸贸然去应试，只是凑热闹，劳民伤财，为别人做垫脚石而已。</u>

对于身受考试之苦的人，我是很同情的。考试的项目多，时间久，一关一关地闯下来，身上的红血球不知要死去多少千万。从前科举考场里，听说还有人在夜里高喊："有恩的报恩，有怨的报怨！"那一股阴森恐怖的气氛是够吓人的。真有当场昏厥、疯狂、自杀的！现代的考场光明多了，不再是鬼影幢幢，可是考场如战场，还是够紧张的。我有一位同学，最怕考数学，一看题目纸，立即脸上变色，浑身寒战，草草考完之后便佝偻着身子回到寝室去换裤子！其神经系统所受的打击是可以想象的！

受苦难的不只是考生。主持考试的人也是在受考验。先说命题，出题目来难人，好像是最轻松不过，但亦不然。千目所视，千手所指，是不能掉以轻心的。我记得我的表弟在二十八年前投考北平一个著名的医学院，国文题目是"卞壶不苟时好论"，全体交了白卷。考医学院的学生，谁又读过《晋书》呢？甚至可能还把"卞壶"读作"便壶"了呢。出这题目的是谁，我不知道，他此后是否仍然心安理得地继续活下去，我亦不知道。大概出题目不能太僻，亦不能太泛。假使考留学生，作文题目是"我出国留学的计划"，固然人人都可以诌出一篇来，但很可能有人早预备好一篇成稿，这样便很难评分而不失公道。出题目而要恰如分际，不刁钻，不炫弄，不空泛，不含糊，实在很难。在考生挥汗应考之前，命题的先生早已汗流浃背好几次了。再说阅卷，那也可以说是一种灾难。真的，曾有人于接连十二天阅卷之后，吐血而亡，这实在应该比照阵亡例议恤。阅卷百苦，尚有一乐，荒谬而可笑的试卷常常可以使人绝倒，四座传观，粲然皆笑，精神为之一振。我们不能不叹服，考生中真有富于想象力的奇才。最令人不愉快的卷子是字迹潦草的那一类，喻为涂鸦，还嫌太雅，简直是墨盒里的蜘蛛满纸爬！有人在宽宽的格子中写蝇头小字，也有人写一行字要占两行，有人全页涂抹，也有人曳白。像这种不规则的试卷，在饭前阅览，犹不过令人蹙眉；在饭后阅览，则不免令人恶心。

有人颇艳羡美国大学之不用入学考试。那种免试升学的办法是否适合我们的国情，是一个问题。据说考试是我们的国粹，我们中国人好像自古以来就是"考省不倦"的。考试而至于科举可谓登峰造极，三榜出身乃是唯一的正规出路。至于今，考试仍为五权之一。考试在我们的生活当中已成为不可少的一部分。英国的卡莱尔在他的《英雄与英雄崇拜》里曾特别指出，中国的考试制度，作为选拔人才的方法，实在太高明了。所谓政治学，其要义之一即是如何把优秀的分子选拔出来放在社会的上层。中国的考试方法，由他看来，是最聪明的方法。照例，外国人说我们的好话，听来特别顺耳，不妨引来自我陶醉一下。平心而论，考试就和选举一样，属于"必需的罪恶"一类，在想不出更好的办法之前，考试还是不可废的。我们现在所能做的，是如何改善考试的方法，要求其简化，要求其合理，不要令大家把考试看作为戕贼身心的酷刑！

听，考场上战鼓又响了，由远而近！

考生的悲哀

我是一个投考大学的学生,简称曰考生。

常言道,生、老、病、死,乃人生四件大事。就我个人而言,除了这四件大事之外,考大学也是一个很大的关键。

中学一毕业,我就觉得飘飘然,不知哪里是我的归宿。"上智与下愚不移。"我并不是谦逊,我非上智,考大学简直没有把握,但我也并不是狂傲,我亦非下愚,总不能不去投考。我惴惴然,在所能投考的地方全去报名了。

有人想安慰我,有人想恫吓我,有人说风凉话:"考学校的事可真没有准,全凭运气。"这倒是正道着了我的心情。我正是要碰碰运气。也许有人相信,考场的事与父母的德行祖上的阴功坟地的风水都很有关系,我却不愿因为自己考学校而连累父母祖坟,所以说我是很单纯地碰碰运气,试试我的流年。

话虽如此,我心里的忐忑不安是与日俱增的。我把铅笔修得溜尖,锥子似的。墨盒里加足了墨汁。自来水笔灌足了墨水,外加墨水一瓶。三角板、毛笔、橡皮……一应俱全。

一清早我到了考场,已经满坑满谷的都是我的难友,一个个的都是神头鬼脸,龇牙咧嘴的。

听人说过,从前科举场中,有人喊:"有恩的报恩,有怨的报怨!"我想到这里,就毛骨悚然。考场虽然是很爽朗,似也不免有些阴森之气。万一有个鬼魂和我过不去呢？

题目试卷都发下来了。我一目十行，先把题目大略地扫看一遍。还好，听说从前有学校考国文只有一道作文题目，全体交了白卷，因为题目没人懂，题目好像是"卞壶不苟时好论"，典出《晋书》。我这一回总算没有遇见"卞壶"，虽然"井儿""明儿"也难倒了我。有好几门功课，题目真多，好像是在做常识试验。试场里只听得沙沙地响，像是蚕吃桑叶。我手眼并用，笔不停挥。

"啪"的一声，旁边一位朋友的墨水壶摔了，溅了我一裤子蓝墨水。这一点也不稀奇，有必然性。考生没有不洒墨水的。有人的自来水笔干了，这也是必然的。有人站起来大声问："抄题不抄题？"这也是必然的。

考场大致是肃静的。监考的先生们不知是怎样选的，都是目光炯炯，东一位，西一位，好多道目光在试场上扫来扫去，有的立在台上高瞻远瞩，有的坐在空位子上做埋伏，有的巡回检阅，真是如临大敌。最有趣的是查对照片，一位先生给一个考生相面一次，有时候还需要仔细端详，验明正身而后已。

榜？不是榜！那是犯人的判决书。

榜上如果没有我的名字，我从此在人面前要矮下半尺多。我在街上只能擦着边行走。我在家里只能低声下气地说话。我吃的饭只能从脊梁骨下去。不敢想。如果榜上有名，则除了怕嘴乐得闭不上之外当无其他危险。明天发榜，我这一夜没睡好，直做梦，竟梦见范进。

天亮，报童在街上喊："买报瞧！买报瞧！"我连爬带滚地起来，买了一张报，打开一看，蚂蚁似的一片人名，我闭紧了嘴，怕心脏从口里跳出来，找来找去，找到了，我的名字赫然在焉！只听得，"扑通"一声，心像石头一般落了地。我和范进不一样，我没发疯，我也不觉得乐，我只觉得麻木空虚，我不由自主地从眼里迸出了两行热泪。

出了象牙塔之后

十五年前,我还是一个没有成熟的青年。那时候我是艺术至上主义的信仰者,我觉得最丑恶的是实际人生,最美的生活是逃避现实,所以对于文学艺术产生了浓厚的兴趣。我爱李义山的诗,因为他绮丽;我爱拜伦、雪莱,因为他们豪放、超脱、浪漫。我喜欢看图画,喜欢弄音乐,喜欢月夜散步,喜欢湖旁独坐,喜欢写情诗,喜欢发感慨。我厌恨社会科学,厌恨自然科学,厌恨商人,厌恨说教的道学家,厌恨空虚的宗教。用近代术语来说,我当时该是一个所谓"文学青年"。偶检书笥,发现当时译的一首法国象征派诗人波德莱尔的散文诗,是曾发表在当时学校的周刊上的,译文是这样的:

永久的陶醉。别的事都无足轻重:这是唯一的问题。

假如你不愿,感觉那"时间"的可怖的担负压在你的肩上并且挤迫你到这个尘世,那么就去继续地酩酊大醉。

凭什么去醉呢?凭酒,凭诗。或是凭品德,任随你的便。必要去醉。

假如有时在宫殿的台阶上,或在沟渠的绿岸上,或在你自己屋里可怕的孤独里,你神志清醒了,或醉醒退减了一半或全部,试问一问风,或浪,或星,或鸟,或钟,或一切能飞的,叹的,动摇的,唱的,说的,现在是什么时候;风,浪,星,鸟,钟,将要答你:"这是陶醉的时候!陶醉啊,假如你不愿做'时间'的殉死的奴隶;继续地酹酊啊！以酒，以诗，以品德，任随你便。"

译文有无错误，且不去管，却表示了我当时的心情，我当时觉得这诗道出了我自己内心的苦闷。现在我看着，觉得汗颜。但因此我也就能了解一些现代"文学青年"之趋向于逃避现实。十五年前我自己也便是这样的！一个人的年纪把一个人的心情改变得多么厉害！也许有人说，你从前的幼稚确是真，你现在的成熟确是假。我不这样想，我以为这是时间之无情的手段所酿成的变化。从前的逃避现实是许多人所不能避免的一个阶段，从逃避现实到正视人生也是一个不能避免的转移。不记得听谁说过："一个人若在年轻时候不是无政府主义者，这个人没有出息；一个人若在成年之后仍然是一个无政府主义者，这个人也是没有出息！"这是就政治思想而言。我想在文学上亦然。一个人在年轻时候若不是"为艺术而艺术"的信仰者，这个人没有出息；一个人若是到了成年之后还主张"为艺术而艺术"，这个人也没有出息！

但是现代的青年，却很少有逃避现实的趋向。现代而高谈象征主义的倒是一些中年的人。现在的青年被另外一种时尚所诱惑了。现在的青年的口头禅是斗争，是辩证法，是唯物论，是革命，在文学的领域以内亦然。当然现在的中国和十五年前的中国，环境是不同的。但是我们得承认，无论辩证法唯物论这一套是如何如何的正确，无论青年人放弃了那逃避现实的倾向是如何的可庆幸，这种"少年老成"的现象究竟是环境逼出来的，究竟是不自然的。现代青年人比从前的青年人知道正视人生，知道注意国家社会的情形，这是可喜的。然而从另一方面看，环境逼得青年人早熟，环境逼得青年人老早地就摆脱了孩子气，老早地就变得老成，这也不是合乎我们理想的事。当然，谁也不愿再把现代青年打发回"象牙塔"，然而"象牙塔"原也是人生过程中之一个驻足的所在，现在青年没有工夫在那塔里流连,一下子就被扯了出来,扯到惊涛骇浪的场面里去了。

然而最令人心里惊异的是,早已到了该出"象牙塔"的年龄的人,偏偏有些位还不出来,还在里面流连迷恋着!还想把所有的人都往这塔里招!

谈友谊

朋友居五伦之末,其实朋友是极重要的一伦。所谓友谊实即人与人之间的一种良好的关系,其中包括了解、欣赏、信任、容忍、牺牲……诸多美德。如果以友谊做基础,则其他的各种关系如父子夫妇兄弟之类均可圆满地建立起来。当然父子兄弟是无可选择的永久关系,夫妇虽有选择余地,但一经结合便以不再仳离①为原则,而朋友则是有聚有散可合可分的。不过,说穿了,父子夫妇兄弟都是朋友关系,不过形式性质稍有不同罢了。严格地讲,凡是充分具备一个好朋友的条件的人,他一定也是一个好父亲、好儿子、好丈夫、好妻子、好哥哥、好弟弟。反过来亦然。

我们的古圣先贤对于交友一端是甚为注重的。《论语》里面关于交友的话很多。在西方亦是如此。罗马的西塞罗有一篇著名的《论友谊》。法国的蒙田、英国的培根、美国的爱默生,都有论友谊的文章。我觉得近代的作家在这个题目上似乎不大肯费笔墨了。这是不是叔季之世②友谊没落的象征呢?我不敢说。

古之所谓"刎颈交",陈义过高,非常人所能企及。如 Damon 与 Pythias, David 与 Jonathan,怕也只是传说中的美谈吧。就是把友谊的标准降低一些,真正能称得起朋友的还是很难得。试想一想,

---

① 仳(pǐ)离:夫妻分离。
② 叔季之世:比喻末世将乱的时代。

如有银钱经手的事，你信得过的朋友能有几人？在你蹭蹬失意或疾病患难之中还肯登门拜访乃至雪中送炭的朋友又有几人？你出门在外之际对于你的妻室弱媳肯加照顾而又不照顾得太多者又有几人？再退一步，平素投桃报李，莫逆于心，能维持长久于不坠者，又有几人？总角之交，如无特别利害关系以为维系，恐怕很难在若干年后不变成路人。富兰克林说："有三个朋友是最忠实可靠的——老妻、老狗和现款。"妙的是这三个朋友都不是朋友。倒是亚里士多德的一句话最干脆："我的朋友们啊！世界上根本没有朋友。"这句话近于愤世嫉俗，事实上世界上还是有朋友的，不过虽然无须打着灯笼去找，却是像沙里淘金而且还需要长时间地洗炼。一旦真铸成了友谊，便会金石同坚，永不退转。

大抵物以类聚，人以群分。臭味相投，方能永以为好。交朋友也讲究门当户对，纵不必像九品中正那么严格，也自然有个界线。"同学少年多不贱，五陵衣马自轻肥"，于"自轻肥"之余还能对着往日的旧友而不把眼睛移到眉毛上边去吗？汉光武帝容许严子陵把他的大腿压在自己的肚子上，固然是雅量可风，但是严子陵之毅然决然地归隐于富春山，则尤为知趣。朱洪武写信给他的一位朋友说："朱元璋做了皇帝，朱元璋还是朱元璋……"话自管说得很漂亮，看看他后来之诛戮功臣，也就不免令人心悸。人的身心构造原是一样的，但是一入宦途，可能发生突变。孔子说："无友不如己者。"我想一来只是指品学而言，二来只是说不要结交比自己坏的，并没有说一定要我们去高攀。友谊需要两造，假如双方都想结交比自己好的，那便永远交不起来。

好像是王尔德说过，"一个男人与一个女人之间是不可能有友谊存在的"。就一般而论，这话是对的，因为男女之间如有深厚的友谊，那友谊容易变质，如果不是心心相印，那又算不得是友谊。过犹不及，那分际是难以把握的。忘年交倒是可能的。祢衡年未二十，孔融年已五十，便相交友，这样的例子史不绝书，但似乎是也以同性为限。并且以我所知，忘年交之形成固有赖于兴趣之相近与互相之器赏，但年长的一方面多少需要保持一点童心，年幼的一方面多少需要显着几分老成。老气横秋则令人望而生畏，轻薄儇佻①则人且避之若浼②。单身的人容易交朋友，因为他的情感无所寄托，漂泊流离之中最需要一个一倾积愫的对象，可是等到他有红袖添香稚子候门的时候，心境便不同了。

"君子之交淡如水"，因为淡所以才能不腻，才能持久。"与朋友交，久而敬之。"敬也就是保持距离，也就是防止过分地亲昵。不过"狎而敬之"是很难的。最要注意的是，友谊不可透支，总要保留几分。Mark Twain（马克·吐温）说："神圣的友谊之情，其性质是如此地甜蜜、稳定、忠实、持久，可以终生不渝，如果朋友不开口向你借钱。"这真是慨而言之。朋友本有通财之谊，但这是何等微妙的一件事！世上最难忘的事是借出去的钱，一般认为最倒霉的事又莫过于还钱。一牵涉到钱，恩怨便很难清算得清楚，多少成长中的友谊都被这阿堵物所戕害！

规劝乃是朋友中间应有之义，但是谈何容易。名利场中，沉瀣一气，自己都难以明辨是非，哪有余力规劝别人？而在对方则又良药苦口忠言逆耳，谁又愿意让人批他的逆鳞？规劝不可当着第三者的面前行之，以免伤他的颜面；不可在他情绪不宁时行之，以免逢彼之怒。孔子说："忠告而善道之，不可则止。"我总以为劝善规过是友谊的消极的作用。友谊之乐是积极的。只有神仙和野兽才喜欢孤独，人是要朋友的。"假如一个人独自升天，看见宇宙的大观，群星的美丽，他并不能感到快乐，他必要找到一个人向他述说他所见的奇景，他才能快乐。"共享快乐，比共受患难，应该是更正常的友谊中的趣味。

---

① 儇（xuān）佻（tiāo）：轻浮。

② 避之若浼（měi）：避之唯恐不及，生怕玷污了自身。浼，污染。

写信难

我因为懒得写信，常被朋友们骂。自己也知道是一个毛病，可是改不了。有些人根本不当回事，倒也罢了，我却是一方面提不起笔，一方面却又老惦记着一件大事没做。单单写信，我这一生仿佛就没有如释重负的时候了。我不十分有保存信的习惯，可是我已经存了不止千八百封，这不是为保存，而是为了想答复，虽然遥遥无期。

因为自己有这样一个毛病，就每每推想别个同病的人到底为什么会懒得写信。照我们现在想，大抵不外几个原因：一是写信也要有物质基础，如果文房四宝不太方便，有笔无墨，或笔墨虽有，而墨的胶性太大，笔头又摇摇欲坠，像驾着老牛破车一样，游兴无论多么大，也要索然而返了。纸也很要紧，不要说草纸不能写信，就是宣纸道林纸，假若大小不一，颜色不齐，厚薄不均，也会扫写信的兴。或者说用钢笔不就得了吗？然而钢笔又有钢笔的难处，不好用的钢笔，用起来比什么都吃力，写不上二三字，又废然了。钢笔头容易变成叉子，到那时恐怕除了画平行线以外，什么也写不出。钢笔杆容易让手指上起一个疙瘩，如果不是大力在后，谁也不愿意去忍痛写信。自来水笔似乎好了，而美国货太贵，国货又不敢领教。坏的自来水笔容易漏水，不是满手有入染坊之嫌，就是信纸会变成汪洋一片，这也败人的兴了。钢笔的问题纵然解决，而墨水又成问题，墨水的上层每每清淡如水，写上去若有若无，用到下层时却又有浓得化不开之虞。再换一瓶不同牌子的墨水去用的时候，据说又会让第二瓶墨水起了化学作用，究竟什么化学作用，我们不清楚，可是写在纸上，字形却不太真了。文房四宝的难关已经如此，如果再加上邮票时刻涨价，每涨一次价，写信的兴致就淡一层。邮票方便，有时确是叫人爱写信的，随便一写，随便一贴，随便一丢，飘飘然，牢骚或者温情是可以达到好友之手了。因此，爱写信的朋友常常早买一批邮票，到了时候一贴。我还见过一位小朋友，他是预备得更周到，把邮票早贴到信封上。别人如果借他的信封用，大概也就同时省了一点物力时力。现在却不行了，早买下邮票吧，几天一涨，旧邮票立刻落伍，贴满了信封，也不够数。我现在就存下不少一元、二元、十元、五十元的邮票，眼看一百元、五百元的邮票又要打到冷宫里了。这样一来，谁愿意早预备邮票？不早预备邮票，写信的事业又受了挫折。

上面所说，都是写信一事的物质基础。另外却也有一些不利于写信的因素。一个人的表现方式，原是有惯性的，如果业已惯于用某一种方式了，大抵不太重视其他的方式。例如，一个惯于用日记表现自己的人，每天日记数千言，他大概不再写什么文章了。反之，一个爱好鸿篇巨制的人，他的日记也势必如流水账一样简陋。我总觉得爱讲话的人，就未必爱写信。因为见了面，可以天上地下，李家长张家短，海阔天空，多么痛快！谁耐烦用充塞拥挤的心情去写那写也写不痛快的八行书？再则写信与年龄也有关，中学生都是擅长写长信的。老舍说中学生的恋爱只能在半脖子泥写情书的状态下进行，一点儿也不错。谁能怪中学生的时代正是诗人的时代、哲人的时代、情人的时代呢？中学以上，随着这些黄金时代的消失，而信也渐渐变短。大学毕了业，大概就只余下八行，八行也算多的了。不是吗？写信又和性别有关，男子大概在这上面要见细一点儿。在同一个公事房里，互递纸条来谩骂或传情，只有女职员才这样做。

收到一封不识者的来信，只说讨厌，而心中急于拆阅，并且纵然不理，然而希望不久就再继续收到，这才只有女性为然。我有一次在飞机上，见许多人欠伸欲睡，许多人恶心要吐，可是就有一位客人，在铺上小手提包，伏着身子写信，不用问，那也只有一位小姐可以做得出。小姐似乎为写信看信而活着，大概这话没有毛病。不把写信当作一回事的人，有时却也容易写信。因为应酬的信是有套子的。纵然不必搬了尺牍大全照抄，而耳濡目染，却也已经容易得腐词滥调的训练。可要写一封有情趣的信，虽不必希望让人的子孙将来保存成墨宝，但至少不愿意落入言不由衷的恶札，就大大不易了。孙过庭在《书谱》上讲写好字的条件之一是"偶然欲书"，这也就是兴会。现在何世？兴会何来？倘见一二知己，真要抱头大哭，实在缺乏写寸笺的"偶然欲书"的心情了！写信也许是擅长应付实际生活的人的本领之一，我每见许多有为之士，有信必发，有时迟了一年半载，但也必须写出奉读某月某日手书的字样，仿佛他特别关心，又特别强记，叫收信的人既感而且佩。这种人大概是一饭三吐哺、一沐三握发的类型里的。反过来，假若居今之世，还不晓得钱的有用，衣冠也不能整齐，不想为世所知，自己也几乎忘了世界，此不实际之尤，对写信也就生疏了。我虽然找了这许多理由，但自己省察下去，其中并没有一个理由和自己真正相合。糟糕的是，我竟天天惦记着给人写信，然而债台高筑，日增不已，自己的歉疚也就不已，大概是古人所谓"重伤"了。

戒　烟

　　戒烟的念头，起过好几次。第一次想戒烟，是在公历一九二三年十一月三十日下午五点多钟，那时候衣袋里只剩两只角子，一块面包要一角三分，实际上我只有七分钱的盈余。要买整盒的香烟，无论什么牌子的，都很为难。当时我便下了一个绝大的决心，在我的寝室里行宣誓礼，拿出烟盒里最后一支香烟，折为两段，誓曰："电灯在上，地板在下，我如再开烟禁，有如此烟！"

　　当晚口里便觉得油腻腻地难过，翻来覆去地睡不着觉。第二天清早起来，摸摸衣袋，还是那两只角子，不见多也不见少。我便打开衣橱，把我的几套破衣裳烂裤子捣翻出来，每一个口袋里伸手摸一次，探囊取物，居然凑集起来，摸出了两块多钱。可见我平常积蓄有素，此刻便可措置裕如。这两块多钱怎样用呢？除了吃一顿饱饭以外，我还买了一盒三角钱十支的"莎乐美"（"莎乐美"是一种麝香薰过的香烟名）。我便算是把烟禁开了。开禁的理由是：昨晚之戒烟，是因受经济的压迫，不是本愿，当然可以原谅。于是乎第一次戒烟失败。

　　一年过去了。屋角堆着的空烟盒子，堆到了三四尺高。一天清早，忽然发愿清理，统计之下，这一堆烟盒代表我已吸的烟有一百三四十元之多。未免心里有点感慨，想起往常用钱，真好像是一块钱一块钱地挂在肋骨上似的，轻易不肯忍痛摘用。如今吸烟就费如许金钱，真对不起将来的子孙。于是又下决心，实行戒烟，每月积下十元，作为储蓄。这戒烟的时期延长到半个多月。有一次，坐火车，车里面除了几位太太、几个小孩子、一只小巴儿狗以外，几乎个个人抽烟，由雪茄以至关东，烟气冲天。这时候，我若不吸烟，可有什么旁的办法？凡事有经有权，我于是乎从权，开禁吸烟。我又于是乎一吸而不可复禁，饭后若不吸烟，喉咙里就好像有一只小手乱抓似的。没法子，第二次戒烟又失败了。

男大当娶，女大当嫁，我侥幸已经到了"大"的时期，而且也居然娶了。闺房之内，约法二章，一不吸烟二不饮酒。闺令森严，无从反抗。于是我又决计戒烟。但是怎样对朋友说呢？这是一个问题。

"老王，你还吸烟否？"

我说："戒烟了。"

"为什么又戒了？"

我说："这两天喉咙痛。"

过几天我到朋友家去，桌上香烟火柴都是现成的，我便顺手吸一支。久之，朋友都看出我在外面吸烟，在家就戒烟，议论纷纷。纸里包不住火，我索性宣布了。我当众声明，我现在已然娶了太太，因为要维持应享的娶后的利益起见，决计戒烟，但是为保持我娶前的既得权起见，决计不立刻完全戒烟。枕上会议，议决：实行戒烟，但分两个步骤，第一步是从不买烟入手，第二步才是不吸烟。我如今已经娶了三年，还在第一期戒烟状态之中。若有人把烟送上门来，我当然却之不恭，受之却也无愧。若叫我自己出钱买烟，则戒烟条例具在，碍难实行。所以现在我家里，为款待来宾起见，仅备火柴，纸烟则由来宾自备了。我这一次戒烟，第一步总算成功了。但是吸烟的朋友们，鉴于我目前的成功和往昔的失败，都希望我快开烟禁！

送　礼

俗语说："官不打送礼的。"此语甚妙。因为从前的官不是等闲人，他是可以随便打人的，所以有人怕见官，见了官便不由得有三分惧怕，而送礼的人则必定是有求于人，唯恐人家不肯赏收，必定是卑躬屈膝春风满面、点头哈腰老半天，谁还狠得下心打笑脸人？至于礼之厚薄，倒无关宏旨，好歹是进账，细大不捐①，收下再说。

不过送礼的人也确实有些是该打屁股的。

送礼这件事，在送的这一方面是很苦恼的一个节目，尤其是逢时按节的例行送礼。前例既开，欲罢不能。如果是个什么机构之类，有人可以支使采办，倒还省事。采办的人在其中可以大显身手。礼讲究四色，其中少不得一篮应时水果，篮子硕大无朋，红绳缎带，五花大绑，一张塑胶纸绷罩在上面，绷得紧，系得牢，要打开还很费手脚。打开之后，时常令人叫绝。原来篮子之中有草纸一堆岿然隆起，上面盖着一层光艳照人的苹果、梨、柑之类，一部分水果的下面是黑烂发霉的。四色之中可能还有金华火腿一只，使得这一份礼物益发高贵而隆重。死尸可以冷藏而不腐，火腿则必须在适当温度中长期腌制，而亚热带天气只适宜促成其速朽。我就收到过不止一只金玉其外的火腿，纸包得又俊又俏，绳子捆得紧紧的，露在外面的爪尖干干净净，红色门票上还有金字。有一天打开一看，嘿！

---

① 细大不捐：小的大的都不抛弃。

就像医师开刀发现内部癌症已经溃散赶紧缝起创口了事一般，我也赶快把它原封包起。原来里面万头攒动着又白又胖的蛆虫，而且不需用竹筷贯刺就有一股浓厚的尸臭中人欲呕。我有意把这只金华火腿送走，使它物还原主，又真怕伤了他的自尊，而且西谚有云："不要扒开人家赠你的一匹马的嘴巴看。"其意是对礼物不可挑剔。无可奈何之中，想起了平剧中有"人头挂高杆"之说，于是乘黄昏时候，蹑手蹑脚地把这只火腿挂在大门外的电线杆上，自门隙窥伺之，果见有人施施然来，睹物一惊，驻足逡巡，然后四顾无人迅速出手，挟之而去，这只火腿的最后下落如何我就不知道了。送水果、送火腿的人，那份隆情盛意，我当然是领受了。

英文里有个名词"白象"（white elephant），意为相当名贵而无实用并且难于处置的东西。试想有人送你一头白象，你把它安顿在哪里？你一天需要饲喂它多少食粮？它病了你怎么办？它发脾气你怎么办？我相信一旦白象到门，你会手足无措。事实上我们收到的礼物偶然也是近似白象，令人啼笑皆非。我收到一项礼物，瓶状的电桌灯一盏，立在地面上就几乎与我齐眉，若是放在太和殿里当然不嫌其大，可惜蜗居逼仄，虽不至于仅可容膝，这样的庞然巨制放在桌上实在不称，万一头重脚轻倒栽下来，说不定会砸死人。居然有客人来，欣赏其体制之雄伟，说它壮观，我立即举以相赠，请他把白象牵了出去，后遂不知其所终。

生日礼物，顺理成章的是一块蛋糕。问题在于，你送一块，他也送一块，一下子收到两块、二十块大蛋糕，其中还可能有两个人抬着拿进来的超大号的，虽说"好的东西不嫌多"，真的多了起来也是一患。我亲见有一位官场中人，他生日那天收到三十块以上的蛋糕，陈列在走廊上，洋洋大观。最后筵席散了，主人央客各自携带一块蛋糕回家，这样才得收疏散之效。客人各自提着像帽盒似的一个纸匣子，鱼贯而出，煞是好看。照理说，蛋糕是好东西，或细而软，或糙而松,各有其风味,唯独上面糊着的一层雪白的"蜡油"实在令人难以入口。偶然也有使用搅打过的鲜奶油的,但不常见,常见的便是"蜡油"。我曾亲见一个任性的孩子,一次罄了一个直径一尺以上的蜡油蛋糕,父母不拦阻他,因为他府上蛋糕实在太多正苦没有销场,结果是那个孩子倒在床上呻吟呕吐,黄澄澄一橛一橛地从嘴里吐出来,那样子好难看!

有些人家是很讲究禁忌的。大概,最忌的是送钟,因为钟与终二字同音。送钟来,拒受则失礼,往往当即回敬一元钱,象征其是买而非送,即足以破除其不祥。其实自始即有终,此乃自然之道。何况大限未至,即有人先来预约执绋,料想将来局面不致冷冷清清,也正是好事。有人在生日的时候,收到一份奇特的礼物——半匹粗白布。这种东西不是没有实用,将来不定为了谁而遵礼成服的时候,为经、为带均无不可,只是不知要收藏多久。主妇灵机一动,把布染成粉红色,剪裁加缝,做成很出色的成套的沙发罩布,化乖戾为吉祥。有人忌讳朋友送书给他,生怕因此而赌输。我从不赌博,因此最欢迎有人送书给我,未读之书太多,开卷总归有益,但是朋友总是怕我坏了手气,只有很少的几位肯以书见贻,真所谓:"知我者,二三子!"

送礼给人,当然是应该投其所好。除非是存心怄气,像诸葛孔明之送巾帼给司马仲达。所以送礼之前,势必要先通过大脑思量一番。如果对方是和尚,送篦子就不大相宜,虽然也有"金篦刮眼"之说。如果对方患消渴,则再好的巧克力糖也难以使他衷心喜悦。如果对方已经老掉了牙,铁蚕豆就不可以请他尝试。诸如此类,不必细举。再说礼物轻重也该有个斟酌,轻了固然寒碜,重了也容易启人疑窦,以为你有什么分外的企图。从前旧俗,家家有一本礼簿,往来户头均有记录,逢年过节或红白喜事均有例可循,或送现金,或送席票。如果向无往来,新开户头,则看下次遇到机会对方有无还礼,有则继续下去，无则不再往来，这不失为公平合理的办法。现在时代不同，人口流动，应酬频繁，粉红炸弹与白色讣闻满天飞，送礼变成了灾害，如果逃不掉躲不开，则只好虚应故事，投以一篮鲜花或是一端幛子，而没有其他多少选择了。

升官图

赵瓯北《陔余丛考》有这样一段:

世俗局戏,有升官图,开列大小官位于纸上,以明琼掷之,计点数之多寡,以定升降。按房千里有《骰子选格序》云:"以穴骰双双为戏,更投局上,以数多少为进身职官之差,数丰贵而约贱,卒局,有为尉掾而止者,有贵为相臣将臣者,有连得美名而后不振者,有始甚微而欻升于上位者。大凡得失不系贤不肖,但卜其偶不偶耳。"此即升官图之所由本也。

这使我忆起儿时游戏的升官图,不过方法略有不同:门口打糖锣儿的就卖升官图,一张粗糙亮光的白纸,上面印满了由白丁、秀才、举人、进士,以至太师、太傅、太保的各种官阶。玩的时候,三五人均可,围着升官图,不用"明琼"(骰子之别称),用一个木质的方形而尖端的"拈拈转儿",这拈拈转儿上面有四字"德、才、功、赃",一个字写在一面上,用手指用力一捻,就像陀螺似的旋转起来,倒下去之后看哪一个字在上面,德、才、功都有升迁,赃则贬抑。有时候学优则仕,青云直上,春风得意,加官晋爵。有时候宦情惨淡,官程蹭蹬,可能"事官千日,失在一朝",爬得高跌得重,虽贵为台辅,位至封疆,禁不住几个赃字,一连几个倒栽葱,官爵尽削,还为庶人。

一个铜板就可以买一张升官图，可以玩个好半天。

民国建始，万象更新，不知哪一位现代主义者动脑筋动到升官图上，给它换了新装，秀才、举人、进士换了小学生、中学生、大学生，尚书换了部长，巡抚换了督军，而最高当局为总统、副总统、国务总理。官名虽然改变，升官的道理与升官的途径则一仍旧贯，所以我们玩起来并不觉得有什么异样，而且反觉得有更多的真实之感，纵然是游戏，亦未与现实脱节。

我曾想，儿童玩具有两样东西要不得，一个是各型各式的扑满，一个是升官图。扑满教人储蓄，储蓄是良好习惯，不过这习惯是不是应该在孩提时代就开始，似不无疑问。"饥荒心理"以后有的是培养的机会。长大成人之后，把一串串钱挂在肋骨上的比比皆是。升官图好像是鼓励人"立志做大官"，也似乎不是很妥当的事。可是我现在不这样想了，尤其是升官图，是颇合现实的一种游戏，在无可奈何的环境中不失为利多弊少的玩意儿。

有人说"宦味同鸡肋"，这语未免矫情。凡是食之无味的东西，弃之均不可惜。被人誉为"三绝诗书画，一官归去来"的那位先生就弃官如敝屣，只因做官要看三件难看的东西：犯人的屁股、女尸的私处和上司的面孔。俗语说："一代为官，三辈子搋砖。"这话也未免过于偏激。自古以来，官清毡冷的事也是常有的。例如周紫芝《竹坡诗话》有一段记载，大意是说李京兆诸父中有一人，极廉介，一日有家问，即令灭官烛，取私烛阅书，阅毕，命秉官烛如初。像这样兢兢自守的人，他的子孙会跪在当街用砖头搋胸口吗？所以，官，无论如何，是可以成为一种清白的高尚职业，要在人好自为之耳，升官图可能鼓舞人们做官的兴趣，有何不可？

升官图也可以说是有益世道人心，因为它指出了官场升黜的常规。要升官，没有旁门左道，必须经由德行、才能、事功三方面的优良表现，而且一贪赃必定移付惩戒，赏罚分明，毫无宽假，这就叫作官常。升官图只是谨守官常,此外并无其他苞苴①之类的捷径可寻。假如官场像升官图一样简单,那就真是太平盛世了。升官之阶,首重在德,而才功次之,尤有深意。《宋史》记寇准与丁谓的一段故事:"初丁谓出准门,至参政,事甚谨,尝会食中书,羹污准须,谓起徐拂之。准笑曰:'参政国之大臣,乃为官长拂须邪?'谓甚愧之。"为官长拂须,与贪赃不同,并不犯法,但是究竟有伤品德。恐怕官场现形有甚于为官长拂须者。在升官图上贵为太师之后再捻到"德"字,便是"荣归",即荣誉退休之意,这也是很好的下场,否则这一场游戏没完没散,人生七十才开始,岂不把人急杀!

不知道现在有没有新的更合时代潮流的升官图?

---

① 苞苴(jū):贿赂。

代　沟

代沟是翻译过来的一个比较新的名词，但这个东西是我们古已有之的。自从人有老少之分，老一代与少一代之间就有一道沟，可能是难以飞渡的深沟天堑，也可能是一步迈过的小渎阴沟，总之是其间有个界限。沟这边的人看沟那边的人不顺眼，沟那边的人看沟这边的人不像话，也许吹胡子瞪眼，也许拍桌子卷袖子，也许口出恶声，也许真个地闹出命案，看双方的气质和修养而定。

《尚书·无逸》："相小人，厥父母勤劳稼穑，厥子乃不知稼穑之艰难，乃逸乃谚。既诞，否则侮厥父母曰：'昔之人，无闻知。'"这几句话很生动，大概是我们最古的代沟之说的一个例论。大意是说：请看一般小民，做父母的辛苦耕稼，年青一代不知生活艰难，只知享受放荡，再不就是张口顶撞父母说："你们这些落伍的人，根本不懂事！"活画出一条沟的两边的人对峙的心理。小孩子嘛，总是贪玩。好逸恶劳，人之天性，只有饱尝艰苦的人，才知道以无逸为戒。做父母的人当初也是少不更事的孩子，代代相仍，历史重演。一代留下一沟，像树身上的年轮一般。

虽说一代一沟，腌臢的情形难免，然大体上相安无事。这就是因为有所谓传统者，把人的某一些观念胶着在一套固定的范畴里。"不以规矩不成方圆。"大家都守规矩，尤其是年青的一代。

"鞋大鞋小，别走了样子！"小的一代自然不免要憋一肚皮委屈，但是，别忙，"多年的媳妇熬成婆，多年的道路走成河"，转眼间黄口小儿变成鲐背耆老，又轮到自己唉声叹气，抱怨一肚皮不合时宜了。

记得我小的时候，早起要跟着姐姐哥哥排队到上房给祖父母请安，像早朝一样的肃穆而紧张，在大柜前面两张两人凳上并排坐下，腿短不能触地，往往甩腿，这是犯大忌的，虽然我始终不知是犯了什么忌。祖父母的眼睛瞪得圆圆的，手指着我们的前后摆动的小腿说："怎么，一点样子都没有！"吓得我们的小腿立刻停摆，我的母亲觉得很没有面子，回到房里着实地数落了我们一番，祖孙之间隔着两条沟，心理上的隔阂如何得免？当时，我心里纳闷，我甩腿，干卿底事。我十岁的时候，进了陶氏学堂，领到一身体操时穿的白帆布制服，有亮晶的铜纽扣，裤边还镶贴两条红带，现在回想起来有点滑稽，好像是卖仁丹游街宣传的乐队，那时却扬扬自得，满心欢喜地回家，没想到赢得的是一头雾水："好呀！我还没死，就先穿起孝衣来了！"我触了白色的禁忌。出殡的时候，灵前是有两排穿白衣的"孝男儿"，口里模仿号丧地哇哇叫。此后每逢体操课后回家，先在门口脱衣，换上长褂，卷起裤筒。稍后，我进了清华，看见有人穿白帆布橡皮底的网球鞋，心羡不已，于是也从天津邮购了一双，但是始终没敢穿了回家。只求平安少生事，莫在代沟之内起风波。

大家庭制度下，公婆儿媳之间的代沟是最鲜明也最凄惨的。儿子自外归来，不能一头扎进闺房，那样做不但公婆瞪眼，所有的人都要竖起眉毛。他一定要先到上房请安，说说笑笑好一大阵，然后公婆（多半是婆）开恩发话："你回屋里歇歇去吧。"儿子奉旨回到阃闱[①]。媳妇不能随后跟进，还要在公婆面前周旋一下，然后公婆再度开恩："你也去吧。"媳妇才能走，慢慢地走，如果媳妇正在院里浣洗衣服，儿子过去帮一下忙，到后院井里用柳罐汲取一两桶水，送过去备用，结果也会招致一顿长辈的唾骂："你走开，这不是你做

[①] 阃（kǔn）闱：古时妇女所居内室。

的事。"

我记得半个多世纪以前,有一对大家庭中的小夫妻,十分地恩爱,夫暴病死,妻觉得在那样家庭中了无生趣,竟服毒以殉。殡殓后,追悼之日政府颁赠匾额曰"彤管扬芬",女家致送的白布横批曰"看我门楣"!我们可以听得见代沟的冤魂哭泣,虽然代沟另一边的人还在逞强。

以上说的是六七十年前的事。代沟中有小风波,但没有大泛滥。张公艺九代同居,靠了一百多个忍字。其实九代之间就有八条沟,沟下有沟,一代压一代,那一百多个忍字还不是一面倒,多半由下面一代承当?古有明训:能忍自安。

五四运动实乃一大变局。新一代的人要造反,不再忍了。有人要"整理国故",管他什么三坟五典八索九丘,都要揪出来重新交付审判,礼教被控吃人,孔家店遭受捣毁的威胁,世世代代留下来的沟,要彻底翻腾一下,这下子可把旧一代的人吓坏了。有人提倡读经,有人竭力卫道,但是,不是远水不救近火,便是只手难挽狂澜,代沟总崩溃,新一代的人如脱缰之马,一直旁出斜逸奔放驰骤到如今。旧一代的人则按照自然法则一批一批地凋谢,填入时代的沟壑。

代沟虽然永久存在,不过其现象可能随时变化。人生的麻烦事,千端万绪,要言之,不外财色两项。关于钱财,年长的一辈多少有一点吝啬的倾向。吝啬并不一定全是缺点。"称财多寡而节用之,富无金藏,贫不假贷,谓之啬。积多不能分人,而厚自养,谓之吝。不能分人,又不能自养,谓之爱。"这是《晏子春秋》的说法。所谓爱,就是守财奴。是有人好像是把孔方兄一个个地穿挂在他的肋骨上,取下一个都是血糊丝拉的。英文俚语,勉强拿出一块钱,叫作"咳出一块钱",大概也是表示钱是深藏于肺腑,需要用力咳才能跳出来。年青一代看了这种情形,老大不以为然,心里想:"这真是'昔之人,无闻知',有钱不用,害得大家受苦,忘记了'一个钱也带不了棺材里去'。"心里有这样的愤懑蕴积，有时候就要发泄。所以，曾经有一个儿子向父亲要五十元零用钱，其父靳而不与，由冷言恶语而拖拖拉拉，儿子比较身手矫健，一把揪住父亲的领带（唉，领带真误事），领带越揪越紧，父亲一口气上不来，一翻白眼，死了。这件案子，按理应剐，基于"心神丧失"的理由，没有剐，在代沟的历史里留下一个悲惨的记录。

人到成年，嘤嘤求偶，这时节不但自己着急，家长更是担心，可是所谓代沟出现了，一方面说这是我的事，你少管，另一方面说传宗接代的大事如何能不过问。一个人究竟是姣好还是寝陋①，是端庄还是阴鸷，本来难有定评。"看那样子，长头发、牛仔裤、嬉游浪荡、好吃懒做，大概不是善类。""爬山、露营、打球、跳舞，都是青年的娱乐，难道要我们天天匀出工夫来晨昏定省，膝下承欢？"南辕北辙，越说越远。其实"养儿防老""我养你小，你养我老"的观念，现代的人大部分早已不再坚持。羽毛既丰，各奔前程，上下两代能保持朋友一般的关系，可疏可密，岁时存问，相待以礼，岂不甚妙？谁也无须剑拔弩张，放任自己，而诿过于代沟。沟是死的，人是活的！代沟需要沟通，不能像希腊神话中的亚历山大以利剑砍难解之绳结那样容易地一刀两断，因为人终归是人。

---

① 寝陋：容貌丑陋。

生　日

生日年年有，而且人人有，所以不稀罕。

谁也不会知道自己的生日是在哪一天。呱呱坠地之时，谁有闲情逸致去看日历？当时大概只是觉得空气凉，肚子饿，谁还管什么生辰八字？自己的生年月日，都是后来听人说的。

其实生日，一生中只能有一次。因为生命只有一条之故。一条命只能生一回死一回。过三百六十五天只能算是活了一周岁。这年头，活一周岁当然不是容易事，尤其是已经活了好几十周岁之后，自己的把握越来越小，感觉到地心吸力越来越大，不知哪一天就要结束他在地面上的生活，所以要庆祝一下也是人之常情。古有上寿之礼，无庆生日之礼。因为生日本身无可庆。西人祝贺之词曰："愿君多过几个快乐的生日。"亦无非是祝寿之意，寿在哪一天祝都是一样。

我们生到世上，全非自愿。佛书以生为十二因缘之一，"从现世善恶之业，后世还于六道四生中受生，是名为生"。稀里糊涂的，神差鬼使的，我们被捉弄到这尘世中来。来的时候，不曾征求我们的同意，将来走的时候，亦不会征求我们的同意。我们是从哪里来的，我们不知道，我们最后到哪里去，我们也不知道。我们所知道的就是这生、老、病、死的一个片断。然而这世界上究竟有的是良辰美景赏心乐事，否则为什么有人老是活不够，甚至要高呼"人生七十才开始"？

到了生日值得欢乐的只有一种人，那就是"万乘之主"。不需要颐指气使，自然有人来山呼万岁，自然有百官上表，自然有人来说什么"一人有庆，兆民赖之"，全不问那个"庆"字是怎么讲法。唐太宗谓长孙无忌曰："今日是朕生日，世俗皆为欢乐，在朕翻为感伤。"做了皇帝还懂得感伤，实在是很难得，具见人性未泯，不愧为明主，虽然我们不太清楚他感伤的是哪一宗。是否踌躇满志之时，顿生今昔之感？历史上最后一个辉煌的千秋节该是满清慈禧太后六十大庆在颐和园的那一番铺张，可怜"薄海欢腾"之中听到鼙鼓之声动地来了！

田舍翁过生日，唯一的节目是吃，真是实行"鸡猪鱼蒜，逢著①则吃，生老病死，时至则行"的主张，什么都是假的，唯独吃在肚里是便宜。读莲池大师《戒杀文》，开篇就说："一曰生日不宜杀生。哀哀父母，生我劬劳，己身始诞之辰，乃父母垂亡之日也！是日，正宜戒杀，广行善事，以资冥福，使先亡者早获超升，见存者增延福寿，何得顿忘母难，杀害生灵？"虽是荡然仁者之言，但是不合时尚。祝贺生日的人很少有吃下一块覆满蜡油的蛋糕而感到满意的，必须七荤八素地塞满肚皮然后才算礼成。过生日而想到父母，现代人很少有这样的联想力。

---

① 著：旧同"着"。

年　龄

从前看人作序，或是题画，或是写匾，在署名的时候往往特别注明"时年七十有二""时年八十有五"或是"时年九十有三"，我就肃然起敬。春秋时人荣启期以为行年九十是人生一乐，我想拥有一大把年纪的人大概是有一种可以在人前夸耀的乐趣。只是当时我离那耄耋之年还差一大截子，不知自己何年何月才有资格在署名的时候也写上年龄。我揣想署名之际写上自己的年龄，那时心情必定是扬扬得意，好像是在宣告："小子们，你们这些黄口小儿，乳臭未干，虽然幸离襁褓，能否达到老夫这样的年龄恐怕尚未可知哩。"须知得意不可忘形，在夸示高龄的时候，未来的岁月已所余无几了。俗语有一句话说："棺材是装死人的，不是装老人的。"话是不错，不过你试把棺盖揭开看看，里面躺着的究竟是以老年人为多。年轻的人将来的岁月尚多，所以我们称他为富于年。人生以年龄计算，多活一年即是少了一年，人到了年促之时，何可夸之有？我现在不复年轻，看人署名附带声明时年若干若干，不再有艳羡之情了。倒是看了富于年的英俊，有时不胜羡慕之至。

裸子植物和双子叶植物，其茎部的细胞因春夏成长秋冬停顿之故而形成所谓年轮，我们可以从而测知其年龄。人没有年轮，而且也不便横切开来查验。人年纪大了常自谦为马齿徒增，也没有人掰开他的嘴巴去看他的牙齿。眼角生出鱼尾纹，脸上遍撒黑斑点，都不一定是老朽的象征。头发的黑白更不足为凭。有人春秋鼎盛而已皓首皤皤，有人已到黄耇之年而顶上犹有"不白之冤"，这都是习见之事。不过岁月不饶人，冒充少年究竟不是容易事。地心的吸力谁也抵抗不住。脸上、颈上、腰上、踝上，连皮带肉地往下坠，虽不至于"载跋其胡"，那副龙钟的样子是瞒不了人的。别的部分还可以遮盖起来，面部经常暴露在外，经过几番风雨，多少回风霜，总会留下一些痕迹。

好像有些女人对于脸上的情况较为敏感。眼窝底下挂着两个泡囊，其状实在不雅，必剔除其中的脂肪而后快。两颊松懈，一条条的沟痕直垂到脖子上，下巴底下更是一层层的皮肉堆累，那就只好开刀，把整张的脸皮揪扯上去，像国剧一些演员化妆那样，眉毛眼睛一齐上挑，两腮变得较为光滑平坦，皱纹似乎全不见了。此之谓美容、整容，俗称之为拉皮。行拉皮手术的人，都秘不告人，而且讳言其事。所以在饮宴席上，如有面无皱纹的年高名婆在座，不妨含混地称赞她驻颜有术，但是在点菜的时候不宜高声地要鸡丝拉皮。

其实自古以来也有不少男士热衷于驻颜。南朝宋颜延之《庭诰》："练形之家，必就深旷，反飞灵，糇丹石，粒芝精，所以还年却老，延华驻采。"道家练形养元，可以尸解升天，岂止延华驻采？这都是一些姑妄言之的神话。贵为天子的人才真的想要还年却老，千方百计地求那不老的仙丹。看来只有晋孝武帝比较通达事理，他饮酒举杯属长星（彗星）："长星，劝尔一杯酒，自古何时有万岁天子？"可是一般的天子或近似天子的人都喜欢听人高呼万岁无疆！

除了将要谙吉纳采交换庚帖之外，对于别人的真实年龄根本没有多加探讨的必要。但是我们的习俗，于请教"贵姓""大名""府上"之后，有时就会问起"贵庚""高寿"。有人问我多大年纪，我据实相告"七十八岁了"。他把我上下打量，摇摇头说："不像，不像，很健康的样子，顶多五十。"好像他比我自己知道得更清楚。那是言不由衷的恭维话，我知道，但是他有意无意地提醒了我刚忘记了的人生四苦。能不能不提年龄，说一些别的，如今天天气之类？

女人的年龄是一大禁忌，不许别人问的。有一位女士很旷达，人问其芳龄，她据实以告："三十以上，八十以下。"其实人的年龄不大容易隐秘，下一番考证功夫，就能找出线索，虽不中亦不远矣。这样做，除了满足好奇心以外，没有多少意义。可是人就是好奇。有一位男士在咖啡厅里邂逅一位女士，在暗暗的灯光之下他实在摸不清对方的年龄，他用臂肘触了我一下，偷偷地在桌下伸出一只巴掌，戟张着五指，低声问我有没有这个数目，我吓了一跳，以为他要借五万块钱，原来他是打听对方芳龄有无半百。我用四个字回答他："干卿底事？"有一位道行很高的和尚，涅槃的时候据说有一百好几十岁，考证起来聚讼纷纷。据我看，估量女士的年龄不妨从宽，七折八折优待。计算高僧的年龄也不妨从宽，多加三成五成。

人到了迟暮，如石火风灯，命在须臾，但是仍不喜欢别人预言他的大限。丘吉尔八十岁过生日，一位冒失的新闻记者有意讨好地说："丘吉尔先生，我今天非常高兴，希望我能再来参加你的九十岁的生日宴。"丘吉尔耸了一下眉毛说："小伙子，我看你身体蛮健康的，没有理由不能来参加我九十岁的宴会。"胡适之先生素来善于言辞，有时也不免说溜了嘴，他六十八岁时候来台湾，在一次欢宴中遇到长他十几岁的齐如山先生，没话找话地说："齐先生，我看你活到九十岁绝无问题。"齐先生愣了一下说："我倒有个故事：有一位矍铄老叟，人家恭维他可以活到一百岁，愤然作色曰：'我又不吃你的饭，你为什么限制我的寿数？'"胡先生急忙道歉："我说错了话。"

新年献词

王安石有一首咏《元日》的诗：

爆竹声中一岁除，春风送暖入屠苏。
千门万户曈曈日，总把新桃换旧符。

从表面上看，这首诗是描写新年景象。但是细一想，这首诗也可能含有一点象征的意味。因为王安石是一位有抱负有魄力的政治家，同时也是一位文采非凡的作者，似乎不会浪费笔墨泛写一个极平凡的风俗习惯。他可能是幻想着他的新政，希望大家除旧布新刷新政治，像"新桃换旧符"一般地彻底革新。如果这揣想不错，这首诗就很有意味了。

王安石的功过得失，且不必论，他的励精图治锐意革新的精神总是可佩服的。一般人的通病是因循苟且，惰性难除，过新年的时候懂得"新桃换旧符"，对于国家大事就只知道"率由旧章"，奉行故事，几张熟悉的面孔像走马灯似的出出进进。于是主张"用新人，行新政"的王安石就作了《元日》诗寄予感慨。

其实，需要革新的不只是国家的政事，个人之进德修业也需要时时检讨改进。西洋人有所谓"新年决心"者，于元旦之时痛下决心，何者宜行，何者宜戒，罗列编排，笔之于书。很可能这些决心只是一时的热气，到头来全成具文，旧习未除，依然故我。但是只知道一心向上，即属难能可贵，比起我们在梁柱上贴"对我生财"或斗方"福"字的红纸以及庸俗鄙陋的春联，要有意义多了。一个人反身修德，应该天天行之不懈，无须特别等到元旦试笔。不过一年之计在于春，这倒也不失为一个适当的机缘。修身比任何事情都重要，《大学》说："自天子以至于庶人，壹是皆以修身为本。"没有人例外。

别的民族一年当中只有一个新年，我们一年中有两个。对于劳苦的大众，这并无伤大雅，"岁时伏腊"，本来就嫌休憩太少，可叹的是那些高高在上的"肉食者"，那些四体不勤五谷不分寄生在社会上的人，他们岂止是有两个新年，他们天天在过新年！对于这样的人，新年是多余的点缀。

岁首吉日，应该善颂善祷，如果颂祷真有灵验，我愿随大家之后拱手拜年说尽一切吉利的话。

了生死

信佛的人往往要出家。出家所为何来？据说是为了一大事因缘，那就是要"了生死"。在家修行，其终极目的也是为了要"了生死"。生死是一件事，有生即有死，有死方有生，"了"即是"了断"之意。生死流转，循环不已，是为轮回，人在轮回之中，纵不堕入恶趣，生、老、病、死四苦煎熬亦无乐趣可言。所以信佛的人要了生死，超出轮回，证无生法忍。出家不过是一个手段，习静也不过是一个手段。

但是生死果然能够了断吗？我常想，生不知所从来，死不知何处去，生非甘心，死非情愿，所谓人生只是生死之间短短的一橛。这种看法正是佛家所说"分段苦"。我们所能实际了解的也正是这样。波斯诗人奥玛·海亚姆的四行诗恰好说出了我们的感觉：

Into this universe, and why not knowing,
Nor whence, like water willy-nilly flowing;
And out of it, as wind along the waste,
I know not whither, willy-nilly blowing.

不知为什么，亦不知来自何方，
就来到这世界，像水之不自主地流；
而且离开了这世界，不知向哪里去，

像风在原野，不自主地吹。

"我来如流水，去如风"，这是诗人对人生的体会。所谓生死，不了断亦自然了断，我们是无能为力的。我们来到这世界，并未经我们同意，我们离开这世界，也将不经我们同意。我们是被动的。

人死了之后是不是万事皆空呢？死了之后是不是还有生活呢？死了之后是不是还有轮回呢？我只能说不知道。使哈姆雷特踌躇不决的也正是这一种怀疑。按照佛家的学说，"断灭相"绝非正知解。一切的宗教都强调死后的生活，佛教则特别强调轮回。我看世间一切有情，是有一个新陈代谢的法则，是有遗传嬗递的迹象，人恐怕也不是例外，长江后浪推前浪，一代新人换旧人，如是而已。又看佛书记载轮回的故事，大抵荒诞不经，可供谈助，兼资劝世，是否真有其事殆不可考。如果轮回之说尚难证实，则所谓了生死之说也只是可望而不可即的一个理想了。

我承认佛家了生死之说是一崇高理想。为了希望达到这个理想，佛教徒制定许多戒律，所谓根本五戒、沙弥十戒、比丘二百五十戒，这还都是所谓"事戒"，菩萨十重四十八轻戒之"性戒"尚不在内。这些戒律都是要我们在此生此世来身体力行的。能彻底实行戒律的人方有希望达到"外息诸缘，内心无喘"的境界。只有切实地克制情欲，方可逐渐地做到"情枯智讫"的功夫。所有的宗教无不强调克己的修养，斩断情根，裂破俗网，然后才能湛然寂静，明心见性。就是佛教所斥为外道的种种苦行，也无非是戒的意思，不过做得过分了些。中古基督教也有许多不近人情的苦修方法。凡是宗教都是要人收敛内心戒除欲念。就是伦理的哲学家，也无不倡导多多少少的克己的苦行。折磨肉体，以解放心灵，这道理是可以理解的。但是以爱根为生死之源，而且自无始以来因积业而生死流转，非斩断爱根无以了生死，这一番道理便比较难以实证了。此生此世持戒，此生此世受福，死后如何，来世如何，便渺茫难言了。我对于在家修行的和出家修行的人们有无上的敬意。由于他们的参禅看教，福慧双修，我不怀疑他们有在此生此世证无生法忍的可能，但是离开此生此世之后是否即能往生净土，我很怀疑。这净土，像其他的被人描写过的天堂一样，未必存在。如果它存在，只是存在于我们的心里。

　　西方斯多葛派哲学家所谓个人的灵魂于死后重复融合到宇宙的灵魂里去，其种种信念也无非是要人于临死之际不生恐惧，那说法虽然简陋，却是不落言筌。蒙田说："学习哲学即是学习如何去死。"如果了生死即是了解生死之谜，从而获致大智大勇，心地光明，无所恐惧，我相信那是可以办到的。所以我的心目中，宗教家乃是最富理想而又最重实践的哲学家。至于了断生死之说，则我自惭劣钝，目前只能存疑。

说　胖

第三十二期《宇宙风》有《文学作家中的胖子》一文，署名为上官碧，其中有一段是说我的：

有人在某种刊物上说：北大教授梁实秋先生像个"老板"；以为教书神气像，划拳神气更像。穿的衣服本来和别人用的材料差不多，到他身上好像就光亮不同，说的话本来和别人是同一问题，到他口上好像就意义不同。这种描写当然不大确实。梁先生原籍虽是浙江，其实北京人的成分倒比较重。饭酒食肉的洪量不必说，只看看他译莎士比亚可以知道。北方人照例是爽直而坦白的，梁先生译莎士比亚戏剧用的就是这种可爱态度。因为剧本是韵文，不易译，译来又不易懂，梁先生就直爽坦白地用普通语体文译它。此外论诗也仿佛是一个北京人，"明白易懂"是他认为理想的好诗。

这一段话不管说得对不对，总是因为我胖，所以才被人编排在"文学作家中的胖子"之列，虽然我知道我压根儿就不是"文学作家"。一个文学作家，第一得"作"，第二得成"家"，我是不够这资格的，这个称呼应该留给更适当的人。至于"胖子"，则胖瘦之间原无明显的界限，我被列入胖子一类也是无可分辩的。不过若说我译莎士比亚用散文，并且以"明白易懂"为"理想的好诗"，都是因为我有较重的"北京人的成分",这道理可有点奥妙,可怜我是北京人,我不大懂了。用散文译莎士比亚,在这个世界上,我不是第一个人。法文里有散文译本,德文里也有散文译本。坪内逍遥的译本我没有见过,是不是散文我不知道。北京人成分不重的田汉先生,他译的莎士比亚也是散文的。用散文译莎士比亚是否合适,是一个可以讨论的问题,但是与我的籍贯似乎不见得有什么关系。至于说我以"明白易懂"为"理想的好诗",则我真真不服,我从来没说过这样的话,我就是再胖些也不会说出这样的话。

胖是一种病,瘦也是一种病,所以最好还是不胖不瘦。假如不可能,那么也是以近于瘦比近于胖要好得多。何以呢?近于胖,则俗;近于瘦,则雅。一个文人,一个作家,总宜于瘦;一胖起来就觉得不称,就大可以加以检举引为谈料。李白有诗嘲杜甫:"饭颗山头逢杜甫,顶戴笠子日卓午。借问别来太瘦生,总为从前作诗苦。"李白大概是近于胖,所以才这样说。黄山谷和文潜诗:"张侯哦诗松韵寒,六月火云蒸肉山。"这是拿胖人取笑的。传统的正规的文人相,是应该清癯纤瘦弱不胜衣的。《世说新语》:"庾公造周伯仁,伯仁曰:'君何所欣说而忽肥?'庾曰:'君复何所忧惨而忽瘦?'伯仁曰:'吾无所忧,直是清虚日来,滓秽日去耳。'""心宽体胖"还算是很客气的说法,若不客气地说,就是滓秽壅积,就是俗。

有些人,我们希望他是个瘦子,见下面他偏偏是个胖子,这时候我们心里不免就要泛起一种又惊异又失望的情绪,觉得是煞风景,扫兴!富贵中人应该是丰颐广颡了,然而也不尽然,在历史上司马温公便是著名的枯瘦。做"老板"的人也大有面如削瓜的。这虽然是例外,然而也就证明了一件事,人之胖瘦往往不由自主地惹看者扫兴失望,这实在是大大的遗憾。即以想象中的人物而论,就说我用散文译的那个莎士比亚吧,他的作品中的人物如福斯塔夫是个胖子,这是大家都满意的,不胖怎能显得痴蠢?但是哈姆雷特就应该是近于清癯一类才对幼儿，然而呢，莎士比亚却把他写成一个胖子，他斗剑的时候，他的母亲不是说他太胖爱喘爱出汗吗？说起来也巧，莎士比亚的伙伴，担任扮演哈姆雷特的白贝子也是个胖子。有人说，就因为这位演员胖，所以哈姆雷特才被写成为胖。这也许是，然而多么不合于我们的想象呀！

　　从健康上着想，胖是应该设法治疗的。"饮酒食肉"是致胖的原因之一，但素食戒酒也不一定就是特效的治疗法。若为了欲求免俗而设法祛胖，我以为是大可不必的。俗而胖，与俗而瘦，二者之间若要我选一个，我宁愿俗而胖，不愿俗而瘦，因为反正都是俗，与其外表风雅而内心俗陋，还不如里外如一的俗！

模范男子

Henry Arthur Jones 在一篇短剧 *The Goal* 里有这样的一段：

你别误会我，亲爱的。我的年纪够做你的祖父。（温和地握着她的手）你别误会我。（严肃地）留神你如何选择你的终身伴侣。你选择的范围是广大的，你将来的终身幸福，或下几代的幸福，完全在你向那一二十名求婚男子中之一说一声"我愿意"的时候而决定：留神，亲爱的！留神！要上上下下地仔细打量他几遍！要看准了他是有圆大的眼睛而且敢对着你的面注视的；要看准他的白眼珠是纯洁无疵。要留心他的头部形状不古怪，额际不低。要圆圆的头，高高的额，听见没有！和你握手的时候，注意他怎样地握！要握得强而稳，不是冷而平。年轻人不该有干冷的手。别说愿意嫁的话，除非你看到了他不穿长裤的时候，穿骑服或穿朝服的时候。看看他腿的形状——是不是好看？美观的腿，喂，斐奇，要留神那是不是他的真腿。看他是结实的，微瘦而不臃肿；不斜眼珠；不结巴；没有任何局促不安的痉挛或各种的怪现象。别嫁给一个秃头人！有人说我们十代后全要秃头。那么等十代，斐奇，还是别嫁一个秃头人！你记得住这些吗？亲爱的。看他走路的样子！是不是有一双富有弹性的脚，脚上有伸缩——能走四五里路而不动声色分毫。他冬天或春天若是咳嗽，就别要他。青年永远不该有咳嗽的病。还要考察确实他能痛笑——

不是忍笑，喘笑，或嘎嘎地笑，而是从胸间深处发出来的沉痛着实的大笑。他若有一点钱，或是很多，那更好！好了！你若选这样的一个人，斐奇，我并不预言你一定幸福，但是你若不幸福，那不是你的错，不是他的错，也不是我的错了！

这一节话固有些浪漫，甚至于是伤感，但却相当地表现了西方人一般的对于"模范男子"的概念。这一段话所刻画的模范男子，注重的是体格健壮、意志坚强、秉性聪明这几点。这就和中国人心目中的理想男子大有不同。我们中国人的模范男子，在体格方面以"白白的胖胖的"为主，在性情方面以"斯文""风流"为主。大约我们做人的道理，总以异性的要求为标准。女性要嫁给什么样的男人，我们便努力地去做什么样的男人。中国女子因为数千年来不受正当的教育，因为缠足，以致身心交病，成为病态的动物；男人便也跟着成为病态的动物。所以要把男人变好，是先要把女人的心理改变一下才成的。

谈　谜

"谜"字不见经传,始见于六朝,即"迷"之俗字。亦即古之"隐语"。"谜"这个东西,当然发生很早,远在"谜"这个字出现之前。然而亦不会太早,因为这究竟是一种文字游戏,一定是文明有相当发展时才能生出来的。"谜"最兴盛的时候,即是八股文最兴盛的时候,因为谜与八股都是文字游戏,并且习八股者熟读四书五经,除蓄意要"代圣人立言"之外,间有机智之士,截取经文,创制为谜,颠之倒之,工益求工,遂多巧妙之作。谜之取材,大半出于四书五经,正因四书五经为制谜者与猜谜者所共同熟诵之书,并且以"圣贤之书"供游戏之用,格外显得滑稽。所以,谜在八股文盛行的时候发达起来,成为艺苑支流,文人余事。古谜率皆平浅朴拙,"黄绢幼妇"之类已经算是难得的佳话了,因古人无此闲情逸致,纵有闲情逸致,亦另有出路,不必在四书五经之内寻章摘句探赜钩深;唯有八股文人,才愿在文字上镂心雕肝地卖弄聪明。所以我每次欣赏一个佳谜,总觉得谜的背后隐着一个面黄肌瘦强作笑容的八股书生。我想,科举已废,猜谜一道将要式微了吧?

以上是说文人之谜。民间也有谜。乡间男女,目不识丁,而瓜棚豆架,没有不懂猜谜之乐的。他们的谜,固然浅陋可嗤,然而在粗率的人看来,已经是很费心机的了。民间的谜,还谈不到文字游戏,只是最简单的思想上的游戏。一般小孩子都欢喜猜谜,小学教科书以及儿童读物里也有猜谜的。大概猜谜的游戏除了供文人消遣之外还可以给一般的没有多少知识的人（乡民与孩提）以很大的娱乐吧？民间的谜与儿童的谜往往采用韵语的形式，也正因为韵语乃平民与儿童所最乐于接受的缘故。

在英国文学史里，谜也有它的地位，但是一个不重要的地位。在九世纪初，有一位诗人名基涅武甫（Cynewulf），据说他作过九十五首谜诗，保存在那著名的古英语文学宝库之一的 *Exeter Book* 里面。这些谜之所以成为古英语文学的一部分，是因为，古英语文学根本不很丰富，所以用现代眼光看来没有什么文学价值的东西，在古英语文学的堆里便显得相当精彩了。这些谜，若是近代人作的，恐怕没有人肯加以一顾。只因为它古，所以我们觉得它难能可贵。我现在试译一首于下，以见一斑。

蠹 虫

虫子吃字！
我觉得是件怪事，
一只虫子能吞人的言语，
黑暗中偷去有力的词句，
强者的思想；而这鬼东西
吃了文字却也不见得就更伶俐！

这已经是比较地有趣的一首了。我们却不能不认为这很浅陋。（对这个题目感兴趣的人，请看 A. T. Wyaff 编 *Old English Riddles*, Boston, 1912）古英文的时代过去了以后，谜就不再能在文学史里占一席之地了。谜不见得是没有人做，至少文学家是不干这套把戏了。英国的文学家不是不作文字游戏，他们也常常在文字上弄出一些小巧的玩意，例如，骚塞的 ABC 诗，以及十七世纪诗人创制的什么"塔形诗""柱形诗"之类，都是。然而这不是谜。文学家不再感觉谜有什么趣味，所以不再做谜，即使做谜，文学史家也绝不在文学史里给谜留任何位置。

在外国的民间，谜是流行的。十几年来盛行的 Cross Word Puzzle 也即是谜。外国儿童读物里也有许多的谜。谜能给一般民众与儿童以愉快，无论中外，是完全一样的。

不过撇开民间流行的谜和儿童读物里的谜不谈，单说谜与文人的关系，我们不能不承认，中外的情形相差很远。外国的谜（例如我上面所译的一个），虽然是文人做的，在性质上也和民间的儿童的谜没有多大分别，都是属于"状物"一类，其谜面是一段形容，其谜底是一件事物。中国的文人的谜，则真正的是文字游戏，谜面是一句文字，谜底还是一句文字。因此，中国文人的谜，比外国的深奥、曲折、工巧。

从一方面看，中国文人之风雅是外人所不及的，虽是游戏也在文字范围之内，不似外国文人以驰马摇船等粗野的事为消遣。但从另一方面看，我们却感觉到中国旧式文人的生活之干枯单调，使得他们将剩余的精力消耗在文字游戏上面。中国文人最善于"舞文弄墨"，最善做钩心斗角文章，做八股文做策论是他们的职业，做谜猜谜也是他们的余兴，一贯的是在文字上翻花样。后天获得的习性是否遗传，我们不敢说，不过在文字上翻花样的习惯，确像是已变成为中国文人的天性了。

文学中类似谜的"譬喻法""双关语""象征主义"之类，都不是本文所欲谈的，故不及。

搬　家

人讥笑我，说我大概是吃了耗子药，否则怎么会五年之内搬了三次家。搬家是辛苦事。除非是真的家徒四壁，任谁都会蓄积一些弃之可惜留之无用的东西，到了搬家的时候才最感觉到累赘。小时候师长就谆谆告诫不可暴殄天物，常引陶侃竹头木屑的故事为例，所以长大了之后很难改除收藏废物的习惯，日积月累，满坑满谷全是东西。其中一部分还怪不得我，都是朋友们的宠赐嘉贶①，有些还真是近似"白象"，也不管蜗居逼仄到什么地步，一头接着一头的"白象"接踵而来，常常是在拜领之后就进了储藏室或是束之高阁。到了搬家的时候，陈谷子烂芝麻一齐出仓，还是哪一样都舍不得丢。没办法，照搬。我认识一个人，他也是有这个爱惜物资的老毛病，当年他到外国读书，订购牛奶每天一瓶，喝完牛奶之后觉得那瓶子实在可爱，洗干净之后通明剔透，舍不得丢进垃圾桶，就放在屋角，久而久之成了一大堆，地板有压坏之虞，无法处理，最后花一笔钱才请人为之清除。我倒不至于这样地痴，可是毛病也不少。别的不提，单说朋友们的来信，我照例往一个抽屉里一丢，并非庋藏②，可是一抽屉一抽屉地塞得结结实实，难道搬家时也带了走？要想审阅一遍去芜存菁，那工程也很浩大，无已，硬着头皮选出少数的存留，

---

① 贶（kuàng）：赠，赐。
② 庋（guǐ）藏：收藏，置放。

剩下的大部分的朵云华笺最好是付之丙丁①，然而那要构成空气污染也于心不忍，只好弃之，好在内中并无机密。我还听说有一位先生，每天看完报纸必定折叠整齐，一天一沓，一月一捆，久之堆积到充栋的地步，一日行经其下，报纸堆突然倒坍，老先生压在底下受伤竟致不治。我每次搬家必定割舍许多平素不肯抛弃的东西，可叹的是旧的才去新的又来。

搬一次家要动员好多人力。我小时在北平有过两次搬家的经验。大敞车、排子车、人力车，外加十个八个"窝脖儿的"，忙活十天半个月才暂告段落。所谓"窝脖儿的"，也许有人还没听说过，凡是精致的家具，如全堂的紫檀、大理石心的硬木桌椅，以至玻璃罩的大座钟和穿衣镜等，都禁不得磕碰，不能用车运送，就是雕花的柜橱之类也不能上车。于是要雇请"窝脖儿的"来任艰巨。顾名思义，他的运输工具主要的就是他的脖颈。他把头低下来，用一块麻包之类的东西垫在他的脖颈上，再加上一块夹板，几百斤重的东西架在他的脖子上，他伸出两手扶着，就健步如飞地上路了。我曾查看他的脖子，与众不同，有一大块青紫的肉坟起如驼峰，是这一行业的标记。后来有所谓搬场公司，这一行就没落了。可是据我的经验，所谓搬场公司虽然扬言服务周到，打个电话就来，可是事到临头，三五个粗壮大汉七手八脚地像拆除大队似的把东西塞满大卡车、小发财，一声吆喝，风驰电掣而去，这时候我便不由得想起从前的"窝脖儿的"那一行业。搬一次家，家具缺胳膊短腿是保不齐的，至若碰瘪几个坑、擦掉几块漆，那是题中应有之义，可以算作是一种折旧。如果搬家也可以用货柜制度该有多好，即使有人要在你忙乱之际顺手牵羊，也将无所施其技。

搬一次家如生一场病，好久好久才能苏息过来，又好久好久才能习惯下来。这一切都没有什么可怨的，只要有个地方可以栖止也

---

① 付之丙丁：用火烧掉。

就罢了。我从小到大,居住的地方越搬越小,从前有个三进五进外加几个跨院,如今则以坪计。喜乐先生给我画过一幅"故居图",是极高明的一幅界画,于俯瞰透视之中绘出平昔宴居之趣,悬在壁上不时地撩起我的故国之思,而那旧式的庭院也是值得怀念的。如今我的家越搬越高,搬到了十几层之上,在这一点上倒是名副其实的乔迁。

俗话说:"千金买房,万金买邻。"旨哉斯言也。孟母三迁,还不是为了邻居不大理想?假使孟母生于今日,卜居一大城市之中,恐怕非一日一迁不可。孟母三迁,首先是因为其舍近墓,后来迁居市旁,其地又为贾人炫卖之所,最后徙居学宫之旁,才决定安居下去。"昔孟母,择邻处",主要是为了孩子,怕孩子受环境影响,似尚不曾考虑环境的安宁、卫生等条件,如今择邻而处,真是万难。我如今的住处,左也是学宫,右也是学宫,几曾见有"设俎豆①揖让进退之事"?时常是咙聒②之声盈耳,再不就是操场上的扩音喇叭疯狂地叫喊。贾人炫卖更是常事,如果楼下没有修理汽车的小肆之夜以继日地敲敲打打就算是万幸了。我住的地方位于台北盆地之中,四面是山,应该是有"山花如水净,山鸟与云闲"(王荆公诗)的景致,但是不,远山常为雾罩,眼前看到的全是鳞次栉比的鸽子笼。而且千不该万不该我买了一架望远镜,等到天朗气清之日向远山望去,哇!全是累累的坟墓。我想起洛阳北门外有北邙山,"北邙山头少闲土,尽是洛阳人旧墓"(王建诗),城外多少土馒头,城内多少馒头馅,亘古如斯,倒也不是什么值得特别感慨的事。

不过我住的地方是傍着一条交通孔道,早早晚晚车如流水,轰轰隆隆,其中最令人心惊的莫过于丧车。张籍诗:"洛阳北门北邙道,丧车辚辚入秋草。"我所听到的声音不只是辚辚,于辚辚之外还有锣、

---

① 俎(zǔ)豆:奉祀。
② 咙聒:杂声。

鼓、喇叭、唢呐，以及不知名的敲打吹腔的乐器，有不成节奏的节奏和不成腔调的腔调。不过有一回我听出了所奏的是《苏武牧羊》。这种乐队车常不止一辆，场面大的可能有十辆八辆，南管北管、洋鼓洋号各显其能。这种大出丧、小出丧，若遇黄道吉日，一天可能有几十档子由我楼下经过。有人来贺新居问我，住在这样的地方听这种声音，是不是不大吉利。我说，这有什么不吉利。想起王荆公一首《两山间》，其中有这样几句：

  我欲抛山去，山仍劝我还。
  只应身后冢，亦是眼中山。
  且复依山住，归鞍未可攀。

房东与房客

狗见了猫,猫见了耗子,全没有好气,总不免怒目相视,龇牙咧嘴,一场格斗了事。上天生物就是这样,生生相克,总得斗。房东与房客,或房客与房东,其间的关系也是同样地不祥。在房东眼里,房客很少有好东西;在房客眼里,房东根本就没有一个好东西。利害冲突,彼此很难维持人与人之间应有的常态。

房东的哲学往往是这样的:"来看房的那个人,看样子就面生可疑。我的房子能随便租给人?租给他开白面房子怎么办?将来非找个铺保不可。你看他那个神儿!房子的间架矮哩,院子窄哩,地点偏哩,房租贵哩,褒贬得一文不值,好像是谁请他来住似的!你不合适不会不住?我说得清清楚楚,你没有家眷我可不租,他说他有。我问他是干什么的,他死不张嘴,再不就是吞吞吐吐,八成不是好人。可是后来我还是租给他了。他往里一搬,哎呀,怎那么多人口,也不知究竟是几家子?瘪嘴的老太太有好几位,孩子一大串,兔儿爷似的一个比一个高。住了没有几个月,房子糟蹋得不成样子,雪白的墙角上他堆煤,披麻绿油的影壁上画了粉笔的飞机与乌龟,砖缝的草更长了一人多高,沟眼也堵死了,水龙头也歪了,地板上的油漆也磨光了,天花板也熏黑了,玻璃窗也用高丽纸给补了,门环子也掉了……唉,简直是遭劫!房租到期还要拖欠,早一天取固然不成,过几天取也常要碰钉子,'过两天再来吧''下月一起付吧''太太不在家''先付半个月的吧''我们还没有发薪哪,发了薪给你送去'……好,房租取不到,还得白跑道,腿杆儿都跑细了。他不给租钱,还挺横,你去取租的时候,他就叫你蹲在门口儿,砰的一声把大门关上了,好像是你欠他的钱!也有到时候把房租送上门来的,这主儿更难缠,说不定他早做了二房东,他怕我去调查。租人家的房子住人的,有几个是有良心的?……"

房客的哲学又是一套:"这房东的房子多得很,'吃瓦片儿的',任事不做,靠房钱吃饭。这房子一点儿也不合局,我要是有钱绝不租这样的房子。我是凑合着住。一进门就是三份儿,一房一茶一打扫,比阎王还凶。没法子,给你。还要打铺保?我人地生疏,哪里找保去?难道我还能把你的房子吃掉不成?你问我家里人口多不多?你管得着吗?难道房东还带查户口?'不准转租',我自己还不够住的呢!可是我要把南房腾空转租,你也管不了,反正我不欠你的房租。'不准拖欠',噫,我要是有钱我绝不拖欠。这个月我迟领了几天薪,房东就三天两头儿地找上门来,好像是有几年没付房钱似的,搅得我一家不安。谁没有个手头儿发窘?何苦!房钱错了一天也不行,急如星火,可是那天下雨房漏了,打了八次电话,他也不派人来修,把我的被褥都湿脏了,阴沟堵住了,院里积了一汪子水,也不来修。门环掉了,都是我自己找人修的。他还觍着脸催房钱!无耻!我住了这样久,没糟蹋你一间房子,墙、柱子都好好的,没摘过你一扇门一扇窗子,还要怎样?这样的房客你哪里找去?……"

房东房客如此之不相容,租赁的关系不是很容易决裂的吗?啊不。比离婚还难。房东虽然不好,房子还是要住的;房客虽然不好,房子不能不由他住。主客之间永远是紧张的,谁也不把谁当作君子看。

这还是承平时代的情形。在通货膨胀的时代,双方的无名火都提高了好几十丈,提起了对方的时候恐怕牙都要发痒。

房东的哲学要追加这样一部分:"你这几个房钱够干什么的?你

以后不必给房钱了,每个月给我几个烧饼好了。一开口就是'老房客',老房客就该白住房?你也打听打听现在的市价,顶费①要几条几条的,房租要一袋一袋的,我的房租不到市价的十分之一,人不可没有良心。你嫌贵,你别处租租试看。你说年头不好,你没有钱,你可以住小房呀!谁叫你住这么大的一所?没有钱,就该找三间房忍着去,你还要场面?你要是一个钱都没有,就该白住房吗?我一家子指着房钱吃饭哪!你也不是我的儿子,我为什么让你白住?……"

房客方面也追加理由如下:"我这么多年没欠过租,我们的友谊要紧。房钱不是没有涨过,我自动地还给你涨过一次呢,要说是市价一间一袋的话,那不合法,那是高抬物价,市侩作风,说到哪里也是你没理。人不可不知足。你要涨到多少才叫够?我的薪水也并没有跟着物价涨。才几个月的工夫,又啰唣着要涨房租,亏你说得出口!你是房东,资产阶级,你不知没房住的苦,何必在穷人身上打算盘?不用废话了,等我的薪水下次调整,也给你加一点儿,多少总得加你一点儿,这个月还是这么多,你爱拿不拿!你不拿,我放在提存处去,不是我欠租……"

闹到这个地步,关系该断绝了吧?啊不。房客赌气搬家,不,这个气赌不得,赌财不赌气。房东撵房客搬家,更不行,撵人搬家是最伤天害理的事,谁也不同情,而且事实上也撵不动,房客像是生了根一般。打官司吗?房东心里明白:请律师递状,开庭,试行和解,开庭辩论,宣判,二审,三审,执行,这一套程序不要两年也得一年半,不合算。没法子,怄吧。房东和房客就这样地在怄着。

世界上就没有人懂得一点儿宾主之谊,客客气气,好来好散的吗?有。不过那是在"君子国"里。

---

① 顶费:转让或取得企业经营权或房屋租赁权所付出的钱。

住一楼一底房者的悲哀

小时候听人说,衣、食、住是人生三大要素。可是小的时候只觉得"吃"是要紧的,只消嘴里有东西嚼,便觉天地之大,唯我独尊,逍遥自在,万事皆休。稍微长大一点,才觉得身上的衣服,观瞻所系,殊有讲究的必要,渐渐地觉悟一件竹布大褂似乎有些寒碜。后来长大成人,开门立户,浸假①而生儿育女,子孙繁殖,于是"住"的一件事,也成了一个很大的问题。我现在要谈的就是这成人所感觉得很迫切的"住"的问题。

我住过有前廊后厦上支下摘的北方的四合房,也住过江南的窄小湿霉才可容膝的土房,也住过繁华世界的不见天日的监牢一般的洋房,但是我们这个"上海特别市"的所谓"一楼一底"房者,我自从瞻仰,以至下榻,再而至于卜居很久了的今天,我实在不敢说对它有什么好感。

当然,上海这个地方并不曾请我来,是我自己愿意来的;上海的所谓"一楼一底"的房东也并不曾请我来住,是我自己愿意来住的。所以假若我对于"一楼一底"房有什么不十分恭维的话语,那只是我气闷不过时的一种呻吟,并不是对谁有什么抱怨。

初见面的朋友,常常问我:"府上住在哪里?"我立刻回想到我这一楼一底的"府",好生惭愧。熟识的朋友,若向我说起"府上",

---

① 浸假:逐渐。

我的下意识就要认为这是一种侮辱了。

一楼一底的房没有孤零零的一所矗立着的,差不多都像鸽子窝似的,一大排,一所一所的构造的式样大小完全一律,就好像从一个模型里铸出来的一般。我顶佩服的就是当初打图样的土著工程师,真能相度地势,节工省料,譬如一垛五分厚的山墙就好两家合用。王公馆的右面一垛山墙,同时就是李公馆的左面的山墙,并且王公馆若是爱好美术,在右面山墙上钉一个铁钉子,挂一张美女月份牌,那么李公馆在挂月份牌的时候,就不必再钉钉子了,因为这边钉一个钉子,那边就自然而然地会钻出一个钉头儿!

房子虽然以一楼一底为限,而两扇大门却是方方正正的,冠冕堂皇,望上去总不像是我所能租赁得起的房子的大门。门上两个铁环是少不得的,并且还是小不得的。因为门环若大,敲起来当然声音就大,敲门而欲其声大,这显然是表示门里面的人离门甚远,而其身份又甚高也。放老实些,门里面的人,比门外的人,离门的距离,相差不多!这门环做得那样大,可有什么道理呢?原来这里面有一点讲究。建筑一楼一底房的人,把砖石灰土看作自己的骨头血肉一般的宝贵,所以两家天井中间的那垛墙只能起半垛,所以空气和附属于空气的种种东西,可以不分畛域①地从这一家飞到那一家。门环敲得啪啪地响的时候,声浪在周围一二十丈以内的范围,都可以很清晰地播送得到。一家敲门,至少有两家拨闩启锁,至少有三家应声"啥人",至少有五家有人从楼窗中探出头来。

"君子远庖厨",住一楼一底的人,简直没有方法可以上跻于君子之伦。厨房里杀鸡,我无论躲在哪一个墙角,都可以听得见鸡叫(当然这是极不常有的事);厨房里烹鱼,我可以嗅到鱼腥;厨房里生火,我可以看见一朵一朵乌云似的柴烟在我眼前飞过。自家的庖厨既没法可以远,而隔着半垛墙的人家的庖厨,离我还是差不多地近。人

---

① 畛(zhěn)域:界限,范围。

家今天炒什么菜,我先嗅着油味;人家今天淘米,我先听见水声。厨房之上,楼房之后,有所谓亭子间者,住在里面,真可说是冬暖夏热,厨房烧柴的时候,一缕一缕的青烟从地板缝中冉冉上升。亭子间上面又有所谓晒台者,名义上是作为晾晒衣服之用,但是实际上是人们乘凉的地方,打牌的地方,开演留声机的地方,还有另搭一间做堆杂物的地方。别看一楼一底,这其间还有不少的曲折。

天热了我不免要犯昼寝的毛病。楼上热烘烘的可以蒸包子,我只好在楼下下榻,假如我的四邻这时候都能够不打架似的说话或说话似的打架,那么我也能居然入睡。猛然间门环响处,来了一位客人,甚至于来了一位女客,这时节我只得一骨碌爬起来,倒提着鞋,不逃到楼上,就避到厨房。这完全是地理上的关系,不得不尔。

客人有时候腹内积蓄的水分过多,附着我的耳朵咕咕哝哝说要如此如此,这一来我就窘了。朱漆金箍的器皿,搬来搬去,不成体统。我若在小小的天井中间随意用手一指,客人又觉得不惯,并且耳目众多,彼此都窘了。

还有一点苦衷,我忘不了。一楼一底的房,附带着有一个楼梯,这是上下交通唯一的孔道。然而这楼梯的构造,却也别致。上楼的时候,把脚往上提起一尺,往前只能进展五寸。下楼的时候,把脚伸出五寸,就可以跌下一尺。吃饭以前,楼上的人要扶着楼杆下来;吃饭以后,楼下的人要捧着肚子上去。穿高跟皮鞋的太太小姐,上下楼只有脚尖能够踏在楼梯板上。

话又说回来了。一楼一底的房即或有天大的不好,你度德量力,一时还是不能乔迁。所以一楼一底的房多少是有一点慈善性质的。

市　容

在我居住的巷口外大街上,在朝阳的那一面,通常总是麇聚着一堆摊贩,全是贩卖食物的小摊,其中种类甚多,据我所记得的有豆汁儿、馄饨、烧饼、油条、切糕、炸糕、面茶、杏仁茶、老豆腐、猪头肉、馅饼、烫面饺、豆腐脑、贴饼子、锅盔等。有斜支着四方形的布伞的,有搁着条凳的,有停着推把车的,有放着挑子的,形形色色,杂然并陈。热锅里冒着一阵阵的热气。围着就食的有背书包戴口罩的小学生,有佩戴徽章缩头缩脑的小公务员,有穿短棉袄的工人,有披蓝号码背心的车夫,乱哄哄的一团。我每天早晨从这里经过,心里总充满了一种喜悦。我觉得这里面有生活。

我愿意看人吃东西,尤其这样多的人在这样的露天食堂里挤着吃东西。我们中国人素来就是"民以食为天"。见面打问讯时也是"您吃了吗",挂在口边。吃东西是一天中最大的一件事。谁吃饱了,谁便是解决了这一天的基本问题。所以我见了这样一大堆人围着摊贩吃东西,缩着脖子吃点热东西,我就觉得打心里高兴。小贩有气力来摆摊子,有东西可卖,有人来吃,而且吃完了付得起钱,这都是好事。我相信这一群人都能于吃完东西之后好好地活着——至少这一半天。我愿意看一个吃饱了的人的面孔,不管他吃的是什么。当然,这些小吃摊上的东西也许是太少了一些维他命,太多了一些灰尘霉菌,我承认。立在马路边捧着碗,坐在板凳上举着饼,那样子不大雅观，没有餐台上放块白布然后花瓶里插一束花来得体面，这我也承认。但是我们于看完马路边上倒毙的饿殍之后，再看看这生气勃勃的市景，我们便不由得满意了。

但是，有一天，我又从这里经过，所有的摊贩全没有了。静悄悄的，没有什么人，墙边上还遗留着几堆热炉火的砖头。他们都到哪里去了呢？我好生纳闷。那些小贩到什么地方去做生意了呢？那些就食的主顾们到哪里去解决他们的问题呢？

有人告诉我，为了整顿"市容"，这些摊贩被取缔了。又有人更确切地告诉我，因为听说某某人要驾临这个城市，所以一夜之间，把这些有碍观瞻的东西都驱净尽了。"市容"二字，是我早已遗忘了的，经这一提醒，我才恍然。现在大街上确是整洁多了，"整洁为强身之本"。我想来到这市上巡礼的那个人，于风驰电掣地在街上兜通圈子之后，一定要盛赞市政大有进步。没见一个人在街边蹲着喝豆汁，大概是全都在家里喝牛奶了。整洁的市街，像是新刮过的脸，看着就舒服。把褴褛破碎的东西都赶走，掖藏起来，至少别在大街上摆着，然后大人先生们才不至于恶心，然后他们才能感觉到与天下之人同乐的那种意味。把摊贩赶走，并不是把他们送到集中营里去的意思，只是从大街两旁赶走，他们本是游牧的性质，此地不让摆，他们还可以寻到另外僻静些的所在。大街上看不见摊贩就行，"眼不见为净"。

可是没有几天的工夫，那些摊贩又慢慢地一个个溜回来了，马路边上又兴隆起来了。负责整顿市容的老爷们摇摇头，叹口气。

市容乃中外观瞻所系，好家伙，这问题还牵涉着外国人！有些来观光的旅行者，确是古怪，带着照相机到处乱跑，并不遵照旅行指南所规划的路线走。我们有的是可以夸耀的景物，金鳌玉蝀、天坛、三大殿、陵园、兆丰公园，但是他们也许是看腻了，他们采作摄影对象的偏是捡煤核儿的垃圾山、稻草棚子。我们也有的是现代化的装备,美龄号机、流线形的小汽车,但是他们视若无睹,他们感兴趣的是骡车、骆驼队、三轮和洋车。这些尴尬的照片常常在外国的杂志上登出来,有些人心里老大不高兴,认为这是"有辱国体"。本来是,看戏要到前台去看,谁叫你跑到后台去?所谓市容,大概是仅指前台而言。前台总要打扫干净,所以市容不可不整顿一下。后台则一时顾不了。

华莱士到重庆的时候,他到附近的一个乡村小市去游历,我恰好住在那市上。一位朋友住在临街的一间房里,他养着一群鸭子,都是花毛的,好美,白天就在马路上散逛,在水坑里游泳,到晚上收进屋里去。华莱士要来,惊动了地方人士,便有官人出动,"这是谁的一群鸭子?你的?好,收起来,放在马路上不像样子。""我没有地方收,我只有一间屋子。并且,这是乡下,本来可以放鸭子的。""你老好不明白,平常放放鸭子也没有关系,今天不是华莱士要来么,上面有令,也就是今天下午这么一会儿,你等汽车过去之后,再把鸭子放出来好了。"这话说得委婉尽情,我的朋友屈服了,为了市容起见,委屈鸭子在屋里闷了半天。洋人观光,殃及禽兽!

裴斐教授游北平,据他自己说,第一桩事便是跑到太和殿,呆呆地在那里站半个钟头,他说:"这就是北平的文化,看了这个之后还有什么可看的呢?"他第二个要去的地方是他从前曾住过六七年的南小街子。他说:"我大失所望,亲切的南小街子没有了,变成柏油路了,和我厮熟的那个烧饼铺也没有了,那地方改建成了一所洋楼,那和善的伙计哪里去了?"他言下不胜感叹。

像裴斐这样的人太少,他懂得什么才是市容。他爱前台,他也爱后台。

吐痰问题

假使一个人的肺部里，生了一块痰，我想我们只有三个方法去处置它：第一是把它吐出来；第二是把它由肺管里咳出到嘴里，然后再从食管里咽下去；第三是让它永远存在肺里。第一条方法最近人情。第二条方法听着有点恶心，然而有一种人，大模大样地把痰咳在嘴里，四面一看，地毯铺得厚厚的，不见痰盂的踪迹，衣袋里又照例不备手绢，只好采取这条办法。第三条办法很少人用，除非在垂死的时候。

如其要吐痰，这便有问题。在文明的社会里，自由是绝对没有的。我曾在公众的地方看见一位雅爱自由的先生，"呼"的一声痰由肺里跃出，"哇"的一声，含在口里，"啐"的一声，吐出来了，"啪"的一声落到地板上。四周围的人全都两眼望着他，甚或把白眼珠翻转出来，作怕人状。

有人说吐痰和吸烟一样，是有瘾的。有痰偏偏不吐，久之亦可断瘾。据我看：断瘾倒大可不必，不过在吐的时候，不妨稍微思索一下，吐到可以吐的那种地方去。

广　告

从前旧式商家讲究货真价实，一旦做出了名，口碑载道，自然生意鼎盛，无须大吹大擂，广事招徕。北平同仁堂乐家老铺，小小的几间门面，比街道的地面还低矮两尺，小小的一块匾，没有高擎的"丸散膏丹道地药材"的大招牌，可是每天一开门就是顾客盈门，里三层外三层，真是挤得水泄不通（那时候还没有所谓排队之说）。没人能冒用同仁堂的名义，同仁堂只此一家，别无分店，要抓药就要到大栅栏去挤。

这种情形不独同仁堂一家为然。买服装衣料就到瑞蚨祥，买茶叶就到东鸿记西鸿记，准没有错。买酱羊肉到月盛斋，去晚了买不着。买酱菜到六必居，也许是严嵩的那块匾引人。吃螃蟹、涮羊肉就到正阳楼，吃烤牛肉就要照顾安儿胡同老五，喝酸梅汤要去信远斋。他们都不在报纸上登广告，不派人撒传单。大家心里都有数。做买卖的规规矩矩做买卖，他们不想发大财，照顾主儿也老老实实地做照顾主儿，他们不想试新奇。

但是时代变了，谁也没有办法教它不变。先是在前门大街信昌洋行楼上竖起"仁丹"大广告牌，好像那翘胡子的人头还不够惹人厌，再加上夸大其词的"起死回生"的标语。犹嫌招摇不够尽兴，再补上一个由一群叫花子组成的乐队，吹吹打打，穿行市街。仁丹是还不错，可是日本人那一套宣传伎俩，我觉得太讨厌了。

由西直门通往万寿山那一条大道,中间黄土铺路,经常有清道夫一勺一勺地泼水,两边是大石板路,供大排子车使用,边上种植高大的柳树,古道垂杨,夹道飘拂,颇为壮观可喜。不知从哪一天起,路边转弯处立起了一两丈高的大木牌,强盗牌的香烟,大联珠牌的香烟,如雨后春笋出现了。我每星期(周末)在这大道上来往一回,只觉得那广告生了破坏景观之效,附带着还惹人厌。我不吸烟,到了吸烟的年龄我也自知选择,谁也不会被一个广告牌子所左右。

坐火车到上海,沿途看见"百龄机"的广告牌子,除了三个大字之外还有一行小字"有意想不到之效力"。到底那百龄机是什么东西,有什么意想不到的效力,谁也说不清,就这样稀里糊涂地产生了广告效果,不少人盲从附和。《小说月报》《东方杂志》也出现了"红色补丸"的广告,画的是一个佝偻着腰的老人,手扶着胯,旁边注着"图中寓意"四个字。寓什么意?补丸而可以用颜色为名,我只知道明末三大案,皇帝吃了红丸而暴崩。

这些都还是广告术的初期亮相。尔后广告方式,日新月异,无孔不入,大有泛滥成灾之势。广告成了工商业的出品成本之重要项目。

报纸刊登广告,是天经地义。人民大众利用刊登广告的办法,可以警告逃妻,可以凤求凰或凰求凤,可以叫卖价格低廉而美轮美奂的琼楼玉宇,可以报失,可以道歉,可以鸣谢救火,可以感谢良医,可以宣扬仙药,可以贺人结婚,可以贺人家的儿子得博士学位,可以一大排一大排讣告同一某某董事长的死讯,可以公开诉愿喊冤,可以公开歌功颂德,可以宣告为某某举办冥寿,可以公告拒绝往来户,可以揭露各种考试的金榜,可以……不胜枚举。我的感想是:广告太多了,时常把新闻挤得局处一隅。有些广告其实是浪费,除了给报馆增加收益之外,不免令读者报以冷眼,甚或嗤之以鼻。同时广告所占篇幅有时也太大了,其实整版整页的大广告吓不倒人。外国的报纸,不限张数,广告更多,平常每日出好几十张,星期日甚至好几百页，报童暗暗叫苦，收垃圾的人也吃不消。我国的报纸好像情形好些，广告再多也是在那三大张之内，然而已经令人感到泛滥成灾了。

杂志非广告不能维持，其中广告客户不少是人情应酬，并非心甘情愿送上门来，可是也有声望素著的大刊物，一向以不登载广告为傲，也禁不住经济考虑而大开广告之门。我们不反对刊物登载广告，只是登载广告的方式值得研究。有些杂志的广告部分特别选用重磅的厚纸，彩色精印，有喧宾夺主之势，更有鱼目混珠之嫌。有人对我说，这样的刊物到他手里，对不起，他时常先把广告部分尽可能地撕除净尽，然后再捧而读之。我说他做得过分，辜负了广告客户的好意，他说为了自卫，情非得已。他又说，利用邮递投送广告函的，他也是一律原封投入字纸篓里，他没有工夫看。

我不懂为什么大街小巷有那么多的搬家小广告到处乱贴，墙上、楼梯边、电梯内，满坑满谷。没有地址，只具电话号码。粘贴得还十分结实，洗刷也不容易。更有高手大概会飞檐走壁，能在大厦二三丈高处的壁上张贴。听说取缔过一阵，但是野火烧不尽春风吹又生了。

有吉房招租的人，其心情之急是可以理解的。在报纸上登个分类小广告也就可以了，何必写红纸条子到处乱贴。我最近看到这样的大张红纸条子贴在路旁邮箱上了。显然有人去撕，但是撕不掉，经过多日雨淋才脱落一部分，现在还剩有斑驳的纸痕留在邮箱上！

电视上的广告更不必说，天下没有白吃的午餐，没有广告哪里能有节目可看？可是那些广告逼人而来，真煞风景。我不想买大厦房子，我也没有香港脚，我更不打算进补，可是那些广告偏来呶呶不休，有时还重复一遍。有人看电视，一见广告上映，登时闭上眼睛养神，我没有这样的本领，我一闭眼就真个睡着了。我应变的办法是只看没有广告的一段短短的节目，广告一来我就关掉它。这样做，我想对自己没有多大损失。

早起打开报纸，触目烦心的是广告，广告；出去散步映入眼帘的又是广告，广告；午后绿衣人来投送的也多是广告，广告；晚上打开电视仍然少不了广告，广告。每日生活被广告折磨得够苦，要想六根清净，看来颇不容易。

拥　挤

据我所知，拥挤是我们中国人特有的一种现象。

有一天我等公共汽车出城，汽车站早已挤得黑压压一片，汽车尚未停稳，一群人蜂拥而上，结果是车上的人不得下来，下面的人也不得上去，一阵混战之后，上面的人倒是也下来了，下面人除了孱弱文雅的之外倒是也都上去了。然而费掉"民力"不少。

既上车之后，不消说可以听到下列各种的呼声："哎哟！你看看我的脚！""别挤哟！""喂，你趴在我的身子上了！""没得办法！""你倒是拉住上面的把手呀！"

有人告诉我，外国大都市的地底电车，在每天某个时间，也挤。不过又有人告诉我，外国人虽挤，挤得有秩序些。

在交通工具不够而人口众多的情形之下，这种拥挤实在也是不可免。我要说的是那种争先恐后旁若无人的态度。譬如说在邮局、车站、轮船之类的场所，那种每人各自为战的抢先姿势，实在令人难堪。

据说在外国的车站、电影院之类卖票的地方，往往摆成一个一字长蛇阵，先到者站在前面，后到者自动地附于骥尾，循序前进，而无须乎浪费体力，且可不伤和气。这个办法，我觉得好，该学。我有一次在电影院，看见一共只有三个人买票，而那三个鼎足而立不甘人后，三个人都挤得面红耳赤，都伸着脖子伸着胳臂向那一个小小的洞里挤。我想三个人固不必排长蛇阵，只要稍为疏散一下，就可以相当舒服地达到目的，何苦那样"团结"呢？

推行新生活运动，应该特别注意到守秩序的习惯之养成。最好是先在车站、轮船之类的地方由军警严厉督促。在中小学里，教师要把守秩序的道理与方法讲给学生听。我国前驻德大使程天放先生在《时事新报》发表过一篇文章论德国的民族性，曾提起在柏林开世界运动大会时所表现出的良好秩序。我们应该效法。

不效法外国人也行，我们中国的"固有道德"不是也主张"谦让"一道吗？如能恢复固有道德，揖让雍容，公共汽车一停，大家打躬作揖地说"您请，您请"，那也有意思。

天　气

熟人相见，不能老是咕嘟着嘴，总得找句话说。说什么好呢？一时无话可说，就说天气吧。"今天好冷啊。""是呀，好冷好冷。"寒来暑往，天道之常，气温升降，冷暖自知，有什么好说的？也许比某些人见面就问"您吃饭啦？""您喝茶啦？"或是某些染有洋习的人之不分长幼尊卑一律见面就是一声"嗨！"要好得多。拿天气作为初步的谈话资料，未尝不可，我们自古以来，行之久矣，即所谓"寒暄"，又曰"道炎凉"。

天气也真是怪，变化无常。苦了预报天气的人。我看过一幅漫画，画着一位可怜巴巴的预报天气的人向他的长官呈递辞书。长官问他何故偻勤，他说："天气不与我合作。"我看了这幅画，很同情他。他以后若是常常报出明天天气"晴，时多云，局部偶有阵雨"，我不会十分怪他。天有不测风云，教谁预报天气，也是没有太大把握。不过说实话，近年来天气预报，由于技术进步，虽难十拿九稳，大致总算不错。预报正确，没有人喝彩鼓掌，更没有人登报鸣谢。预报离了谱，少不得有人抱怨，甚至大骂。从前根本没有什么天气预报之说，人人撞大运。北方民间迷信，娶妻那天若是天下大雨，硬说是新郎官小时候骑了狗！古人预测天气，有所谓"月晕而风，础润而雨"之说（见苏洵《辨奸论》）。谁能天天仰观天象？而且天上亦未必随时有月。至于础，础润由于湿度高，可能是有雨之兆，但是现代房屋早已没有础可寻了。西方人对于预卜天气也有不少民俗传说。例如，蝙蝠飞进屋，牛不肯上牧场，猫逆向舔毛，猪嘴衔稻草，驴大叫，蛙大鸣……都是天将大雨的征兆。有人利用蟋蟀的叫声，在十五秒内听它叫多少声，再加三十七，就等于那一天的气温（华氏表）。又有人编了四句顺口溜：

燕子飞得高，
晴天，天气好；
燕子飞得低，
阴天，要下雨。

西太平洋热带附近和中国海的台风是有名的。元忽必烈汗两度遣兵远征日本，不顾天时地利，都遭遇了台风而全军覆没，日本人幸免于难，乃称之为"神风"。我们知道台风是有季节性的。奈何忽必烈汗计不及此？我初来台湾，耳台风之名，相见恨晚，不过等到台风真个来袭，那排山倒海之势，着实令人心惊。记得有一年遇到一个超级的西北台，风狂雨骤，四扇落地窗被吹得微微弯曲，有迸破之虞，赶快搬运粗重家具将窗顶住，但见雨水自窗隙汩汩渗进，无孔不入，害得我一家彻夜未能合眼。于是听人劝告，赶制坚厚的桧木柙板，等到柙板做成，没有使用几次，竟无大台风来。我们总算幸运，没有北美洲那样强烈的飓风（龙卷风），风来像一根巨柱，把整栋的房屋席卷上天！我们的台风来前，向有预报，这恐怕要感谢国际合作，以及卫星帮忙。虽然偶有来势汹汹而过门不入的情事，也乐得凉快一阵喜获甘霖，没得可怨。

人总是不知足。不是嫌太热，就是嫌太冷。朔方太冷，冰天雪地，重裘不暖，好羡慕"暖风熏得游人醉"的景况。炎方太热，朱明当令，如堕火宅，又不免兴起"安得赤脚踏层冰"的念头。有些地方既不冷又不热，好像是四季如春，例如我国的昆明便是其中之一。住在这种地方的人应该心满意足没话可说了。然而不然，仍然有人抱怨，说这样的天气过于单调，缺乏春夏秋冬的变化,有悖"天有四时"之旨。好像是一定要一年之中轮流地换着四季衣裳才觉得过瘾，好像是一定要"春有百花秋有月，夏有凉风冬有雪"才算是具有良辰美景赏心乐事。我看天公着实作难，怎样做都难得尽如人意。

久晴不雨则旱，旱则禾稻枯焦。久雨不歇则涝，涝则人其为鱼。这就是靠天吃饭的悲哀。天气之捉弄人，恐怕尚不止此。据气象家的预测，如果太阳的热再加百分之三十，地球上的生物将完全消灭。如果减少百分之十三，地球将包裹在一英里厚的冰层内！别慌，这只是预测，短期内大概不会实现。

风　水

何谓风水？相传郭璞所撰《葬书》说："葬者乘生气也……经曰，气乘风则散，界水则止……古人聚之使不散，行之使有止，故谓之风水。"这话好像等于没说。揣摩其意，大概是说，丧葬之地需要注意其地势环境，尽可能地要找一块令人满意的地方。至于什么"气乘风则散，界水则止"，就有点近于玄虚，人死则气绝，还有什么气散气止之可说？

葬地最好是在比较高亢的地方，因为低隰的地方容易积水，对于死者骸骨不利；如果地势开阔爽朗，作为阴宅，子孙看着也会觉得心安。这都是可以理解的。不过一定要寻龙探脉，找什么"生龙口"，那就未免太难。堪舆家所谓的各种各样的穴形，诸如"五星伴月形""双燕抱梁形""游龙戏水形""美女献花形""金凤朝阳形""乌鸦归巢形""猛虎擒羊形""骑马斩关形"……无穷无尽的藏风聚气的吉穴之形，堪舆家说得头头是道，美不可言。我们肉眼凡胎，不谙青乌之术，很难理解，只好姑妄听之。更有所谓"阴刀出鞘形"者，就似乎是想入非非了。

吉穴的形势何以能影响到后代子孙的发旺富贵，这道理不容易解释。历来学者有许多对于风水之说抱怀疑态度。《张子全书》："葬法有风水山岗，此全无义理。"全无义理，就是胡说八道之意。司马光《葬论》："孝经云：'卜其宅兆。'……非若阴阳家相其山冈风水也。"他也是一口否定了风水的说法。可是多少年来一般民众卜葬尊亲，很少不请教堪舆家的，好像不是为死者求福，而是为后人的富贵着想。活人还想讨死人的便宜。死人有剩余价值，他的墓地风水还能给活人以福祉灾殃！"不得三尺土，子孙永代苦。"真有这种事吗？

有人仕途得意，历经宦海风波，而保持官职如故，人讽之为五朝元老，彼亦欣然以长乐老为荣。或问其术安在，答曰："祖坟风水佳耳。"后来失势，狼狈去官，则又曰："听说祖坟上有一棵大树如盖，乃风水所系，被人砍去，遂至如此。"不曰富贵在天，乃云富贵在地！在一棵树！

人做了皇帝，都以为是子孙万世之业，并且也知道自古没有万岁天子，所以通常在位时就兴建陵寝。风水之佳，规模之大，当然不在话下。我曾路过咸阳，向导遥指一座高高大大的土丘说："那就是秦始皇墓。"我当然看不出那地方风水有什么异样，我只知道他的帝祚不永，二世而斩。近年来他的坟墓也被掘得七零八落了。陵寝有再好不过的风水，也自身难保，还管得了他的孝子贤孙变成为漂萍断梗？近如清朝的慈禧太后，活的时候营建颐和园，造孽还不够，陵寝也造得坚固异常，然而曾几何时禁不住孙殿英的火药炮轰，落得尸骨狼藉。或曰："这怪不得风水，这是气数已尽。"既讲风水，又说气数，真是横说横有理，竖说竖有理。

阴宅讲风水，阳宅焉能不讲？民间最起码的风水常识是大门要开在左方。《礼记·曲礼上》："行，前朱鸟而后玄武，左青龙而右白虎。"其实这是说行军时旌旗的位置。后来道家思想才以青龙为最贵之神，白虎为凶神。门开在右手则犯冲了太岁。迄今一般住宅的大门（如果有大门）都是开在左方的。大家既然尚左，成了习俗，我们也就不妨从众。我曾见有些人家，重建大门，改成斜的，是真所谓"斜门"！吉凶祸福，原因错综复杂，岂是两扇大门的位置方向所能左右？

车靠左边走，车靠右边行，同样地会出车祸。

不知道为什么别人家的山墙房脊冲着我家就于我不利。普通的禳避之法是悬起一面镜子，把迎面而来的凶煞之气轻而易举地反照回去，让对方自己去受用。如果镜子上再画上八卦，则更有除邪压胜的效力。太上老君、诸葛孔明和捉鬼的道士不都是穿八卦衣吗？

据说都市和住宅的地形也事关风水，不可等闲视之。《朱子语类》："古今建都之地，莫过于冀，所谓无风以散之，有水以界之也。"可是看看那些建都之地，所谓的王气也都没有能延长多久，徒令后人兴起铜驼荆棘[①]之感。北平城墙不是完全方方正正的，西北角和东南角都各缺一块，据说是像"天塌西北地陷东南"，谁也不知道这究竟起了什么作用。只知道如今城墙被拆除了。住宅的地形如果是长方形，前面宽而后面窄，据说不仅是没有裕后之象，而且形似棺木，凶。前些年我就住过这样的一栋房子，住了七年，没事。先我居住此房者，和在我以后迁入者，均奄忽而殁，这有什么稀奇，人孰无死？有一位朋友，其家背山面水，风景奇佳，一日大雨山崩，人与屋俱埋于泥沙之中，死生有命，非关风水。

近来新官上任，从不修衙，那张办公桌子却要摆来摆去，斟酌再三，总要摆出一个大吉大利的阵势。一般人家安设床铺也要考虑，大概面西就不大好，怕的是一路归西。西方本是极乐世界所在，并非恶地。床无论面向何方，人总是一路往西行的。

客有问于余者曰："先生寓所，风水何如？"我告诉他，我住的地方前后左右都是高楼大厦，我好像是藏身谷底，终日面壁，罕见阳光，虽然台风吹来，亦不大有所感受，还说什么风水？出门则百尺以内，有理发馆六七处，餐厅二十多家，车水马龙，闹闹哄哄，还说什么风水？自求多福，如是而已。

---

① 铜驼荆棘：《晋书·索靖传》："靖有先识远量，知天下将乱。指洛阳宫门铜驼，叹曰：'会见汝在荆棘中耳！'"后以"铜驼荆棘"指山河破碎。

鸦 片

罂粟是我们早就有的,见《本草》:"阿芙蓉,一名阿片,俗作鸦片,是罂粟花之津液也。"罂粟花十分美丽,花朵很大,有红、白、粉红等色,四瓣或多瓣,花茎有茸毛,叶有锯齿。花苞下垂,花开时则仰举,俯仰多姿,艳冠群芳。其果实内有种子如粟粒,故名。果实未成熟时,划割之则流出白浆如乳汁,煎熬成黑色黏膏,名曰芙蓉膏,即鸦片。可供药用,有止痛安眠之效。在美国,有些家庭院内花圃中偶亦可见罂粟花丛粲然触目。我每驻足赏玩不忍离去。不意如此艳丽之花竟含有如此之剧毒,危害人群如此之深远。

英国人运印度鸦片到广州,始自清初,至道光时而输入大增,终于酿成鸦片战争。战争结束后虽然鸦片依然倾销不已,但是清廷于同光年间亦纵容我内地栽种鸦片。英国输入者谓之洋药,本土生产者谓之土药。而土药之中,以产于云南者为最优,称之为云土,其品质远在北方销行之陕甘土之上,通常压缩成长方形块状,以纸包之,每块约重一斤。

英国人服鸦片者,例如著名文学家德·昆西,著有《一个英国鸦片吸食者的自白》,他不是吸鸦片烟,是吞服鸦片酊。酊是 tincture 的译音,凡药物溶于酒精或其他液体者皆谓之酊。鸦片酊名为 laudanum,食用之法系以数滴鸦片酊滴入水内而吞服之。济慈作《夜莺歌》,所谓 "emptied some dull opiate to the drains" 也就是说举杯喝干鸦片酊不留一点渣。这种仰着脖子吞饮的服法当然收镇定之效，也许更有急效，但是未能充分发挥鸦片之徐徐麻醉的愉快的效果。吸鸦片是我们中国人的发明，除了止痛镇定之外还附带着有一套令人心旷神怡的轻松享受。

从前北平（不知别处是否也是如此）缙绅之家没有不备鸦片待客的，客来即延之上炕（或后炕）或短榻，相对横陈，吞烟吐雾一番。全套烟具颇不简单。主要是烟枪，长短粗细各有不同。虽是竹子一根，装饰花样甚多。烟枪的嘴可以是翡翠的，可以是白玉的，可以是玛瑙的。烟枪上面可以包上一层镂刻的银花，也有细针密缝加上一个布套的。通常有一个或大或小的烟盘子，黑漆螺钿，光彩夺目，至少有两根烟枪放在盘里。此外就是烟斗了。烟斗形状不一，方的圆的扁的尖的都有，平常陈列在一个硬木架上，像兔儿爷摊子似的列为三层，至少有一二十个。烟斗安在烟枪上要垫一小块蘸湿了的珠罗纱，用力一拧便可密不透气。再就是烟灯，通常是麻油棉捻，配以或大或小或高或矮的玻璃灯罩。细高的灯罩，吸起来格外响。烟签子、烟罐子、烟灰盒子、清理烟斗的曲钩、通烟枪的通条，还有一把小铜扇子似的用以滚制烟泡的家伙——通通放在烟盘子里。这些物什要揩得锃光大亮，所以往往须有专人料理其事。

由烟土制成烟膏，手续很繁，而且需要在家里自己炮制才有味道。大小红泥火炉摆成阵势，用上好缸炭燃起熊熊烈火，大小红铜锅都是揩得光可鉴人。不能用铁锅，一定要用红铜锅。锅里加水，投入烟土猛煮。煮到相当时候，要随煮随搅,用木质长柄铲来搅。煮成浓汁，倒在一个覆有两整张金高纸的竹笊篱上，那张金高纸要先烤得焦黄，浓汁倒上去才会慢慢地渗漏在下面的瓷钵里。这是第一货。还要再加水煮第二货。煮好也是如法渗漏在第二只瓷钵里。这煮好的鸦片汁，倒在锅里再度熬煮，不停地搅和，直到浓汁越来越浓，变成了膏状，比川贝枇杷膏还要再浓一些，便可以倒在罐里储藏，或是放烟盘子里备用了。这最后一道手续叫作"收膏"。收膏的时候人不能离开锅，火候要拿得稳，要恰到好处，太老太嫩均无是处。煮烟的时候不要忘记加一撮烟灰，然后熬出来的膏才有强烈的刺激力。那用过的金高纸不可丢弃，因为把纸熬煮一下还多少可以得到一点浆汁。抽鸦片的人珍视鸦片，一点也不肯糟蹋。

吸抽鸦片又另是一套功夫。一定要躺着抽，短榻不够深，脚底下垫一个凳子，这是标准姿势。先取烟签子在手，一根两根都成，一手一根也行，用签子挑取烟膏，就灯上烧之，烟遇热嘶嘶冒泡，变黄褐色，急入烟缸再裹烟膏，再烧之，如是三数次则烟泡形成，有如小小的蜂巢，在小铜扇上往复滚压使之光平坚固，俟冷却可贮存于玻璃罐内，或趁热安在烟斗口上立即吸食。吸鸦片时，以口就枪嘴，用口吸，其声呼呼轰轰，善吸者能吸出节奏，烟自口入，自鼻孔出，其中一部分当然要在肺里走了一遭。吸时一手持枪，一手持签，斗塞则以签刺之，使之通畅无阻。善吸者不需用签，一口气把一个烟泡完全吸进斗去。一个泡不足，再来一个，视瘾之大小而定。有人连吸三五个面不改色。

吸过烟后不立即起身，一定要躺片刻，闭上眼睛一声不响，这时节会觉得飘飘摇摇，昏昏沉沉，如腾云驾雾，要羽化而登仙。一股麻醉的感觉贯穿了四肢五脏，好像是打通了任督二脉，浑身通泰。然后渐渐醒转过来，伸伸腿挺挺腰，顺手拿起宜兴壶就着嘴喝两口酽茶。微觉胸口有点发热，不妨吃些水果。然后就可以点起一支香烟或雪茄，和朋友高谈阔论了。说也奇怪，香烟雪茄另是一种刺激，和鸦片是两码子事，不冲突。

吸食鸦片的效果不仅是胃痛、腹泻之类的毛病立刻停止，它还能麻醉人的头脑使人忘忧。什么烦恼苦难尴尬羞辱的事情，在鸦片的毒雾熏蒸之下都到九霄云外去了。就是这股令人浑然忘忧、种种痛疼爽然若失的力量，诱使人沉湎在鸦片里面而难以自拔。

抽鸦片的人懒，本来不懒的也会变成懒。懒到自己煮烟烧烟都不肯做。舅爷、姨太太、婢女，甚至于娈童，都是身边伺候鸦片的理想人物。一人抽烟要连累好几个人成为废物。曾见巨贾，店铺奥处辟有精舍，二三娈童，粉黛妖娇，专为客人奉烟，诗人某，初涉此地，乐不可支，叹为人间仙境，又视为中国文化之最高成就！

　　凡是毒物，先是令人兴奋，最后陷于麻醉。故在某一阶段必觉意志高扬，潜能毕现。所以伶界人物率皆患有此项嗜好，临上场前过足烟瘾，则精神抖擞。旧式文人亦有染此癖好者，夜深秉笔，非此不能文思泉涌。但是吸烟一旦成瘾，难以摆脱，而且意志消沉，不思振作。有些富贵人家，故意诱使子弟吸烟，令株守家园，不至于在外拈花惹草。殊不知家赀不足恃，家道可能中落，纨绔子弟会变成乞儿。我记得一位富家子，烟瘾很深，家败后无以为生，一日来到一位友家门前，鸠形鹄面，衣衫褴褛，涕泣哀求乞讨鸦片少许。告以家中早无此物，他仍哀求不已，他说："求您给我咔嚓咔嚓。"所谓咔嚓是指用曲钩清洁烟斗，将其中之烟渣掏取出来。此种烟渣，名为烟灰，不但在煮烟土时为必需之物，如取少许用水服下，也立能止瘾。可怜烟灰尚未取来，他已瘾发倒地口吐白沫，如患羊痫风。我知道许多小康之家，只因鸦片为祟，把家产整个荡尽。抗战胜利之初，北平烟土价格是一两土抵一两黄金。多少瘾君子不惜典当衣物、家具，拆天棚卖木料，只为了填那烟斗上的无底深渊。最后的结局是家败人亡男盗女娼！贫苦的人民也多不能免于此厄。我参观过一个烟窟，陋巷中重重小门，曲径通幽，忽然进入一间大室。沿墙一排排的短榻，室内烟雾蒙蒙，隐隐约约地看见短榻上各有一具烟灯，微光荧荧，有如鬼火，再细看每个榻上躺着一个人，三分像人七分像鬼，各个瘦得皮包骨，都在"短笛无腔信口吹"。弥尔顿《失乐园》卷一所描写的地狱——

环顾四周,好可怕的一个地窟
像是一个大烘炉;但是那火
没有光,只是一片可辨的黑暗,
刚好可以令人看出种种的惨象,
好一个悲惨阴森的地方,
没有和平与安息,没有人人享有的
希望,只有无穷的煎熬苦痛
不住地袭来,一片火海,
永不熄灭的硫黄火在燃烧。

只有人间地狱的鸦片烟窟差可和这个想象中的地狱相比拟!

鸦片烟是充满了诱惑的。如果是精品,单是那股气味就令人难以抵御。一家煮烟三家香。熬烟膏的时候,一缕异香会荡漾过墙,会令邻人大叫:"好香好香啊!"酒后吸之可以解醒,劳累之后吸之可以解乏,寂寞时吸之可以解闷,身体无论哪一部分不舒适,吸之可以觉得飘飘然不药而愈。唯因其如此,过去不知有多少人坠入其陷阱。戒烟很难,硬断(英文所谓 cold turkey),那份罪不好受。只有坚强的意志,逐渐减少吸食的分量,才可以脱离苦海。

大部分年轻人不知道鸦片如何为害,常有人问起我到底鸦片如何抽法。我略知一二,在此一起作答如上述。

第二辑
谈书论艺

读书苦？读书乐？

从开蒙说起

读书苦？读书乐？一言难尽。

从前读书自识字起。开蒙时首先是念字号，方块纸上写大字，一天读三五个，慢慢增加到十来个，先是由父母手写，后来书局也有印制成盒的，背面还往往有画图，名曰看图识字。小孩子淘气，谁肯沉下心来一遍一遍地认识那几个单字？若不是靠父母的抚慰，甚至糖果的奖诱，我想孩子开始识字时不会有多大的乐趣。

光是认字还不够，需要练习写字，于是以描红模子开始，"上大人，孔乙己，化三千……"再不就是"一去二三里，烟村四五家，亭台六七座，八九十枝花"，或是"王子去求仙，丹成上九天，洞中才一日，世上几千年"。手搦毛笔管，硬是不听使唤，若不是先由父母把着小手写，多半就会描出一串串的大黑猪。事实上，没有一次写字不曾打翻墨盒砚台弄得满手乌黑，狼藉不堪。稍后写小楷，白折子乌丝栏，写上三五行就觉得很吃力。大致说来，写字还算是愉快的事。

进过私塾或从"人，手，足，刀，尺"读过初小教科书的人，对于体罚一事大概不觉陌生。念、背、打三部曲，是我们传统的教学法。一目十行而能牢记于心，那是天才的行径；普通智商的儿童，非打是很难背诵如流的。英国十八世纪的约翰逊博士就赞成体罚，他说那是最直截了当的教学法，颇合于我们所谓"扑作教刑①"之意。私塾老师大概都爱抽旱烟，一二尺长的旱烟袋总是随时不离手的，那烟袋锅子最可怕，白铜制，如果孩子背书疙疙瘩瘩的上气不接下气，当心那烟袋锅子敲在脑袋壳上，"砰"的一声就是一个大包。谁疼谁知道。小学教室讲台桌子抽屉里通常藏有戒尺一条，古所谓榎楚，也就是竹板一块，打在手掌上其声清脆，感觉是又热又辣又麻又疼。早年的孩子没尝过打手板的滋味的大概不太多。如今体罚悬为禁例，偶一为之便会成为新闻。现代的孩子比较有福了。

　　从前的孩子认字，全凭记忆，记不住便要硬打进去。如今的孩子读书，开端第一册是先学注音符号，这是一大改革。本来是，先有语言，后有文字。我们的文字不是拼音的，虽然其中一部分是形声字，究竟无法看字即能读出声音，或是发音即能写出文字。注音符号（比反切高明多了）是帮助把语言文字合而为一的一种工具，对于儿童读书实在是无比地方便。我们中国的文字不是没有严密的体系，所谓六书即是一套提纲挈领的理论，虽然号称"小学"，小学生谁能理解其中的道理？《说文解字》五百四十个部首就会使人晕头转向。章太炎编了一个《部首歌》，"一、上、三、示、王、玉、珏……"煞费苦心，谁能背得上来？陈独秀编了一部《小学识字读本》（台湾印行改名为《文字新论》），是文字学方面一部杰出的大作，但是显然不是适合小学识字的读本。我们中国的语言文字，说难不难，说易不易，高本汉说过这样一段话——

　　北京语实在是一种最可怜的方言，总共只有四百二十个音缀；普通的语词不下四千个，这四千多个的语词，统须支配于四百二十个音缀当中。同音语词的增进，使听受者受了极大的困难，于此也可

----

① 扑作教刑：以戒尺责打不遵守教令的人。扑，戒尺。教刑，上古刑法的一种。

以想见了……（见《中国语与中国文》）

这是外国人对外国人所说的话，我们中国儿童国语娴熟，四声准确，并不觉得北京语"可怜"。我们的困难不在语言，在语言与文字之间的不易沟通。所以读书从注音符号开始，这方法是绝对正确的。

《三字经》《百家姓》《千字文》是旧式的启蒙教材。《百家姓》有其实用价值，对初学并不相宜，且置勿论。《三字经》《千字文》都编得不错，内容丰富妥当，而且文字简练，应该是很好的教材，所以直到今日还有人怀念这两部匠心独运的著作，但是对于儿童并不相宜。孩子懂得什么"人之初，性本善""天地玄黄，宇宙洪荒"？民国初年，我在北平陶氏学堂读过一个时期的小学，记得国文一课是由老师领头高吟"击鼓其镗，踊跃用兵，土国城漕，我独南行……"全班一遍遍地循声朗诵，老师喉咙干了，就指派一个学生（班长之类）代表他领头高吟。朗诵一小时，下课。好多首《诗经》作品就是这样注入我的记忆，可是过了五六十年之后自己摸索才略知那几首诗的大意。小时候多少时间都浪费掉了。教我读《诗经》的那位老师的姓名已不记得，他那副不讨人敬爱的音容道貌至今不能忘！

新式的语文教科书顾及儿童心理及生活环境，读起来自然较有趣味。民初的国文教科书，"一人二手，开门见山，山高日小，水落石出……""一老人，入市中，买鱼两尾，步行回家"……这一类课文还多少带有一点文言的味道。后来仿效西人的作风，就有了"小猫叫，小狗跳……"一类的句子，为某些人所诟病。其实孩子喜欢小动物，由此而入读书识字之门，亦无可厚非。抗战初期我曾负责主编一套中小学教科书，深知其中艰苦，大概越是初级的越是难于编写，因为牵涉到儿童心理与教学方法。现在台湾使用的"国立编译馆"编印的中小学教科书，无论在内容上或印刷上较前都日益进步，学生面对这样的教科书至少应该不至于望而生畏。

纪律与兴趣

高中与大学一、二年级是读书求学的一个很重要的阶段。现在所谓读书，和从前所谓"读圣贤书"意义不同，所读之书范围较广，学有各门各科，书有各种各类。但是国、英、算是基本学科，这三门不读好，以后荆棘丛生，一无是处。而这三门课，全无速成之方，必须按部就班，耐着性子苦熬。读书是一种纪律，谈不到什么兴趣。

梁启超先生是我所敬仰的一位学者，他的一篇《学问与兴趣》广受大众欢迎，很多人读书全凭兴趣，无形中受了此文的影响。我也是他所影响到的一个。我在清华读书，窃自比附于"少小爱文辞"之列，对于数学不屑一顾，以为性情不近，自甘暴弃，勉强及格而已。留学国外，学校当局强迫我补修立体几何及三角二课，我这才知道发愤补修。可巧我所遇到的数学老师，是真正循循善诱的一个人，他讲解一条定律一项原理，不厌其详，远譬近喻地要学生彻底理解而后已。因此我在这两门课中居然培养出兴趣，得到优异的成绩，蒙准免予参加期终考试。我举这一个例，为的说明一件事，吾人读书上课，无所谓性情近与不近，无所谓有无兴趣。读书上课就是纪律，越是自己不喜欢的学科，越要加倍鞭策自己努力钻研。克制自己欲望的这一套功夫，要从小时候开始锻炼。读书求学，自有一条正路可循，由不得自己任性。梁启超先生所倡导趣味之说，是对有志研究学问的人士说教，不是对读书求学的青年致辞。

一般人称大学为最高学府，易令人滋生误解，大学只是又一个读书求学的阶段，直到毕业之日才可称之为做学问的"开始"。大学仍然是一个准备阶段，大学所讲授的仍然是基本知识。所以大学生在读书方面没有多少选择的自由，凡是课程规定的以及教师指定的读物是必须读的。青年人常有反抗的心理，越是规定必须读的，越是不愿去读，宁愿自己去海阔天空地穷搜冥讨。到头来是枉费精力自己吃亏，五四时代而不知所从。张之洞的《书目答问》不足以餍所望。有一天几个同学和我以《清华周刊》记者的名义进城去就教于北大的胡适之先生，胡先生慨允为我们开一个最低的国学必读书目，后来就发表在《清华周刊》上。内容非常充实，名为最低，实则庞大得惊人。梁启超先生看到了，凭他渊博的学识开了一个更详尽的书目。没有人能按图索骥地去读，能约略翻阅一遍认识其中较重要的人名书名就很不错了。吴稚晖先生看到这两个书目，气得发出"一切线装书都丢进茅坑里去"的名言！现在想想，我们当时惹出来的这个书目风波，倒也不是什么坏事，只是好高骛远不切实际罢了。我们的举动表示我们不肯枯守学校规定的读书纪律，而对于更广泛更自由的读书的要求开始展露了天真的兴趣。

书到用时方恨少

我到三十岁左右开始以教书为业的时候，发现自己学识不足，读书太少，应该确有把握的题目东一个窟窿西一个缺口，自己没有全部搞通，如何可以教人？既已荒疏于前，只好恶补于后，而恶补亦非易事。我忘记是谁写的一副对联："书有未曾经我读，事无不可对人言！"很有意思，下句好像是左宗棠的，上句不知是谁的。这副对联表面上语气很谦逊，细味之则自视甚高。以上句而论，天下之书浩如烟海，当然无法遍读，而居然发现自己尚有未曾读过之书，则其已经读过之书必已不在少数，这口气何等狂傲！我爱这句话，不是因为我也感染了几分狂傲，而是因为我确实知道自己的谫陋①，该读而未读的书太多，故此时时记挂着这句名言，勉励自己用功。

我自三十岁才知道自动地读书恶补。恶补之道首要的是先开列书目，何者宜优先研读，何者宜稍加参阅，版本问题也非常重要。

① 谫（jiǎn）陋：浅陋。

此时我因兼任一个大学的图书馆长，一切均在草创，经费甚为充足，除了国文系以外各系申请购书并不踊跃，我乃利用机会在英国文学图书方面广事购储。标准版本的重要典籍以及参考用书乃大致齐全。有了书并不等于问题解决，要逐步一本一本地看。我哪里有充分时间读书？我当时最羡慕英国诗人弥尔顿，他在大学卒业之后听从他父亲的安排到郝尔顿乡下别墅下帷读书五年之久，大有董仲舒三年不窥园之概，然后他才出而问世。我的父亲也曾经对我有过类似的愿望，愿我苦读几年书，但是格于环境，事与愿违。我一面教书，一面恶补有关的图书，真所谓是困而后学。例如莎士比亚剧本，我当时熟悉的不超过三分之一，例如弥尔顿，我只读过前六卷。这重大的缺失，以后才得慢慢弥补过来。至于国学方面更是多少年茫然不知如何下手。

读书乐

读书好像是苦事，小时嬉戏，谁爱读书？既读书，还要经过无数次的考试，面临威胁，担惊害怕。长大就业之后，不想奋发精进则已，否则仍然要继续读书。我从前认识一位银行家，日间筹划盈虚，但是他床头摆着一套英译《法朗士全集》，每晚翻阅几页，日久读毕全书，引以为乐。宦场中、商场中有不少可敬的人物，品位很高，嗜读不倦，可见到处都有读书种子，以读书为乐，并非全是只知道争权夺利之辈。我们中国自古就重视读书，据说秦始皇日读一百二十斤重的竹简公文才就寝。《鹤林玉露》载："唐张参为国子司业，手写九经，每言读书不如写书。高宗以万乘之尊，万几之繁，乃亦亲洒宸翰，遍写九经，云章灿然，终始如一，古帝王所未有也。"从前没有印刷的时候讲究抄书，抄书一遍比读书一遍还要受用。如今印刷发达，得书容易，又有缩印影印之术，无辗转抄写之烦，读书之乐乃大为增加。想想从前所谓"学富五车",是指以牛车载竹简,仅等于今之十万字弱。公元前一千年以羊皮纸抄写一部《圣经》需要三百只羊皮!那时候图书馆里的书是用铁链锁在桌上的!《听雨纪谈》有一段话:

苏文忠公作《李氏山房藏书记》曰:"予犹及见老儒,先生自言其少时欲求《史记》《汉书》而不可得,幸而得之,皆手自书,日夜诵读,唯恐不及。近岁,市人转相摹刻诸子百家之书,日夜传万纸,学者之于书,多且易致如此,其文词学术当倍蓰于昔人。而后生科举之士皆束书不观,游谈无根。"苏公此言切中今时学者之病,盖古人书籍既少,凡有藏者率皆手录。盖以其得之之难故,其读亦不苟。到唐世始有板刻,至宋而益盛,虽云便于学者,然以其得之之易,遂有蓄之而不读,或读之而不灭裂,则以有板刻之故。

无怪乎今之不如古也。其言虽似言之成理,但其结论今不如古则非事实。今日书多易得,有便于学子,读书之乐岂古人之所能想象。今之读书人所面临之一大问题乃图书之选择。"开卷有益",实未必然,即有益之书其价值亦大有差别,罗斯金说得好:"所有的书可分为两大类:风行一时的书与永久不朽的书。"我们的时间有限,读书当有选择。各人志趣不同,当读之书自然亦异,唯有一共同标准可适用于我们全体国人。凡是中国人皆应熟读我国之经典,如《诗》《书》《礼》,以及《论语》《孟子》,再如《春秋左氏传》《史记》《汉书》以及《资治通鉴》或近人所著通史,这都是我国传统文化之所寄。如谓文字艰深,则多有今注今译之版本在。其他如子、集之类,则备随所愿。

人生苦短,而应读之书太多。人生到了一个境界,读书不是为了应付外界需求,不是为人,是为己,是为了充实自己,使自己成为一个明白事理的人,使自己的生活充实而有意义。吾故曰:读书乐。
我想起英国十八世纪诗人的一句诗——

Stuff the head

With all such reading as was never read.

大意是:"把从未读过的书籍,赶快塞进脑袋里去。"

影响我的几本书

我喜欢书，也还喜欢读书，但是病懒，大部分时间荒嬉掉了！所以实在没有读过多少书。年届而立，才知道发愤，已经晚了。几经丧乱，席不暇暖，像董仲舒三年不窥园，弥尔顿五年隐于乡那样有良好环境专心读书的故事，我只有艳羡。多少年来我所读之书，随缘涉猎，未能专精，故无所成。然亦间有几部书对于我个人为学做人之道不无影响。究竟哪几部书影响较大，我没有思量过，直到八年前有一天邱秀文来访问我，她提出了这么一个问题，问我所读之书有哪几部使我受益较大。我略为思索，举出七部书以对，略加解释，语焉不详。邱秀文记录得颇为翔实，亏她细心地连缀成篇，并标题以"梁实秋的读书乐"，后来收入她的一个小册《智者群像》，由时报文化出版公司出版。最近《联副》推出一系列文章，都是有关书和读书的，编者要我也插上一脚，并且给我出了一个题目：影响我的几本书。我当时觉得自己好像是一个考生，遇到考官出了一个我不久以前做过的题目，自以为驾轻就熟，写起来省事，于是色然而喜，欣然应命。题目像是旧的，文字却是新的。这便是我写这篇东西的由来。

第一部影响我的书是《水浒传》。我十四岁进清华才开始读小说，偷偷地读，因为那时候小说被目为"闲书"，在学校里看小说是悬为厉禁的。但是我禁不住诱惑，偷闲在海淀一家小书铺买到一部《绿牡丹》，密密麻麻的小字光纸石印本，晚上钻在蚊帐里偷看，也许近视眼就是这样养成的。抛卷而眠，翌晨忘记藏起，查房的斋务员在枕下一摸，手到擒来。斋务主任陈筱田先生唤我前去应询，瞪着大眼厉声叱问："这是嘛？"（天津话"嘛"就是"什么"）随后把书往地上一丢，说："去吧！"算是从轻发落，没有处罚，可是我忘不了那被叱责的耻辱。我不怕，继续偷看小说，又看了《肉蒲团》《灯草和尚》《金瓶梅》等。这几部小说，并不使我满足，我觉得内容庸俗、粗糙、下流。直到我读到《水浒传》才眼前一亮，觉得这是一部伟大的作品，不愧金圣叹称之为第五才子书，可以和庄、骚、史记、杜诗并列。我一读、再读、三读，不忍释手。曾试图默诵一百零八条好汉的姓名绰号，大致不差（并不是每一个人物都栩栩如生，精彩的不过五分之一，有人说每一个人物都有特色，那是夸张）。也曾试图收集香烟盒里（是大联珠还是前门？）一百零八条好汉的图片。这部小说实在令人着迷。

《水浒传》作者施耐庵在元末以赐进士出身，生卒年月不详，一生经历我们也不得而知。这没有关系，我们要读的是书。有人说《水浒传》的作者是罗贯中，根本不是他，这也没有关系，我们要读的是书。《水浒传》有七十回本，有一百回本，有一百十五回本，有一百二十回本，问题重重；整个故事是否早先有过演化的历史而逐渐形成的，也很难说；故事是北宋淮安大盗一伙人在山东寿张县梁山泊聚义的经过，有多大部分与历史符合有待考证。凡此种种都不是顶重要的事。《水浒传》的主题是"官逼民反，替天行道"。一个个好汉直接间接地吃了官的苦头，有苦无处诉，于是铤而走险，逼上梁山，不是贪图山上的大碗酒大块肉。官，本来是可敬的。奉公守法公忠体国的官，史不绝书。可是一朝权在手便把令来行的贪污枉法的官却也不在少数。人踏上仕途，很容易被污染，会变成为另外一种人。他说话的腔调会变，他脸上的筋肉会变，他走路的姿势会变，他的心的颜色有时候也会变。"尔俸尔禄，民脂民膏"，过骄奢的生活，成特殊阶级，也还罢了，若是为非作歹，鱼肉乡民，那罪过可大了。《水浒传》写的是平民的一股怨气。不平则鸣，容易得到读者的同情，有人甚至不忍深责那些非法的杀人放火的勾当。有人以终身不入官府为荣，怨毒中人之深可想。

较近的人民叛乱事件中，义和团之乱是令人难忘的。我生于庚子后二年，但是清廷的糊涂、八国联军之肆虐，从长辈口述得知梗概。义和团是由洋人教士勾结官府压迫人民所造成的，其意义和梁山泊起义不同，不过就其动机与行为而言，我怜其愚，我恨其妄，而又不能不寄予多少之同情。义和团不可以一个"匪"字而一笔抹杀。英国俗文学中之罗宾汉的故事，其劫强济贫目无官府的游侠作风之所以能赢得读者的赞赏，也是因为它能伸张一般人的不平之感。我读了《水浒传》之后，认识了人间的不平。

我对于《水浒传》有一点极为不满。作者好像对于女性颇不同情。《水浒传》里的故事对于所谓奸夫淫妇有极精彩的描写，而显然的，对于女性特别残酷。这也许是我们传统的大男人主义，一向不把女人当人，即使当作人也是次等的人。女人有所谓贞操，而男人无。《水浒传》为人抱不平，而没有为女人抱不平。这虽不足为《水浒传》病，但是对于欣赏其不平之鸣的读者在影响上不能不打一点折扣。

第二部书该数《胡适文存》。胡先生和我们同一时代，长我十一岁，我们很容易忽略其伟大，其实他是我们这一代人在思想学术道德人品上最为杰出的一个。我读他的文存的时候，尚在清华没有卒业。他影响我的地方有三：

一是他的明白清楚的白话文。明白清楚并不是散文艺术的极致，却是一切散文必须具备的起码条件。他的《文学改良刍议》，现在看起来似嫌过简，在当时是振聋发聩的巨著。他的《白话文学史》的看法，他对于文学（尤其是诗）的艺术的观念，现在看来都有问题。例如他直到晚年还坚持说律诗是"下流"的东西，骈四俪六当然更不在他眼里。这是他的偏颇的见解。可是在五四前后，文章写得像他那样明白晓畅不蔓不枝的能有几人？我早年写作，都是以他的文字作为模仿的榜样。不过我的文字比较杂乱，不及他的纯正。

二是他的思想方法。胡先生起初倡导杜威的实验主义，后来他就不弹此调。胡先生有一句话："不要被别人牵着鼻子走！"像是给人的当头棒喝。我从此不敢轻信人言。别人说的话，是者是之，非者非之，我心目中不存有偶像。胡先生曾为文批评时政，也曾为文对什么主义质疑，他的几位老朋友劝他不要发表，甚至要把已经发排的稿件擅自抽回，胡先生说："上帝尚且可以批评，什么人什么事不可批评？"他的这种批评态度是可佩服的。从大体上看，胡先生从不侈言革命，他还是一个"儒雅为业"的人，不过他对于往昔之不合理的礼教是不惜加以批评的。曾有人家办丧事，求胡先生"点主"，胡先生断然拒绝，并且请他阅看《胡适文存》里有关"点主"的一篇文章，其人读了之后翕然诚服。胡先生对于任何一件事都要寻根问底，不肯盲从。他常说他有考据癖，其实也就是独立思考的习惯。

三是他的认真严肃的态度。胡先生说他一生没写过一篇不用心的文章，看他的文存就可以知道确是如此，无论多小的题目，甚至一封短札，他也是像狮子搏兔似的全力以赴。他在庐山偶然看到一个和尚的塔，他作了八千多字的考证。他对于《水经注》所下的功夫是惊人的。曾有人劝他移考证《水经注》的功夫去做更有意义的事，他说不，他说他这样做是为了要把研究学问的方法传给后人。我对于《水经注》没有兴趣，胡先生的著作我没有不曾读过的，唯《水经注》是例外。可是他治学为文之认真的态度，是我认为应该取法的。有一次，他对几个朋友说，写信一定要注明年、月、日，以便查考。

我们明知我们的函件将来没有人会去研究考证，何必多此一举？他说，不，要养成这个习惯。我接受他的看法，年、月、日都随时注明。有人写信仅注月、日而无年份，我看了便觉得缺憾。我译莎士比亚，大家知道，是由于胡先生的倡导。当初约定一年译两本，二十年完成，可是我拖了三十年。胡先生一直关注这件工作，有一次他由台湾飞到美国，他随身携带在飞机上阅读的书包括《亨利四世·下篇》的译本。他对我说他要看看中译的莎士比亚能否令人看得下去。我告诉他，能否看得下去我不知道，不过我是认真翻译的，没有随意删略，没敢潦草。他说俟全集译完之日为我举行庆祝，可惜那时他已经不在了。

第三本书是白璧德的《卢梭与浪漫主义》。白璧德（Irving Babbitt）是哈佛大学教授，是一位与时代潮流不合的保守主义学者。我选过他的"英国十六世纪以后的文学批评"一课，觉得他很有见解，不但有我们前所未闻的见解，而且和我自己的见解背道而驰。于是我对他产生了兴趣。我到书店把他的著作五种一股脑儿买回来读，其中最有代表性的是他的这一本《卢梭与浪漫主义》。他毕生致力于批判卢梭及其代表的浪漫主义，他针砭流行的偏颇的思想，总是归根到卢梭的自然主义。有一幅漫画讽刺他，画他匍匐在地上揭开被单窥探床下有无卢梭藏在底下。白璧德的思想主张，我在《学衡》杂志所刊吴宓、梅光迪几位介绍文字中已略微知其一二，只是《学衡》固执地使用文言，在一般受了五四洗礼的青年中很难引起共鸣。我读了他的书，上了他的课，突然感到他的见解平正通达而且切中时弊。我平素心中蕴结的一些浪漫情操几为之一扫而空。我开始省悟，五四以来的文艺思潮应该根据历史的透视而加以重估。我在学生时代写的第一篇批评文字《中国现代文学之浪漫的趋势》就是在这个时候写的。随后我写的《文学的纪律》《文人有行》，以至于较后对于辛克莱《拜金艺术》的评论,都可以说是受了白璧德的影响。

白璧德对东方思想颇有渊源,他通晓梵文经典及儒家与老庄的著作。《卢梭与浪漫主义》有一篇很精彩的附录,论老庄的"原始主义",他认为卢梭的浪漫主义颇有我国老庄的色彩。白璧德的基本思想是与古典的人文主义相呼应的新人文主义。他强调人生三境界,而人之所以为人在于他有内心的理性控制,不令感情横决。这就是他念念不忘的人性二元论。《中庸》所谓"天命之谓性,率性之谓道,修道之谓教",孔子所说的"克己复礼",正是白璧德所乐于引证的道理。他重视的不是 elan vital（柏格森所谓的"创造力"）而是 elan frein（克制力）。一个人的道德价值,不在于做了多少事,而是在于有多少事他没有做。白璧德并不说教,他没有教条,他只是坚持一个态度——健康与尊严的态度。我受他的影响很深,但是我不曾大规模地宣扬他的作品。我在新月书店曾经辑合《学衡》上的几篇文字为一小册印行,名为《白璧德与人文主义》,并没有受到人们的注意。若干年后,宋淇先生为美国新闻处编译一本《美国文学批评》,其中有一篇是《卢梭与浪漫主义》的一章,是我应邀翻译的,题目好像是"浪漫的道德"。三十年代"左"倾仁兄们鲁迅及其他人谥我为"白璧德的门徒",虽只是一顶帽子,实也当之有愧,因为白璧德的书并不容易读,他的理想很高,也很难身体力行,称为门徒谈何容易!

第四本书是叔本华的《隽语与箴言》(*Maxims and Counsels*)。这位举世闻名的悲观哲学家的主要作品 *The World as Will and Idea* 我没有读过,可是这部零零碎碎的札记性质的书却给我莫大的影响。

叔本华的基本认识是:人生无所谓幸福,不痛苦便是幸福。痛苦是真实的、存在的、积极的;幸福则是消极的,并无实体的存在。没有痛苦的时候,那种消极的感受便是幸福。幸福是一种心理状态,而非实质的存在。基于此种认识,人生努力方向应该是尽量避免痛苦,而不是追求幸福，因为根本没有幸福那样的一个东西。能避免痛苦，幸福自然就来了。

我不觉得叔本华的看法是诡辩。不过避免痛苦不是一件简单的事，需要慎思明辨，更需要当机立断。

第五部书是斯陶达的《对文明的反叛》（Lothrop Stoddard : *The Revolt against Civilization*）。这不是一部古典名著，但是影响了我的思想。民国十四年，潘光旦在纽约哥伦比亚大学念书，住在黎文斯通大厦，有一天我去看他，他顺手拿起这一本书，竭力推荐要我一读。光旦是优生学者，他不但赞成节育，而且赞成"普罗列塔利亚"少生孩子，优秀的知识分子多生孩子，只有这样做，民族的品质才有希望提高。一人一票的"德谟克拉西"是不合理的，古希腊的"亚里士多克拉西"较近于理想。他推崇孔子，但不附和孟子的平民之说。他就是这样有坚定信念而非常固执的一位学者。他郑重推荐这一本书，我想必有道理，果然。

斯陶达的生年不详，我只知道他是美国人，一八八三年生，一九五〇年卒，《对文明的反叛》出版于一九二二年，此外还有《欧洲种族的实况》（一九二四年）、《欧洲与我们的钱》（一九三二年）及其他。这本《对文明的反叛》的大意是：私有财产为人类文明的基础。有了私有财产的制度，然后人类生活形态，包括家庭的、社会的、政治的、经济的各方面，才逐渐地发展而成为文明。马克思与恩格斯于一八四八年发表的一个小册子 *Manifest der Kommunistischen Partei*（《共产党宣言》）声言私有财产为一切罪恶的根源，要彻底地废除私有财产制度，言激而辩。斯陶达认为这是反叛文明，是对整个人类文明的打击。

文明发展到相当阶段会有不合理的现象，也可称之为病态。所以有心人就要想法改良补救，也有人就想象一个理想中的黄金时代，悬为希望中的目标。《礼记·礼运》所谓的"大同",虽然孔子说"大道之行也,与三代之英,丘未之逮也",实则大同乃是理想世界,在尧舜时代未必实现过,就是禹、汤、文武周公的"小康之治"恐怕也是想当然耳。西洋哲学家如柏拉图、如斯多葛派创始者季诺（Zeno）、如托马斯·莫尔及其他,都有理想世界的描写。耶稣基督也是常以慈善为教,要人共享财富。许多教派都不准僧侣自蓄财产。英国诗人柯勒律治与骚塞（Coleridge and Southey）在一七九四年根据卢梭与戈德温（Godwin）的理想,居然想到美洲的宾夕法尼亚去创立一个共产社区,虽然因为缺乏经费而未实现,其不满于旧社会的激情可以想见。不满于文明社会之现状,是相当普遍的心理。凡是有同情心和正义感的人对于贫富悬殊壁垒分明的现象无不深恶痛绝。不过从事改善是一回事,推翻私有财产制度又是一回事。像一七九二年巴黎公社之引起恐怖统治就是一个极不幸的例子。至若以整个国家甚至以整个世界孤注一掷地做一个渺茫的理想的实验,那就太危险了。文明不是短期能累积起来的,却可毁于一旦。斯陶达心所谓危,所以写了这样的一本书。

第六部书是《六祖坛经》。我与佛教本来毫无瓜葛。抗战时在北碚缙云山上的缙云古寺偶然看到太虚法师领导的汉藏理学院,一群和尚在翻译佛经,香烟缭绕,案积贝多树叶帖帖然,字斟句酌,庄严肃穆。佛教的翻译原来是这样谨慎而神圣的,令人肃然起敬。知客法舫,彼此通姓名后得知他是《新月》的读者,相谈甚欢,后来他送我一本他作的《金刚经讲话》,我读了也没有什么领悟。一九四九年我在广州,中山大学外文系主任林文铮先生是一位狂热的密宗信徒,我从他那里借到《六祖坛经》,算是对于禅宗做了初步的接触,谈不上了解,更谈不到开悟。在丧乱中我开始思索生死这一大事因缘。在六榕寺瞻仰了六祖的塑像,对于这位不识字而能领悟佛理的高僧有无限的敬仰。

《六祖坛经》不是一人一时所作，不待考证就可以看得出来，可是禅宗大旨尽萃于是。禅宗主张不立文字，但阐明宗旨还是不能不借重文字。据我浅陋的了解，禅宗主张顿悟，说起来简单，实则甚为神秘。棒喝是接引的手段，公案是参究的把鼻。说穿了是要人一下子打断理性的逻辑的思维，停止常识的想法，蓦然一惊之中灵光闪动，于是进入一种不思善不思恶无生无死不生不死的心理状态。在这状态之中得见自心自性，是之谓明心见性，是之谓言下顿悟。

有一次我在胡适之先生面前提起铃木大拙，胡先生正色曰："你不要相信他，那是骗人的！"我不做如是想。铃木不像是有意骗人，他可能确实相信禅宗顿悟的道理。胡先生研究禅宗历史十分渊博，但是他自己没有做修持的功夫，不曾深入禅宗的奥秘。事实上他无法打入禅宗的大门，因为禅宗大旨本非理性的文字所能解析说明，只能用简略的、象征的文字来暗示。在另一方面，铃木也未便以胡先生为门外汉而加以轻蔑。因为一进入文字辩论的范围便必须使用理性的逻辑的方式才足以服人。禅宗的境界用理性逻辑的文字怎样解释也说不明白，须要自身体验，如人饮水，冷暖自知。所以我看胡适、铃木之论战根本是不必要的，因为两个人不站在一个层次上。一个说有鬼，一个说没有鬼，能有结论吗？

我个人平素的思想方式近于胡先生类型，但是我也容忍不同的寻求真理的方法。《哈姆雷特》一幕二景，哈姆雷特见鬼之后对于来自威吞堡的学者何瑞修说："宇宙间无奇不有，不是你的哲学全能梦想得到的。"我对于禅宗的奥秘亦做如是观。《六祖坛经》是我最初亲近的佛书，带给我不少喜悦，常引我做超然的遐思。

第七部书是卡莱尔的《英雄与英雄的崇拜》（Carlyle : *On Heroes and Hero worship*），原是一系列的演讲，刊于一八四一年。卡莱尔的文笔本来是汪洋恣肆，气势不凡，这部书因为原是讲稿，语气益发雄浑，滔滔不绝有雷霆万钧之势。他所谓的英雄不是专指搴旗斩将攻城略地的武术高超的战士而言，举凡卓荦越伦的各方面的杰出人才，他都认为是英雄，神祇、先知、国王、哲学家、诗人、文人都可以称为英雄，如果他们能做人民的领袖、时代的前驱、思想的导师。卡莱尔对于人类文明的历史发展有一基本信念，他认为人类文明是极少数的领导人才所创造的。少数的杰出人才有所发明，于是大众跟进。没有睿智的领导人物，浑浑噩噩的大众就只好停留在浑浑噩噩的状态之中。证之于历史，确是如此。这种说法和孙中山先生所说"先知先觉、后知后觉、不知不觉"若合符节。卡莱尔的说法，人称之为"伟人学说"（Great Man Theory）。他说政治的妙谛在于如何把有才智的人放在统治者的位置上去。他因此而大为称颂我们的科举取士的制度。不过他没注意到取士的标准大有问题，所取之士的品质也就大有问题。好人出头是他的理想，他们憧憬的是贤人政治。他怕听"拉平者"（levellers）那一套议论，因为人有贤不肖，根本不平等。尽管尽力拉平世间的不平等的现象，领导人才与人民大众对于文明的贡献不能等量齐观。

我接受卡莱尔的伟人学说，但是我同时强调伟人的品质。尤其是政治上的伟人责任重大，如果他的品质稍有问题，例如轻言改革，囿于私见，涉及贪婪，用人不公，立刻就会灾及大众，祸国殃民。所以我一面崇拜英雄，一面深厌独裁。我愿他泽及万民，不愿他成为偶像。卡莱尔不信时势造英雄，他相信英雄造时势。我想是英雄与时势交相影响。卡莱尔受德国费希特（Fichte）的影响，以为一代英雄之出世含有"神意"（divine idea）；又受加尔文（Calvin）一派清教思想的影响，以为上帝的意旨在指挥英雄人物。这种想法现已难以令人相信。

第八部书是马可·奥勒留（Marcus Aurelius Antonius）的《沉思录》(*Meditations*)，这是西洋斯多葛派哲学最后一部杰作，原文是希腊文，但是译本极多，单是英文译本自十七世纪起至今已有二百多种。在我国好像注意到这本书的人不多。我在一九五九年将此书译成中文，由协志出版公司印行。作者是一千八百多年前的罗马帝国的皇帝，以皇帝之尊而成为苦修的哲学家，给我们留下这样的一部书真是奇事。

斯多葛派哲学涉及三个部门：物理学、逻辑学、伦理学。这一派的物理学，简言之，即是唯物主义加上泛神论，与柏拉图之以理性概念为唯一真实存在的看法正相反。斯多葛派认为只有物质的事物才是真实的存在，但是物质的宇宙之中偏存着一股精神力量，此力量以不同的形式出现，如人，如气，如精神，如灵魂，如理性，如主宰一切的原理，皆是。宇宙是神，人所崇奉的神祇只是神的显示。神话传说全是寓言。人的灵魂是从神那里放射出来的，早晚还要回到那里去。主宰一切的神圣原则即是使一切事物为了全体利益而合作。人的至善的理想即是有意识地为了共同利益而与天神合作。至于这一派的逻辑学则包括两部分，一是辩证法，一是修辞学，二者都是思考的工具，不太重要。马可最感兴趣的是伦理学。按照这一派哲学，人生最高理想是按照宇宙自然之道去生活。所谓"自然"不是任性放肆之意，而是上面说到的宇宙自然。人生除了美德无所谓善，除了罪行无所谓恶。美德有四：一为智慧，所以辨善恶；二为公道，以便应付一切悉合分际；三为勇敢，借以终止痛苦；四为节制，不为物欲所役。人是宇宙的一部分，所以对宇宙整体负有义务，应随时不忘本分，致力于整体利益。有时自杀也是正当的，如果生存下去无法善尽做人的责任。

《沉思录》没有明显地提示一个哲学体系，作者写这本书是在做反省的功夫，流露出无比的热忱。我很向往他这样的近于宗教的哲学。

他不信轮回不信往生，与佛说异，但是他对于生死这一大事因缘却同样地不住地叮咛开导。佛圆寂前，门徒环立，请示以后当以谁为师，佛说："以戒为师。"戒为一切修行之本，无论根本五戒、沙弥十戒、比丘二百五十戒，以及菩萨十重四十八轻之性戒，其要义无非是克制。不能持戒，还说什么定慧？佛所斥为外道的种种苦行，也无非是戒的延伸与歪曲。斯多葛派的这部杰作坦示了一个修行人的内心了悟，有些地方不但可与佛说参证，也可以和我国传统的"天行健，君子以自强不息"以及"克己复礼"之说相印证。

英国十七世纪剧作家范布勒（Vanbrugh）的《旧病复发》（*Relapse*）里有一个愚蠢的花花大少浮平顿爵士（Lord Foppington），他说了一句有趣的话："读书乃是以别人脑筋制造出的东西以自娱。我以为有风度有身份的人可以凭自己头脑流露出来的东西而自得其乐。"书是精神食粮。食粮不一定要自己生产，自己生产的不一定会比别人生产的好。而食粮还是我们必不可或缺的。书像是一股洪流，是多年来多少聪明才智的人点点滴滴地汇集而成，很难得有人说毫无凭借地立地涌现出一部书。读书如交友，也靠缘分，吾人有缘接触的书各有不同。我读书不多，有缘接触了几部难忘的书，有如良师益友，获益匪浅，略如上述。

漫谈读书

我们现代人读书真是幸福。古者,"著于竹帛谓之书",竹就是竹简,帛就是缣素。书是稀罕而珍贵的东西。一个人若能垂于竹帛,便可以不朽。孔子晚年读《易》,韦编三绝,用韧皮贯联竹简,翻来翻去以至于韧皮都断了,那时候读书多么吃力!后来有了纸,有了毛笔,书的制作比较方便,但在印刷之术未行以前,书的流传完全是靠抄写。我们看看唐人写经,以及许多古书的钞本,可以知道一本书得来非易。自从有了印刷术,刻版、活字、石印、影印,乃至于显微胶片,读书的方便无以复加。

物以稀为贵。但是书究竟不是普通的货物。书是人类智慧的结晶,经验的宝藏,所以尽管如今满坑满谷的都是书,书的价值仍不是用金钱可以衡量的。价廉未必货色差,畅销未必内容好。书的价值在于其内容的精到。宋太宗每天读《太平御览》等书二卷,漏了一天则以后追补,他说:"开卷有益,朕不以为劳也。"这是"开卷有益"一语之由来。《太平御览》采集群书一千六百余种,分为五十五门,历代典籍尽萃于是,宋太宗日理万机之暇日览两卷,当然可以说是"开卷有益"。如今我们的书太多了,纵不说粗制滥造,至少是种类繁多,接触的方面甚广。我们读书要有抉择,否则不但无益而且浪费时间。

那么读什么书呢?这就要看各人的兴趣和需要。在学校里,如果能在教师里遇到一两位有学问的,那是最幸运的事,他能适当地指点我们读书的门径。离开学校就只有靠自己了。读书，永远不恨其晚。晚，比永远不读强。有一个原则也许是值得考虑的：作为一个地道的中国人，有些书是非读不可的。这与行业无关。理工科的、财经界的、文法的，都需要读一些蔚成中国文化传统的书。经书当然是其中重要的一部分，史书也一样地重要。盲目地读经不可以提倡，意义模糊的所谓"国学"亦不能餍现代人之望。一系列的古书是我们应该以现代眼光去了解的。

黄山谷说："人不读书，则尘俗生其间，照镜则面目可憎，对人则语言无味。"细味其言，觉得似有道理。事实上，我们所看到的人，确实是面目可憎语言无味的居多。我曾思索，其中因果关系安在？何以不读书便面目可憎语言无味？我想也许是因为读书等于是尚友古人，而且那些著书立说的古人必定是一时才俊，与古人游不知不觉受其熏染，终乃收改变气质之功，境界既高，胸襟既广，脸上自然透露出一股清醇爽朗之气，无以名之，名之曰书卷气。同时在谈吐上也自然高远不俗。反过来说，人不读书，则所为何事，大概是陷身于世网尘劳，困厄于名缰利锁，五烧六蔽，苦恼烦心，自然面目可憎，焉能语言有味？

当然，改变气质不一定要靠读书。例如，艺术家就另有一种修为。"伯牙学琴于成连先生，三年不成。成连云吾师方子春今在东海中，能移人情。乃与伯牙俱往，至蓬莱山，留伯牙，曰：'子居此习之，吾将迎之。'刺船而去，旬时不返。伯牙遥望无人，但闻海水汹洞①，山林杳冥，怆然叹曰：'先生将移我情矣。'乃援琴而歌，作水仙操，曲终，成连回刺船迎之而返。伯牙遂为天下妙绝。"这一段记载，写音乐家之被自然改变气质，虽然神秘，不是不可理解的。禅宗教外别传，根本不立文字，靠了顿悟即能明心见性。这究竟是生有异禀的人之超绝的成就。以我们一般人而言，最简便的修养方法还是读书。

---

①汹（hòng）洞：弥漫无际。

书，本身就有情趣、可爱。大大小小形形色色的书，立在架上，放在案头，摆在枕边，无往而不宜。好的版本尤其可喜。我对线装书有一分偏爱。吴稚晖先生曾主张把线装书一律丢在茅厕坑里，这偏激之言令人听了不大舒服。如果一定要丢在茅厕坑里，我丢洋装书，舍不得丢线装书。可惜现在线装书很少见了，就像穿长袍的人一样地稀罕。几十年前我搜求杜诗版本，看到古逸丛书影印宋版蔡梦弼《草堂诗笺》，真是爱玩不忍释手，想见原本之版面大，刻字精，其纸张墨色亦均属上选。在校勘上、笺注上此书不见得有多少价值，可是这部书本身确是无上的艺术品。

好书谈

从前有一个朋友说，世界上的好书，他已经读尽，似乎再没有什么好书可看了。当时许多别的朋友不以为然，而较年长一些的朋友就更以为狂妄。现在想想，却也有些道理。

世界上的好书本来不多，除非爱书成癖的人（那就像抽鸦片抽上瘾一样的），真正心悦诚服地手不释卷，实在有些稀奇。还有一件最令人气短的事，就是许多最伟大的作家往往没有什么凭借，但却做了后来二三流的人的精神上的财源了。柏拉图、孔子、屈原，他们一点一滴，都是人类的至宝，可是要问他们从谁学来的，或者读什么人的书而成就如此，恐怕就是最善于说谎的考据家也束手无策。这事有点儿怪！难道真正伟大的作家，读书不读书没有什么关系吗？读好书或读坏书也没有什么影响吗？

叔本华曾经说好读书的人就好像惯于坐车的人，久而久之，就不能在思想上迈步了。这真唤醒人的不小迷梦！小说家瓦塞曼竟又说过这样的话，认为倘若为了要鼓起创作的勇气，只有读二流的作品。因为在读二流的作品的时候，他可以觉得只要自己一动手就准强。倘读第一流的作品却往往叫人减却了下笔的胆量。这话也不能说没有部分真理。

也许世界上天生有种人是作家，有种人是读者。这就像天生有种人是演员，有种人是观众；有种人是名厨，有种人却是所谓老饕。

演员是不是十分热心看别人的戏，名厨是不是爱尝别人的菜，我也许不能十分确切地肯定。但我见过一些作家，却确乎不大爱看别人的作品。如果是同时代的人，更如果是和自己的名气不相上下的人，大概尤其不愿意寓目。我见过一个名小说家，他的桌上空空如也，架上仅有的几本书是他自己的新著，以及自己所编过的期刊。我也曾见过一个名诗人（新诗人），他的唯一读物是《唐诗三百首》，而且在他也尽有多余之感了。这也不一定只是由于高傲，如果分析起来，也许是比高傲还复杂的一种心理。照我想，也许是真像厨子（哪怕是名厨），天天看见油锅油勺，就腻了。除非自己逼不得已而下厨房，大概再不愿意去接触这些家伙，甚而不愿意见一些使他可以联想到这些家伙的物件。职业的辛酸，也有时是外人不晓得的。唐代的阎立本不是不愿意自己的儿子再做画师吗？以教书为生活的人，也往往看见别人在声嘶力竭地讲授，就会想到自己，于是觉得"惨不忍闻"。做文章更是一桩呕心血的事，成功失败都要有一番产痛，大概因此之故不忍读他人的作品了。

　　撇开这些不说，站在一个纯粹读者的角度而论，却委实有好书不多的实感。分量多的书，糟粕也就多。读读杜甫的选集十分快意，虽然有些佳作也许漏过了选者的眼光。读全集怎么样？叫人头痛的作品依然不少。据说有把全集背诵一字不遗的人，我想这种人不是缺乏美感，就只是为了训练记忆。顶讨厌的集子更无过于陆放翁，分量那么大，而佳作却真寥若晨星。反过来，《古诗十九首》、郭璞《游仙诗》十四首却不能不叫人公认为人类的珍珠宝石。钱钟书的小说里曾说到一个产量大的作家，在房屋恐慌中，忽然得到一个新居，满心高兴。谁知一打听，才知道是由于自己的著作汗牛充栋的结果，把自己原来的房子压塌，而一直落在地狱里了。这话诚然有点刻薄，但也许对于像陆放翁那样不知趣的笨伯有一点点益处。

　　古往今来的好书，假若让我挑选，举不出十部。而且因为年龄环境的不同，也不免随时有些更易。单就目前论，我想是：《柏拉图对话录》《论语》《史记》《世说新语》《水浒传》《庄子》《韩非子》，如此而已。其他的书名，我就有些踌躇了。或者有人问：你自己的著作可以不可以列上？我很悲哀，我只有毫不踌躇地放弃附骥之想了。一个人有勇气（无论是糊涂或欺骗）是可爱的，可惜我不能像上海某名画家，出了一套《世界名画选集》，却只有第一本，那就是他自己的"杰作"！

学问与趣味

前辈的学者常以学问的趣味启迪后生，因为他们自己实在是得到了学问的趣味，故不惜现身说法，诱导后学，使他们在愉快的心情之下走进学问的大门。例如，梁任公先生就说过："我是个主张趣味主义的人，倘若用化学化分'梁启超'这件东西，把里头所含一种名叫'趣味'的元素抽出来，只怕所剩下的仅有个零了。"任公先生注重趣味，学问甚是渊博，而并不存有任何外在的动机，只是"无所为而为"，故能有他那样的成就。一个人在学问上果能感觉到趣味，有时真会像是着了魔一般，真能废寝忘食，真能不知老之将至，苦苦钻研，锲而不舍，在学问上焉能不有收获？不过我尝想，以任公先生而论，他后期的著述如历史研究法，先秦政治思想史，以及有关墨子、佛学、陶渊明的作品，都可说是他的一点"趣味"在驱使着他，可是他在年轻的时候，从师受业，诵读典籍，那时节也全然是趣味吗？作八股文，作试帖诗，莫非也是趣味吗？我想未必。大概趣味云云，是指年长之后自动做学问之时而言，在年轻时候为学问打根底之际恐怕不能过分重视趣味。学问没有根底，趣味也很难滋生。任公先生的学问之所以那样地博大精深，涉笔成趣，左右逢源，不能不说一大部分得力于他的学问根底之打得坚固。

我曾见许多年轻的朋友，聪明用功，成绩优异，而语文程度不足以达意，甚至写一封信亦难得通顺，问其故则曰其兴趣不在语文方面。又有一些朋友，执笔为文，斐然可诵，而视数理科目如仇雠，勉强才能及格，问其故则亦曰其兴趣不在数理方面，而且他们觉得某些科目没有趣味，便撇在一边视如敝屣，怡然自得，振振有词，面无愧色，好像这就是发扬趣味主义。殊不知天下没有没有趣味的学问，端视吾人如何发掘其趣味，如果在良师指导之下按部就班地循序而进，一步一步地发现新天地，当然乐在其中；如果浅尝辄止，甚至躐等①躁进，当然味同嚼蜡，自讨没趣。一个有中上天资的人，对于普通的基本的文理科目，都同样地有学习的能力，绝不会本能地长于此而拙于彼。只有懒惰与任性，才能使一个人自甘暴弃地在"趣味"的掩护之下败退。

由小学到中学，所修习的无非是一些普通的基本知识。就是大学四年，所授课业也还是相当粗浅的学识。世人常称大学为"最高学府"，这名称易滋误解，好像过此以上即无学问可言。大学的研究所才是初步研究学问的所在，在这里做学问也只能算是粗涉藩篱，注重的是研究学问的方法与实习。学无止境，一生的时间都嫌太短，所以古人皓首穷经，头发白了还是在继续研究，不过在这样的研究中确是有浓厚的趣味。

在初学的阶段，由小学至大学，我们与其倡言趣味，不如偏重纪律。一个合理编列的课程表，犹如一个营养均衡的食谱，里面各个项目都是有益而必需的，不可偏废，不可再有选择。所谓选修科目也只是在某一项目范围内略有拣选余地而已。一个受过良好教育的人，犹如一个科班出身的戏剧演员，在坐科的时候他是要服从严格纪律的，唱工、做工、武把子都要认真学习，各种角色的戏都要完全谙通，学成之后才能各按其趣味而单独发展其所长。学问要有根底，根底要打得平正坚实，以后永远受用。初学阶段的科目之最重要的莫过于语文与数学。语文是阅读达意的工具，国文不通便很

① 躐（liè）等：越级，不循原有序列。

难表达自己，外国文不通便很难吸取外来的新知。数学是思想条理之最好的训练。其他科目也各有各的用处，其重要性很难强分轩轾①，例如体育，从另一方面看也是重要得无以复加。总之，我们在求学时代，应该暂且把趣味放在一边，耐着性子接受教育的纪律，把自己锻炼成为坚实的材料。学问的趣味，留在将来慢慢享受一点也不迟。

---

① 轩轾（zhì）：车前高后低叫轩，前低后高叫轾，借指高低优劣。

听戏、看戏、读戏

我小时候喜欢听戏，在北平都说听戏，不说看戏。真正内行的听众，他不挑拣座位，在池子里能有个地方就行，"吃柱子"也无所谓，在边厢暗处找个座位就可以，沏一壶茶，眯着眼，歪歪斜斜地缩在那里——听戏。实际上他听的不是戏，是某一个演员的唱。戏的主要部分是歌唱。听到一句回肠荡气的唱腔，如同搔着痒处一般，他会猛不丁地带头喊一声"好！"若是听到不合规矩荒腔走板的调子，他也会毫不留情地送上一个倒彩。真是"曲有误，周郎顾"。

我没有那份素养，当然不足以语此，但是我在听戏之中却是得到了一种精神上的满足。我自己虽不会唱，顶多是哼两声，但是却常被那节奏与韵味所陶醉。凡是爱听戏的人都有此经验。戏剧之所以能掌握住大众的兴趣，即以此故，戏的情节没有太大的关系，纵然有迷信的成分或是不大近情近理，都没有关系，反正是那百十来出的戏，听也听熟了，要注意的是演员之各有千秋的唱功。甚至演员的扮相也不重要，例如德珺如的小生，那张驴脸实在令人不敢承教，但是他唱起来硬是清脆可听。至于演员的身段、化妆、行头，以及台上的切末道具，更是次焉者也。

因为戏的重点在唱，而唱功优秀的演员不易得，且其唱功一旦登峰造极，厥后在剧界即有难以为继之叹，一切艺术皆是如此。自民初以后，戏剧一直在走下坡。其式微之另一个原因是观众的素质与品位变了。戏剧的盛衰，很大部分取决于观众，此乃供求之关系，势所必至。而观众受社会环境变迁之影响，其素质与品位又不得不变。新文化运动以来，论者对于戏剧常有微词，或指脸谱为野蛮的遗留，或谓剧情不外奖善惩恶之滥调，或曰男扮女角为不自然，或诋剧词之常有鄙陋不通之处……诸如此类，皆不无见地，然实未搔着痒处。也有人倡为改良之议，诸如修改剧本、润色戏词、改善背景、增加幔幕、遮隔文武场面等，均属可行，然亦未触及基本问题之所在。我们的戏属于歌剧类型，其灵魂在唱歌。这样的戏被这样的观众所长期地欣赏，已成为我们的传统文化的一个项目。是传统，即不可轻言更张。振衰起敝之道在于有效地培养演员，旧的科班制度虽非尽善，有许多地方值得保存。俗语说："三年出一个状元，三十年不见得能出一个好演员。"人才难得，半由天赋，半由苦功。培养演员，固然不易，培养观众其事尤难，观众的品位受多方的影响，控制甚难。大势所趋，歌剧的前途未可乐观。

戏还是要看的，不一定都要闭着眼睛听。不过我们的戏剧的特点之一是所有动作多以象征为原则，不走写实的路子。因为戏剧受舞台构造的限制，三面都是观众，无幕无景，地点可以随时变，所以不便写实。说它是原始趣味也可，说它具有象征艺术的趣味亦可。这种作风怕是要保留下去的。记得尚小云有一回演《天河配》，在出浴一场中，这位高头大马的演员穿着紧身的粉红色卫生衣裤真个地挥动纱带作出水芙蓉状！有人为之骇然，也有人为之鼓掌叫绝。我觉得这是旧剧的堕落。

话剧是由外国引进来的东西。旧剧即使不堕落，话剧的兴起，其势也是不可遏的。话剧的组成要件是动作与对白，和歌剧大异其趣。从文明新戏起到晚近的话剧运动，好像尚未达到成熟的阶段。其间有很长一段是模仿外国作品，也模仿易卜生，也模仿奥尼尔，似是无可讳言。话剧虽然不唱，演员的对白却不是简单事，如何咬字吐音，使字字句句送到全场观众的耳边，需要研究苦练，同时也需要天赋。话剧常常是由学校领头演出，中外皆然，当然学校戏剧也常有非常出色的成绩，不过戏剧演出必须职业化，然后才能期望有较高的艺术水准。

话剧的主流是写实的，可以说是真正的"人生的模拟"。故导演的手法，背景的安排，灯光的变化，服装的设计，无一不重要，所以制造戏剧的效果，使观众从舞台上的表演中体会出一段有意义的人生。戏剧不可过分迎合观众趣味，否则其娱乐性可能过分增高，而其艺术性相应地减少。

在现代商业化的社会里，话剧的发展是艰苦的。且以英国著名演员劳伦斯·奥利弗爵士为例，他的表演艺术在如今是登峰造极的一个。他说："我现在拍电影，人们总是在报上批评我。'为什么拍这些垃圾？'我告诉你什么原因：找钱送三个孩子上学，养家，为他们将来有好日子……"奥利弗如此，其他演员无论矣。我们此时此地倡导话剧，首要之因是由政府建立现代化的剧院，不妨是小剧院，免费供应演出场地，或酌量少收费用，同时鼓励成立"定期换演剧目的剧团"，使演剧成为职业化，对于演员则大幅提高其报酬，使不至于旁骛。

戏本是为演的，不是为看的。所以剧本一向是剧团的财产之一部，并不要发表出来以供众览。科班里教戏是靠口授，而且是授以"单词"，不肯整出地传授，所拥有的全剧钞本世袭珍藏唯恐走漏。从前外国的剧团也是一样，并不把剧本当作文学作品看待。把戏剧作品当作文学的一部分，是比较晚近的事。

读剧本，与看舞台上演，其感受大不相同。舞台上演，不过是两三小时的工夫，其间动作语言曾不少停，观众直接立即获得印象。有许多问题来不及思考，有许多词句来不及品赏。读剧本则可从容玩味，发现许多问题与意义。看好的剧本在舞台上做有效的表演，那才是最理想的事。戏剧本来是以演员为主要支柱,但是没有好的剧本则表演亦无所附丽。剧本的写作是创造,演员的艺术是再创造。

戏剧被利用为宣传工具,自古已然。可以宣传宗教意识,可以宣传道德信条,驯至晚近可以宣传种种的政治与社会思想。不过戏剧之为戏剧,自有其本身的文艺的价值。易卜生写《玩偶之家》,被妇女运动家视为最有力的一个宣传,但是据易卜生自己说,他根本没有想到过妇女运动。戏剧作家,和其他作家一样,需要自由创作的环境。戏剧的演出,像其他艺术活动一样,我们也应该给予最大的宽容。

莎士比亚的演出

莎士比亚的戏是为阅读的，还是为观赏的？这一问题好像是批评家兰姆首先提出来的。他的意思是，莎士比亚的戏博大精深，非加仔细阅读不能体会其中奥妙。他有一篇文章《论莎氏悲剧是否合于舞台排演》，他说：

莎士比亚的戏，比起任何别的作家，实在最不该在舞台上排演……里面有一大部分并不属于演出的范围以内，与吾人之眼、声、姿势，漫不相关。

他举例说，哈姆雷特与麦克白，其品格异常复杂，没有人可以充分地表现出哈姆雷特或麦克白的性格。他所指陈的不无见地。莎氏剧中人物确实有些个是不容易表演的，其中有些台词也确是相当深刻不易理解的。表演一出戏，不过匆匆三两小时，当然不及阅读剧本之较多体认的机会。但是平心而论，莎氏剧中之情节、人物、对话之较深刻的只是其中一部分，其余大部分在舞台表演上没有问题。事实上，莎氏编剧原是为了表演，原是为了娱乐观众，而且是阶层不同的观众，上自缙绅学士，以至贩夫走卒，所以其写作内容也是深浅兼备，雅俗共赏。他把剧本卖给剧团，像卖货物一样，剧本即为剧团所有。剧作者也不视其剧本为文学"作品"，不曾想印成书册供人阅览，更不会以为是"经国之大业，不朽之盛事"。莎氏戏剧在他故后之第七年，才由他的两位剧院同事辑为一册，即所谓之"第一对折本"，共印了约一千册，现存完整者仅十四册。是莎氏并不特别重视他的剧本，他重视的是如何把戏编得精彩以取悦观众，使剧团赚钱，然后有机会编更多的剧本（约每年编两出），获得更多的稿费，然后逐渐成为剧院的股东（controller），然后积聚更多的资财，退休、返乡、置产，成为绅士。但是，他在编写剧本之中，流露了他的才华，把他的情感想象注入了戏中人物及其对话之中，使得剧本流传至今，为全世界的人所传诵、所研究、所欣赏。莎氏故后，他的声誉黯淡了一个时期，时代变了，品位变了，剧场变了，戏剧的形式也变了。莎氏戏剧之复兴，主要是由于德国的浪漫派作家之狂热的赞美。当然英国十八世纪几位著名演员之竞相扮演莎剧也是功不可没的。到了晚近莎氏戏剧再度掀起热潮。

  莎士比亚戏剧活动重心当然是在英国，尤其是他的出生地斯特拉福。每年到了他的诞辰，那地方成了观光胜地之一。那里有莎士比亚活动中心、莎士比亚图书馆、莎士比亚剧院，还有能扮演全部莎士比亚戏剧的剧团。目前活动重心好像是已扩展到美洲，美洲东部康涅狄格州有城亦名斯特拉福，那里也有一所莎士比亚剧院，年年演出莎氏名剧，西部俄勒冈州的尤金也是年年举办莎氏纪念庆祝的所在，年年轮流上演莎氏几部作品。加拿大的安大略省也有一所莎士比亚剧院，年年演出莎氏戏剧。凡此皆足以说明莎氏作品事实上不仅是学者们研究、批评、校勘的对象，也是愈益受到大众欢迎的舞台上演的戏剧。

  戏剧和舞台有不可分的关系，有什么样的舞台就有什么样的戏剧。莎士比亚时代的舞台和我们中国旧式舞台颇为相似，台是突伸到剧场中间，观众可以从三面看戏。台前没有幕，台后没有布景，连我们中国所谓的"守旧"都没有，道具切末也等于无。因此戏就无法清晰地分幕分场，演员出出进进，一场接着一场，连续不断地表演下去，一气呵成。所表演的情节可以是长达一二十年的一段故事，也可以是发生在几天以内的一段情节。为了表示段落，戏词往往使用"双行押韵"的两行诗，暗示时间地点的改变，有时候则任何暗示也没有。观众不以为意，他们已习惯了舞台的传统。一场接着一场，中间可以是隔离好多年。一场接着一场，中间可以隔着百千里。观众动用他们的想象力，和戏剧的演出完全合作。这种演出的方式，表面上不尚写实，事实上演员的负担很重，他要有高度的表演技巧，无论在发音或姿势方面都必须善于控制，否则无法吸引观众之几小时的注意。现行的莎氏剧本，分幕分景并有完全的舞台指导，这乃是十八世纪以来编者们所加上去的。纯粹的、完全的莎士比亚演出方式现已难得一见，除非是重建一座莎士比亚舞台，由学者们指导恢复旧时演出的成规，令少数热心的观众发思古之幽情。这样的尝试不是没有，也不是不成功，事实上莎剧的演出已经是以现代化的演出方式为主流了。

现代舞台的特点是前面有幕后面有景，整个的舞台面像是一幅画框，演员面对大片观众，在这情形之下，"旁白"乃几乎是不可能，"独白"亦很难发挥其应有的效果，而"旁白"与"独白"正是莎剧中极为有用的技巧。可是现代舞台因为有幕，幕升幕降，把情节动作的段落分得清清楚楚，观众看得明明白白。这当然是按照莎剧的现代编本而演出的，而观众确实可以获得较佳印象。灯光、布景、效果，其技术的进步非前人所能想象，它们均足以增加戏剧的气氛。我记得有一次在美国看《威尼斯商人》的演出，聚精会神地看那法庭一景，场面伟大，印象很深，尤其是夏洛克表演出他的积愤的情绪，被压迫的犹太人的感情，咬牙切齿，真是一句一泪。怪不得当年德国诗人海涅看完这一幕之后，他哭了！夏洛克狼狈地回家，发现他的女儿杰西卡席卷细软而逃（这原是二幕八景里面一段口述的情形，现在巧妙地排在庭讯之后实际演出），提着灯笼在街上大叫："杰西卡，杰西卡！"此时暮霭渐深，一个老人提着灯笼嘶哑着喉咙顺着街道走向台后，一声比一声微弱，台上灯光渐渐暗了下去，幕徐徐下，景色动人极了，我久久不能忘。我想这是莎氏原来的舞台上无法表现出来的效果。按照剧本这悲惨的情况只是由两个目睹的配角口中述说，纵然在述说的时候极力模仿，模仿得惟妙惟肖，也只能产生讥笑的意味，观众很难运用想象充分体会其凄凉残酷的意味。只有在现代的写实舞台上才能给观众以直接的刺激。又例如，《罗密欧与朱丽叶》一剧开场就是一场打斗，先是几个人的小冲突，然后是大规模的打群架。按照剧本的提示，先是"互斗"，随后是"相格斗"，最后是"两家各若干人，参加打斗……"在旧式四四方方的舞台上，空间不多，互斗还可以，打群架就难以表演。现代舞台宽阔，大批的人分为两队，着不同颜色的服装，虽是进行混战，看起来还是壁垒分明，就像是我们旧戏中两队龙套一般，这也是现代舞台之所擅长的一端。

现代舞台因为分幕的关系，并且需要极力减少景的变化之故，对于剧本一定要大施改动删裁。莎士比亚的现代舞台本和原剧本的面目可能有很大的差异，如《李尔王》之结局改为大团圆，那乃是时代品位的关系，与舞台无关。一般的改动是基于舞台需要，不得不缩删移动以求其紧凑。好的舞台本无不是汰芜存菁，尽力保存原剧的面目。许多舞台本删去不少的文字游戏双关语及猥亵的对话，因为这些是十六世纪的时尚，已不甚合我们的趣味，如果删裁得当无可厚非。我们阅读莎士比亚则原作俱在，可以充分欣赏其全豹而巨细靡遗。事实上，没有人读舞台本的。

"用你们的想象来补充我们的缺陷，把一个人分成一千份，假想盛大的军容"，莎士比亚的剧作搬上银幕，乃一大发展。舞台上不便演出的情形，在电影里可以充分发挥。例如，《仲夏夜之梦》里的一伙小仙，玲珑剔透，真是可做掌上舞，小到可以睡在一朵花苞里，可以在蜜蜂身上偷蜜，可以在萤火虫眼里点蜡烛。在舞台上，这些小仙只好由童伶扮演，但是童伶身体无论多么小巧，也小不到像小仙那样。我记得看过一部由萨拉·伯纳德主演的《仲夏夜之梦》影片（还配上了门德尔松的音乐，真是珠联璧合），我保有深刻印象，因为电影利用摄影的技巧，把小仙们"翻山冈、渡原野、披丛林、斩荆棘、过游苑、越栅界、涉水来、投火去"真个地表演出来了，而且个个都是娇小玲珑。舞台上办不到的，电影里乃犹为之，这不过是一例。我又看过一部《亨利五世》的影片，我也获得了以前不曾有过的印象。《亨利五世》是一部战争戏，以阿金谷一役为其高潮。英国人所以大败法国人，主要原因是英国人开始大量使用长弓，法国人主要使用的仅是中古以来的传统武器长枪。两阵对垒，长枪难抵长弓，胜负立见。但是这一番厮杀在舞台上很难表现。莎士比亚明白舞台的限制，所以这出剧本一反往例于每幕之前加一"剧情说明"，把行动改为叙述，第一幕的剧情说明人就一再地说："这个斗鸡场能容纳法兰西之广大的战场吗？……让我们来激发你们的想象力吧！……用你们的想象来补充我们的缺陷，把一个人分成一千份，假想盛大的军容……"以后各幕的剧情说明都强调观众之想象力的重要性。可是我看影片，这盛大军容便直接呈现在我眼前了，千军万马，斩将夺旗，令人看得有如身临其境。也许有人要说，这样的写实手法未必优于诉诸想象。须知所谓想象要有知识背景，不能凭空悬拟，并且也需要时间细细揣摩，坐在剧院里听着一些稍纵即逝的台词而随时运用想象，其事恐怕甚难，但是电影克服了这困难。

电影拥有广大观众，把莎士比亚戏剧有效地推出在一般观众之前，这推广的效果异常伟大。优秀的戏剧演员纷纷在电影上出现，也是大势所趋。本是著名的舞台演员的奥利弗爵士，也屡屡以其扮演莎氏名剧主角的身份不惜在银幕之上现身。我不否认莎氏作品在舞台上或银幕上,其号召力或者不及一般较低级的歌舞打斗的作品,但是显而易见的,莎剧影片有其独到之处,比舞台表演更易受到一般观众的了解。

对莎剧电视片播出的四个小小愿望。

莎氏剧作由电影而电视,乃是又一新的发展。电视把莎剧送进家庭,观赏可以不必到剧院买票。电影的时间宝贵,一部片子最多只能用两个多小时,不及电视之比较宽裕,因之剧情不能不力求紧凑,原剧本之删节改编自然难免。原剧本中所有猥亵语也必全部芟除,就像 Bowlder 版本的剧集一样,倒也无关宏旨。欣闻英国的广播公司编制了《莎士比亚全集》的电视影片,我非常兴奋。前几年我看到广告,知道已有唱片公司录了《莎士比亚全集》唱片,没想到数年之后又有全集的电视片问世。听说电视片发行以来,已有二十几国购进放映,我们的电视公司有见识有魄力,亦已取得该片,今起即将开始放映第一批的六部戏。我从前看过同一公司拍制的克拉克爵士主持的西洋艺术及西洋文化的电视片,实在是高度享受,尤其是放映过程中不插广告,一个多小时的节目不受任何干扰。我相信这一套莎剧电视片在品质上一定能维持其以往的出品的水准,内容必定精彩。于此我有几个小小的愿望:

一、播映之前要有充分准备,在电视周刊上做比较简单扼要的介绍,使一般观众明了其剧情及其意义。

二、中文字幕是必要的,但文字要正确无讹,不宜过分地随俗滥译,尤其是剧名、人名更要斟酌至当。

三、播映中间不要插进广告,若实在舍不得那笔广告收入,设法就广告内容稍加限制。

四、附带制作录影带公开发售。

略谈莎士比亚作品里的鬼

莎士比亚作品里关于灵异（supernatural）的描写是很多的，鬼是其中之一。所谓鬼，是专指人死了而变成的那种精灵。至于 fairies，nymphs，devils，witches 等，不在我们的讨论范围之内。

谈鬼是一件很普通的习惯，有趣味，有刺激，不得罪人，不至于触犯忌讳，不受常识的约束——比谈旁的都方便。《冬天的故事》第二幕第一景有这样的一段：

玛：在冬天最好是讲悲惨的故事，我有一个讲鬼魔的故事。

赫：好，我们就听这个。来，坐下。说罢，你尽力谈鬼来吓我罢；你是很会的。

玛：有一个人——

赫：不，来坐下；这再说。

玛：他住在坟地附近……

这也许是一段写实的描写。冬日围炉取暖的时候，不正是谈鬼的绝好机会吗？

莎士比亚的时代，是各种迷信流行的时代。詹姆斯一世便是著名的笃信神鬼的国王，他于一五九七年刊行他所作的《妖怪学》[①]（Daemonologie）。他可以因巫术而兴大狱，杀戮以千百计，由这一

[①]《妖怪学》：今译为《恶魔学》。

件事就可以反映这时代是如何地愚暗。莎士比亚时代的戏剧常常包含鬼怪之类,此种风气可以说是从基德的《西班牙悲剧》以后便非常流行的。舞台的场面上,往往有神鬼出没的机关。大概鬼出来是从舞台地板上的一个洞里钻出来,表示他是从地下来的意思。一般的观众是迷信的,相信鬼的存在,至少是以为鬼是有趣。

《哈姆雷特》一剧告诉我们许多关于鬼的事。鬼平常是不出来的,除非他是有什么冤抑。他出来的时候,总穿着生时的服装,并且总在夜里,等到天亮鸡叫就要匆匆地消逝(这和我们的《聊斋》说鬼大致仿佛)。鬼不轻易启齿,须要生人先向他开口。平常和鬼交接谈话(cross)是很危险的,容易被鬼气所殛①(blasted)。想要被除鬼怪之类,须要用拉丁文说话。鬼是怯懦的,喧哗的人众可以把鬼形冲散(武松惊散了大郎的阴魂,大概即是同一道理)。鬼有时不令别人看见,只令被他所愿意能看见他的人看见。鬼并不积极地害人。中国鬼故事里,颇有些恶厉的鬼,啖人肉,吮人血,甚至还有"拉替身"之说,莎士比亚作品里的鬼比较起来是文明多了,然而可也就没有我们中国文学中的鬼那么怪诞离奇。

莎士比亚作品中的鬼也有可怕些的。譬如《凯撒大将》第四幕第三景,凯撒的鬼出现的时候,布鲁特斯说:

这灯光何等地惨淡!哈!谁来了?
我想是我的眼睛有了毛病,
幻铸成这样怪异的鬼形。
他向我来了。……

《理查三世》第五幕第三景,群鬼在理查王梦中出现之后,理查王也说:

慈悲,耶稣!且慢!我做梦了。

---

① 殛(jí):杀死。

啊怯懦的心，你使我何等苦痛！
灯火冒着青光。正是死沉的午夜。
抖颤的肉上发出恐惧的冷汗。

　　这情景都有些可怕。固然有亏心事的人格外觉得鬼可怕，但是鬼出现的时候，灯光变色，也自有一种阴森怕人的暗示。《麦克白》里的班珂的鬼在宴会席间出现的样子，摇着血渍的头发，使得麦克白神经错乱，若应用近代舞台的技术以投影法表演出来，无疑是很惊人的景象。

　　莎士比亚信鬼吗？我们却很难说。从表面上看，莎士比亚在作品里常常描写到鬼，穿插鬼的故事，颇使我们疑心莎士比亚也许是并未超出那时代的迷信。但是我们若更深一步考察，我们也可以发现莎士比亚作品中的鬼完全是一种"戏剧的工具"。鬼，在莎士比亚剧中，永远不是剧中的主要部分，永远是使剧情更加明显的方法，永远是使观众愈加明了剧情的手段。鬼的出现，总是有因的。或是因了冤抑而要求报复，或是因了生前有藏镪①在地而出来呵护，或是因了将有不祥之事而预作朕兆②。所以把鬼穿插到作品里去，是一种艺术安排，不一定证明作者迷信。当然，莎士比亚若生于现代，他就许不写这些鬼事了。

　　鬼，实在是弱者的心里所造出来的。王充《论衡》所谓："凡天地之间有鬼，非人死精神为之也，皆人思念存想之所致也。""人病则忧惧，忧惧见鬼出。""畏惧则存想，存想则目虚见。"莎士比亚似乎也明白这一点道理。在《麦克白》里，麦克白夫人一再地代表着健全的常识，点破她丈夫的"忧惧见鬼出"的虚幻心理。麦克白所见的空中短刀，是恐惧的"描画"。他所见的鬼也是如此。《鲁克里斯的被奸》第四百六十行是最有意义的："这些幻影都是弱者头脑的伪造。"

---

　　① 藏镪（qiǎng）：埋藏的银子。
　　② 朕兆：兆头，预兆。

莎士比亚的墓志

十几年前一位朋友从英国回来，送了我一张莎士比亚的墓志的拓片，是用黑蜡笔拓的，下面有教堂负责人的签字证明那拓片不是假的，我因为喜欢研究莎士比亚的作品，所以对于这张拓片就很感兴趣，把它裱装起来一直悬在我的书斋里。墓志是四行韵语——

Good fiend for jesvs sake forbeare,
To digg the dvst encloased heare.
Blese be ye man yt spares thes stones.
And cvrst be he yt moves my bones.

大意是这样的——

好朋友，看在耶稣面上，请勿
刨掘埋在此地的一抔尸土。
饶了这些墓石的人，降福于他！
移动我的骸骨的人，他永受咒罚！

诗作得的确不高明，老早有人怀疑，怕不见得是莎士比亚的手笔。

147

墓志的意思是很明白的，是怕后人搬动他的坟墓。但是他为什么要怕后人搬动他的坟墓呢？

英国的风俗，贵族或有权势的富人死后要葬在教堂里面，理由有二：一是教堂里面是神圣的，有神灵呵护，越挨近神龛的地方就越神圣；二是富贵人家的坟墓均相当考究，在教堂里面不致失窃。只有平民死后才埋在教堂外面的坟园里，横七竖八地由着风吹雨打，比不得教堂里面的"雅座"那样整洁幽静。这种风俗流传很久，到了十八世纪，诗人格雷作《墓畔哀歌》，不是还在唏嘘凭吊那些埋在教堂外面的无名英雄吗？人活着的时候有贫富之别，死后这界限也还不能泯灭！

莎士比亚总算是幸运的，死后葬在教堂里面。但是还怕睡不安定，墓石上刻了四行歪诗，一面哀求，一面威吓，要后人别打扰他，这道理却在哪里呢？

偶读英格索一篇关于莎士比亚的演讲，居然有一段解释：

莎士比亚是一个演员——一种不大体面的职业——但是他发了财——永远是体面的。他从伦敦回来的时候是个阔人。他买田，造房。有些号称上流的人大概对他都有敬意。他死后葬在教堂里，然后起了反响。虔诚的人觉得教堂受了亵渎。他们觉得一个演员的尸骨不该埋在神圣的土里。有人开始说尸骨该搬走。据我想，必是莎士比亚的女婿郝尔在坟上刻了这样的墓志。莎士比亚当然不会考虑到他的坟会被骚扰。他怎么会想到在坟上安设一个警告，一个威胁，一个祝福呢？但当时的愚民却深信这墓志是死者的呼声，因此不敢侵犯这坟墓。尸骨这才没受骚扰。

这段解释很有趣，他提出了一点很有价值的暗示，莎士比亚按照他的演员的身份不配埋在教堂里面，埋进去会引起问题。这一点以前的人大概多未注意,他们只注意到另外一点,以为莎士比亚已经致富,所以居然埋进教堂。演员的身份是颇值得注意的。但是我要问:莎士比亚葬了之后是不是真个有人反对呢?是谁反对呢?是怎样反对的呢?如果真有人反对,四行歪诗是不是就真有力量完全能抵抗反对呢?又怎么知道四行歪诗一定是莎士比亚的女婿的手笔呢?这一串疑问都需要真凭实据,不能只靠臆测来推断。因此,英格索的解释虽然有趣,但是缺乏证据,我还是不能不疑惑。不过有几点是可以确信不疑的:

一、四行歪诗绝不是莎士比亚的手笔。究竟是谁的手笔,我们不能确定,也许是他的女婿,也许更可能的是一位不知名的unlettered muse(没有学问的诗人,格雷语),也许是另外的什么人,我们都不敢说一定。但写这四行诗的人一定是个不大高明的人。他的造像下面不也有几行赞美的拉丁文吗?称赞莎士比亚有"柏拉图的智慧,苏格拉底的情感,魏其尔的艺术"。其比拟不伦,比起墓志的四行歪诗不也一样地可笑吗?大概当时乡下没有高手,只能有这样的作品。

二、莎士比亚埋在教堂里面,是应该有问题的。一个"戏子"葬在教堂里面当然是与身份不称。但是我们不可忘记,莎士比亚已经致富,而且他已经在勋徽局给他的父亲请领勋徽,他已经正式地升入了绅士阶级,在一般势利的乡下人眼里,葬在教堂里面似乎也还可以不太成问题,纵然一部分人要不免腹诽,若说真个地去刨坟挖尸,恐怕不太近情。

三、事实上莎士比亚的坟没有被移动,是那四行歪诗的力量吗?也许是的,因为死人的诅咒,在一般人看来,是最厉害的诅咒,没有人敢去招惹他。不过几十年过后,经过一代两代,一般人也健忘了,谁还愿多事去找那个麻烦。

莎士比亚一生给我们留下了三十多篇诗剧,里面有无穷尽的宝藏,有无数段好文章,有无数行美妙的诗句,最后在坟上竟只有这么四行歪诗,这不是绝大的讽刺吗?

与莎翁绝交之后

我于一九六七年至一九六八年译完《莎士比亚全集》,先后出版,共四十册,当时吐了一口大气,真是如释重负。这个重负压在我肩上历三十年之久。其间由于客观环境以及自身的疏懒,有许多许多空当交了白卷,但是三十年来这个负担对我的压力则未曾一日或减。一旦甩掉了包袱,当时心情之愉快可想。一时忘形,私下里自言自语地说:"莎士比亚先生,我从此将要和你绝交了!"绝交一语也许下得太重了一些。时间相差四百多年,空间相距十万八千里,彼此风马牛不相及,往日无冤,近日无仇,是我自动地找上他的门来,不自量力,硬要把他的全集译成中文,幸喜没有版权问题,所以也未征求他的同意。翻译过程之中,我也得到不少乐趣,即使译笔拙劣,或恐有误解原文之处,他也默不作声。所以我对莎翁只有感谢抱歉,怎好说出绝交二字?何况我根本不敢谬托知己,不过我确实也有抱怨,怨他的写作数量实在太多,精彩的作品固然层出不绝,早年的作品(尤其是与人合作的那一部分),并不怎样令人击赏。而译者没有权利挑肥拣瘦任意割裂,必须一视同仁地依样画葫芦。因此之故,为了他,我的三十年光阴就在埋头苦干中度过去了。我这一生还有别的事情要做,还有别的东西要写,不能不冷落他一下,也许就真的从此断绝关系。久已想写一篇《与莎士比亚绝交书》,详述我心中的感触。病懒,一直没有秉笔。

我没有到过欧洲，不曾参观过莎氏故乡。不是没有前去游览的机会，只因时局的关系一再未能如愿。尝引亚瑟·魏莱的话为我自己解嘲。魏莱译了不少的中国诗，但是他毕生不曾一履中土。有人问他为何不命驾东游，他回答说："我认识的中国人都是唐宋时人，早已作古，我去看谁？"可是朋友们都为我抱屈，几乎一致地认为我没有不去瞻仰莎氏故乡的理由。

朋友中到过斯特拉福镇的亨烈街莎氏出生地的人，于欣赏那座于一八五七年大事整修过的木造房屋之际，遥想一五六四年四月（大概是二十三日）梨花、苹果花正在盛开，诗人莎士比亚诞生了。他们也登时想起了我，他们临去时总要买一些导游小册及图片之类的纪念品给我。他们到了少特莱镇访问莎氏夫人安娜·哈撒韦的农舍，看到满园的花树姹紫嫣红开遍，看到起居室内那一具粗木制的鸳鸯椅，他们不禁想到莎氏当年和哈撒韦小姐坐在一起喁喁谈情说爱的情况，他们就说："梁某某真应该来看看。"

有一位访问了莎氏"新居"，那是莎氏于一五九七年花了六十镑买到的寓所，比出生地旧居漂亮多了，为那时当地第二幢豪华房屋。可惜屋前一棵大桑树据说是莎翁手植，于一七五八年被砍伐掉了。我的朋友买了一个小小的木雕莎翁半身像送我。据说就是用那棵大桑树的木料雕成的，是真是假无从对证。

又有一位凭吊莎翁墓于圣三一教堂，看到墙上有莎翁的半身石像，是涂了颜色的（古罗马石像很多是涂颜色的），像下面便是莎翁墓，一块不大起眼的石碣平铺在地面上，上面没有死者的生卒年月，只有四行并不怎样高明的诗，然而一代大诗人就是长眠于此。这位朋友悲哀不忍去，最后买了一张由教堂司事签名证明的墓碣拓片送我。这样的拓片我已积有两张。

此外诸如阿文河上的风景、莎翁母亲家的寓所、莎氏纪念堂、剧院、伦敦南岸当年的几个剧院的遗址所在，对我都不是陌生的。

虽然我未亲临其地,但是在我心目中都有明显的印象,因为承朋友们的好意,这些年来时常地供应我有关莎氏的资料。甚至有些不相识的人,自称"读者"(大概是指中译本的读者吧?)也从海外寄我图片,例如从丹麦寄来的艾尔辛诺古堡图片(《哈姆雷特》一剧的背景)。又有人自意大利寄来的罗密欧、朱丽叶谈情的那个阳台的图片。这些大大小小的颁赠都有助于我的见闻,使我无须亲自跋涉,省却不少草鞋钱。

自从决计与莎翁绝交,对上述种种的纪念品就不复感觉兴趣,只好束之高阁。甚至我长期订阅的《莎士比亚季刊》也停止续订了。《莎士比亚季刊》我也不复阅读。每年戏剧季节,英国、加拿大和美国的某些都市都有莎剧上演,宣传品不断寄来,我只能略微翻阅而已。未尝不想去看,但已无余勇可贾。不过已有三十年的纠葛,要说一刀两断也不是容易事。何况有些朋友不大了然我的心情,偶尔仍以有关莎氏的问题询及刍荛,我也不能不重拾旧好再与周旋。例如"培根学说",那是老掉牙的问题,固然不值一提,但是也有较新、较为具体的一些研究,未便一笔抹杀。例如,一位美国学者霍夫曼从一九三六年起就在心中萌长一项猜疑,以为莎士比亚乃一位演员而已,其作品则恐怕是出于玛娄之笔。他花了十八年的工夫"上穷碧落下黄泉"不断地奔走研究,他想在文字方面用简单统计方法企图证明莎氏与玛娄实为一人,但是种种内证均不足以服人。最后他想到非举有力的外证不可。他认定莎氏作品的原稿一定是藏在当时特务头子华兴安爵士的墓里,因为华兴安是玛娄的上司。于是奔走求情,上下关说,意欲打开坟墓一窥究竟。挖掘坟墓非同小可,他竟能层层打通,但终为当地牧师否决,功亏一篑。霍夫曼欲解之谜仍然是一个谜,以至于今。有人问我对此事有何评论。我的看法是:莎氏作品与玛娄作品俱在,作风迥异,不可能是一个人。剧本在当时不是文学"作品",不可能被人重视到拿去殉葬。霍夫曼枉费精神。

我所看见的最新的一篇莎氏研究论文是美国斯坦福大学生物统计研究所一九八六年四月发表的一篇专门报告（列为第一百一十号），题目是"莎氏是否写过新近发现的一首诗"，作者是吉斯台德与艾夫龙。有人复印了一份给我，并且问我的意见。论文提要如下：

一九八五年十一月里牛津大学图书馆中发现了一首七节的诗，是前所未见的，被认为是莎士比亚作品。这首诗真是莎士比亚写的吗？兹以艾夫龙与吉斯台德在一九七六年讨论过的"非参数的经验的贝叶斯模型"对此诗用字方式之一贯性与莎士比亚真实作品用字方式之一贯性做一比较研究。例如，此诗有九个单独不同的字，是在以前莎氏作品中从未出现过的，而按照贝叶斯模型预测，在这样短的一首诗里其期望值为六点九七。为了更加了解此一模式之限制，我们也考虑了章孙、玛娄、约翰·邓恩的诗，以及四首确属莎氏作品的诗。总而言之，此诗相当合理地与莎氏以前的写作惯例相符合，故可据以相信此诗确为莎氏所写。

论者使用的统计方法精致而客观，可以说是很科学的。（按：在莎氏研究中使用统计方法已有相当长久的历史。）一七七八年马龙首先提出了"诗行测验法"（verse test），重点在计算诗行用韵以及联行在全部作品中之比例，其目的在于确定莎氏作品之写作年代，亦即我们所谓的"系年"。此后莎氏全集之编纂者几无不采用"诗行测验法"。虽然各家测验的结果并不完全一致地精确，但统计方法之值得使用是不容置疑的。

此一论文之检讨的对象是此诗之字汇，其目的在于"辨伪"。作者计算莎氏全部作品共八十八万四千六百四十七个字，在这八十八万多字之中各别不同的字有三万一千五百三十四个。一九八五年十一月十四日美国学者泰勒在牛津图书馆发现的这首诗很短，共仅四百二十九个字，其中各别不同的字有二百五十八个。在这二百五十八个字当中，有九个字是莎氏作品中所未见过的新字，例如 admiration 一字在莎氏作品中出现过十四次，但是从未以复数形式出现过，所以 admirations 算是一个新字。另有七个字出现过一次，五个出现过两次……该论文只考虑出现过九十九次或不及九十九次的字。根据这些统计数字，细加分析，因而得到此诗并非赝品的结论。

我最初读到这首新发现的诗，凭直觉的主观的品位，以其内容之浅陋，不似大诗人之手笔。继而比较莎氏早年所作之诗歌，尤其是《凤凰与斑鸠》《热烈的情人》《杂调情歌》等篇，我想此一新发现的诗也许可以归入"少作"之列。再者，诗与歌本来可以有别。歌侧重唱的效果，行要短，韵要繁，要有声调铿锵之至。凡是流行歌曲无不如是。如今有统计地证明其非伪，我们也可以承认这是莎氏早年所作的一首情歌吧。

莎翁全集卷帙浩繁，已经够我们研读的了，再加上一首歌，又有何妨？

略谈英文文法

三百多年前，英国没有讲英文文法的书。英文没有文法吗？英国人说话不根据文法吗？不。话不是这样说。任何文字当然有它一套组成的法则。大家说话，当然要根据一套公认的法则，否则大家随便乱讲，彼此无从互相了解了。不过，我们要知道，所谓文法也者，不是任谁武断订定的，乃是由公认的语言习惯中归纳出来的一个系统。先有语言，后有文字，然后再有文法书。三百多年前的时候，英国有一些学者开始感觉到有撰写文法书的需要，于是以拉丁文的文法为蓝本，利用拉丁文文法上的各种专门术语，编写英文文法书。莎士比亚的时代，英国人尚没有研读英文文法的。如果他们研读文法，研读的是拉丁文法。那时候英国的中学叫作"文法学校"，那文法是拉丁文法，不是英文文法，那时候尚无英文文法这样一个名词。大体讲来，英文本是一种北方的语言，硬用拉丁文文法去分析英文，其结果当然不免要有一些牵强，更随时要遇到例外。

语言是活的，随时在变，字义以及句法等都在变。我们现代所认为不合文法的词句，往往正是二三百年前大家通用的英文。不用说两三百年，三五十年间就可能有显著的变化。所以"标准的英文"是很难讲的。每一时代有其不同的标准，拿五十年前甚至一百年前的文法书来衡量现代的英文，实在是自寻烦恼的事。

国人学习英文，喜欢从文法下手，以为一旦文法通晓，英文即可豁然贯通。这当然不是没有理由。不过这是一个旧法子，较新的法子是不从死板的抽象的文法理论下手，而去直接地去学习那活的语言方式。我们儿时学语，何尝理会什么文法，一年半载的工夫我们就会说话了。学习外国语，当然比较难得多，但是道理还是一样。合理的学习语言的方法，那是自然的学习方法。

　　这一点粗浅的道理，谁都晓得。所以我们的课程标准明白规定不许学校单独讲授文法。可是事实上，我知道许多学校依然是在讲解文法，学生们依然是在钻研文法。其所以如此，是因为大家都不免有一点惰性，不易接纳新的观点，同时也是因为平时我们没有把英文教好学好，急来抱佛脚，以为研读文法是学习英文的捷径。

　　文法不是不可以讲。是应该在略通若干语法例证以后，水到渠成，用抽象的法则来贯穿所学习的实例。句子的构造法最关重要。例如说"我有一本书"，这在中文英文没有什么分别，用不着特别致力地去学习。"你住在哪里？"这句话中英文就不一样了。这就需要反复练习，以养成语言习惯。中文语法和英文语法究竟有多少不同处，需要彻底研究，以这研究的结果来做英语教学的准则，是最合理的学习英文的方法。死记文法规则，"形容词分几种""子句有几种"……是事倍而功半的。

"讨厌"与"可怜"

"你讨厌!"

"你讨厌我,但是我不讨厌你。"

上面两句话,第一句没有错,第二句不妥。讨厌是讨人厌恶之意。讨是引逗的意思。我们常说"这个人讨人欢喜""那个人讨人嫌"。我们也说:"不要自讨没趣。"讨是动词。所以第一句话"你讨厌"没有错。

第二句话里"讨厌"一语就用得不妥了。"你讨厌我",到底是我厌恶你,还是你厌恶我?到底是我讨你之厌,还是你讨我之厌?如果这一句话改作"你厌恶我,但是我不厌恶你",意思就通顺多了。"讨厌"二字不能当作一个及物动词用。

《老残游记》里有这样的一句:"大家因为他为人颇不讨厌,器重他的意思,都叫他'老残'。"在这句话里,"讨厌"当作形容词用,也是说得过去的。

但是现在有很多人常在语言文字中把"讨厌"一语当及物动词用,例如,"我最讨厌不守时的人","谁不讨厌在公共场所抽烟的人?"乍听之下也可以了解句意,但是再一推敲,便觉得不合理了。

"门口一只猫,饥寒交迫,真是可怜。"

"我因为可怜它,就把它抱到家里来了。"

上面两句话,第一句不错,第二句不妥。"可"字表示性态,等于是"值得""宜于""使人……"之意,例如,可惜、可怕、可敬、可爱、可恨、可恼、可叹、可杀、可赦……"可怜"就是使人怜悯的意思。

陈陶《陇西行》:"可怜无定河边骨。"白居易《长恨歌》:"可怜光彩生门户。"这两句中的"怜"字意义不同,但"可怜"二字用法相同,都是表示性态。

第二句便有问题。在这句里,"可怜"二字显系当作及物动词了。"我可怜他",实在不成为一句话,到底是谁可怜?是谁怜悯谁?意思模糊不清。可是现在好多人都在说:"你可怜可怜我吧!""我可怜他孤苦无依。""可怜"改作"怜恤"或"怜悯"就比较合理。

"可怜"可以做名词用,如"小可怜",亦可做形容词,如"可怜虫",就不可做及物动词用。

有人说:词达而已矣,不必咬文嚼字。又有人说:字词的使用,往往是约定俗成,不必一定依照文法或逻辑的安排。话是不错,不过一般而论,字词的用法仍有其规范,不宜以讹传讹地错误下去。尤其是从事写作的人,如果在笔下慎重,尽量裁汰不妥的字词,对于语文的净化会有很大影响。

散文的朗诵

我们中国文字，因为是单音，有一种特别优异的功能，几个字适当地连缀起来，可以获致巧妙的声韵音节的效果。单就这一点而论，西方文字，无论是讲究音量的或重音的，都不能和我们的文字比。

《诗经·关雎·序》："吟咏性情。"疏："动声曰吟，长言曰咏。"诗不仅供阅读，还要发出声音来吟，而且要拉长了声音来咏，这样才能陶冶性情。吟咏也就是朗诵。

诗歌朗诵有不可言传的妙趣。好多年前我到美国科罗拉多去念书，当地有一位热爱中国的老太太，招待我们几个中国学生先到她的家里落脚。晚饭过后闲坐聊天，老太太开口了："我好久没有听到中国人念诗了，我真喜欢听那种抑扬顿挫的声调。今晚你们哪一位读一首诗给我听。"她不懂中国语文，可是她很诚恳，情不可却，大家推选我表演。我一时无奈，吟了贺知章的《回乡偶书》："少小离家老大回，乡音无改鬓毛衰。儿童相见不相识，笑问客从何处来。"她听了微笑摇头说："不对，不对，这不是中国式的吟诗。"我当时就明白了，她是要我摇头晃脑，拉长了某几个字的尾音，时而"龙吟方泽，虎啸山丘"，时而"余音绕梁，不绝如缕"，总之是要靠声音的高下疾徐表达出一种意境。我于是按照我们传统的吟诗方式，并且稍微加以夸大，把这首诗再度朗诵了一遍。老太太鼓掌不已，心领神会，好像得到很大满足的样子。我问她要不要解释一下诗中的含义,她说:"没关系,解释一下也好,不过我欣赏的是其中音乐的部分。"

英文诗的朗诵,情形不同。一九二五年我在波士顿听过一次美国诗人弗罗斯特朗诵他自己的诗。入场券五元,会场可容二三百人,听众只有二三十人,多半是上了年纪的人。在冷冷清清的气氛中,弗罗斯特在台上出现了。他生于一八七四年,这时候该是五十左右,但是头上一团蓬松的头发已经斑白了。他穿着礼服,向众一鞠躬,举起他的诗集开始朗诵。他的声音是沙哑的,声调是平平的,和平常说话的腔调没有两样,时而慢吞吞的,时而较为急促,但总是不离正常的语调。他读了六七首最传诵一时的诗,包括《赤杨》《雪夜林边小驻》《补墙》等。观众也有人点名一两首要他朗诵,他也照办。历时一小时余。我想其他当代诗人,即使不同作风的如林赛德,如桑德堡,若是朗诵他们的诗篇,情形大概也差不太多。至少我知道,莎士比亚的戏剧在台上演出时,即使是诗意很浓的独白,读起来还是和平常说话一般,并不像我们的文明戏或后来初期话剧演员之怪声怪气。

以上谈的是诗的朗诵。散文也可以朗诵吗?为什么不?事实上我们的散文一直是被朗诵着的。记得小时候,老师教我们读《古文观止》,选中一篇古文之后并不立刻开讲,而是先行朗诵一遍。我的中学老师当中有两位特别长于此道,一位是徐镜澄先生,一位是陈敬侯先生,前者江北人,后者天津人,前者朗诵咬牙切齿,声震屋瓦,后者朗诵轻描淡写,如行云流水。但是两位都能朗诵出文章的韵味。我们细心聆听,在理解文章的内容之前,已经相当体会到文章的美妙。老师讲解之后,立即要我们朗诵,于是全班高唱,如鼎沸,如蛙鸣,如鸟喧,如蝉噪。下课后我们还要在自修时低声诵读若干遍,因为下次上课还要默写。

大概文章不经朗诵,难以牢记在心。像贾谊的《过秦论》,从一开端"秦孝公……有席卷天下,包举宇内,囊括四海之意,并吞八荒之心"起,波澜壮阔地推论下去,直到最后"一夫作难而七庙隳,身死人手,为天下笑者,何也?仁义不施而攻守之势异也。"真是痛快淋漓,大气磅礴,小时候背诵,到老不忘。而且古今之文,熟读之后,我们作文虽不必套用它的笔调,但其起承转合的章法、掇辞摘藻的功夫,是永远值得我们参考的。

诗讲究平仄,到了沈约写《四声谱》的时候而格外明朗起来。文学和音乐本来有密切关系,《诗经》很大部分是被诸管弦的,《乐府》更不必说。诗而讲究四声八病,那就是表示诗与音乐要渐渐分家了,诗要在文字本身上寻求音乐之美。而文字之音乐成分不外音韵与四声。散文不押韵,但是平仄还是不能完全不顾的,虽然没有一定的律则可循。精致的散文永远是读起来铿锵有致。赋,介于诗与散文之间的一个型类,是我们中国文学所特有的一项成就。晋孙绰作《游天台山赋》,很是得意,对他的朋友说:"卿试掷地,当作金石声"。这个比喻很妙。文字而可以作金石声,其精美挺拔可以想见。我很喜欢研读庾子山的《哀江南赋》,每朗诵到"孙策以天下为三分,众才一旅,项籍用江东之子弟,人惟八千,遂乃分裂山河,宰割天下。岂有百万义师,一朝卷甲,芟夷斩伐,如草木焉",不禁为其激昂慷慨之文笔,引发无穷之感叹。"词虽骈偶,而格取浑成",不仅是后来的"骈四俪六,锦心绣口"。

古文八大家,没有一篇精心杰构不是可以朗朗上口的。大抵好的文章,必定简练,字斟句酌!期于至当。《朱子语类》提起欧阳修《醉翁亭记》就是一例,说:"顷有人买得他《醉翁亭记》稿,初说滁州四面有山,凡数十字,末后改定,只曰'环滁皆山也'五字而已。"这五个字朗诵起来多么响亮简洁!《朱子语类》又说:"向尝闻东坡作韩文公庙碑,一日,思得颇久,忽得两句云:'匹夫而为百世师,一言而为天下法',遂扫将去。"这两句确是笔力万钧,诵将下去，有奔涛澎湃之势。散文不要排偶，然有时也自然地有骈骊的句子，不必有一定的格律；然有时也自然有平仄的谐调和声韵的配合。使用文字到了纯熟的化境，诗与散文很难清楚地划分界限。我们朗诵古文有时也就和朗诵诗歌的腔调颇为近似。

白话文可以朗诵吗？这是个问题。

很多人一直相信，白话文就是"以手写我口"，口里怎么说，笔下就怎么写。很多人也确实这样做，写出的文字和口说的话并无二致，避免用典，少用成语，不求排偶，不顾平仄，清清楚楚，明明白白。当然，说话也是颇有艺术的，有人说话有条有理，用字准确，也有人说话杂乱无章，滥用字词。所以白话文也有不同的成色，或简洁明了，或冗劣啰唆。不过其为白话文，则其特点是尽量明白清楚地表达作者的情思。白话散文既然是这样地明白清楚，一泻无遗，还有加以朗诵的必要吗？听人朗诵韩愈的《祭十二郎文》，几曾听过人朗诵朱自清的《背影》？

但是古文散文既可朗诵，白话文似也无妨朗诵。且举《水浒传》第二十二回武松打虎一段：

武松提了哨棒，大着步，自过景阳冈来。约行了四五里路，来到冈子下……放翻身体，却待要睡，只见发起一阵狂风。那一阵风过去了，只听得乱树背后"扑"的一声响，跳出一只吊睛白额大虫来。……那大虫又饥又渴，把两只爪在地下略按一按，和身往上一扑，从半空里蹿将下来。武松被那一惊，酒都做冷汗出了。说时迟，那时快，武松见大虫扑来，只一闪，闪在大虫背后。那大虫背后看人最难，便把前爪搭在地下，把腰胯一掀，掀将起来。武松只一闪，闪在一边。大虫见掀他不着，吼一声，却似半天里起个霹雳，震得那山冈也动，把铁棒也似的虎尾倒竖起来，只一剪，武松却又闪在一边。……

这一段十分精彩，大家都读过，但是有谁朗诵过？我相信，若是朗诵，其趣味当不在听山东大汉说"快书"之下。精致的小说文字，都可以朗诵。我们民间的说书，就很近于朗诵，不过不是很忠于原文。英国的狄更斯的小说很受大众欢迎，他不止一次远赴美洲旅游朗诵他的小说中的精彩片段，风靡一时。他的朗诵，相当的戏剧化，也有人对他做不利的批评。

自从新文学运动以来，我们的散文一部分可以说是一枝独秀，因为白话文运动本来是以散文为主。三十多年来，散文作者辈出，或善描述，或长抒情，或精讽刺，据我看往往高出所谓"三十年代"的诸家之上。这是因为现代作者对于当年所谓"文学革命"的浪潮已经渐少热心，转而对于文学传统有较多的认识，于是散文艺术更上层楼，趋于成熟的阶段。究竟成熟到了什么程度也很难说。《联副》（《联合报》副刊）主编痖弦先生提议举办一次散文朗诵，实在是很有意义的一项活动，因为经过一番公开朗诵，不但可使我们领略许多作者的散文之不同的趣味，而且也许可以略观我们的现代散文是否可以上承文言文的传统，进而发展到一个辉煌灿烂的境界。

中国语文的三个阶段

语文和其他的人类行为一样，因人而异，并不能是到处完全一致的。我们的国语国文，有其基本的法则，无论在读法、语法、句法，各方面都已约定俗成，通行无碍。但是我们若细按其内容，便会发现在成色上并不尽同，至少可以分为三个阶段：粗俗的、标准的、文学的。

所谓粗俗的语文，即是指一般文盲以及没有受过多少教育的民众所使用的语文而言。从前林琴南先生攻击白话文，斥为"引车卖浆者流"所使用的语文，实即指此而言。这一种语文，字汇很贫乏，一个字可以当许多字用，而且有些字有音无字，没法写出来。但是在词汇方面相当丰富，应事实之需要随时有新词出现。这种语文，一方面固然粗俗、鄙陋、直率、浅薄，但在另一方面有时却也有朴素的风致、活泼的力量和奇异的谐趣。方言土语也是属于此一范畴。

粗俗的语文尽管是由民众广泛地在使用着，究竟不足为训。所谓语文教育的目的，大部分在于标准语文的使用之训练。所谓标准语文，异于方言土语，是通行全国的，而其词句语法皆合于一般公认的标准，并且语句雅驯，不包括俚语鄙语在内。我们承认北平区域的语言为国语，这只是说以北平区域的发音为国语的基准，并不包括北平的土语在内。一个北平的土著，他的国语发音的能力当然是没有问题的，但是他的每个字的读音未必全是正确，因为他有许多土音夹杂在内。有人勉强学习国语,在不该加"儿"字的地方也加"儿",实在是画蛇添足。

标准语写出来不一定就是好的标准文,语与文中间还是有一点距离的。心里怎样想,口里怎样说,笔下怎样写——这道理是对的,但是由语变成文便须有剪裁的功夫。很少的人能文不加点,更少的人能出口成章。说话杂七杂八,行文拖泥带水,是我们最容易犯的毛病。语体文常为人所诟病,以为过于粗俗,纵能免于粗俗,仍嫌平庸肤浅,甚至啰唆无味。须知标准语文本身亦有高下不同的等级,未可一概而论。"引车卖浆者流"的粗俗语文,固无论矣,受过教育的人,其说话作文,有的简捷了当,有的冗沓枝节,有的词不达意,有的气盛言宜。语文训练便是教人一面怎样说话,一面怎样作文,话要说得明白清楚,文要写得干净利落。

语文而达到文学的阶层便是最高的境界了。文学的语文是供人欣赏的,其本身是经过推敲的,其措辞用字千锤百炼以能充分而适当地表达情意为主。如何使声调保有适当的节奏之美,如何巧妙地使用明譬与暗喻,如何用最经济的手法描写与陈述,这都是应在随时考虑之中的课题。一个文学作家如果缺乏一个有效的语文工具,只能停滞在"清通"的阶段,那将是很大的缺憾。因为"清通"的语文只能算是日常使用的标准语文,不能符合文学的需要。<u>固然,绚烂至极趋于平淡。但是那平不是平庸之平,那淡不是淡而无味之淡,那平淡乃是不露斧斫之痕的一种艺术韵味,与那稀松平常的一览无遗的标准语文是大不相同的。文学的语文之造诣,有赖于学力,亦有赖于天才。而且此种语文亦只求其能适当,雕琢过分则又成了毛病。</u>

这三种语文虽有高下之不同,却无优劣之判。在哪一种环境里便应使用哪一种语文。事实上也没有一个人能永远使用某一阶层的语文,除非那一个人永远是文盲。粗俗的语文在文学作品里有时候也有它的地位,例如在小说里要描写一个市井无赖,最好引用他那种粗俗的对话。优美的文学用语如果用在日常生活的谈吐中间,便要令人觉得不亲切、不自然,甚至是可笑。对语文训练感兴趣的人,似应注意到下列三点:粗俗的方言俚语应力求避免,除非在特殊的机缘偶一使用;标准语文应力求其使用纯熟;文学的语文则有志于文艺创作者必须痛下功夫勤加揣摩。

作文的三个阶段

我们初学为文,一看题目,便觉一片空虚,搔首踟蹰,不知如何落笔。无论是以"人生于世……"来开始,或以"时代的巨轮……"来开始,都感觉文思枯涩难以为继,即或搜索枯肠,敷衍成篇,自己也觉得内容贫乏索然寡味。胡适之先生告诉过我们:"有什么话,说什么话;话怎么说,就怎么说。"我们心中不免暗忖:本来无话可说,要我说些什么?有人认为这是腹笥①太俭之过,疗治之方是多读书。"读万卷书,行万里路",固然可以充实学问增广见闻,主要的还是有赖于思想的启发,否则纵然腹笥便便,搜章摘句,也不过是饾饤②之学,不见得就能做到"文如春华,思若涌泉"的地步。想象不充,联想不快,分析不精,辞藻不富,这是造成文思不畅的主要原因。

度过枯涩的阶段,便又是一种境界。提起笔来,有个我在,"纵横正有凌云笔,俯仰随人亦可怜"。对于什么都有意见,而且触类旁通,波澜壮阔,有时一事未竟而枝节横生,有时逸出题外而莫知所届,有时旁征博引而轻重倒置,有时作翻案文章,有时竟至"骂题",洋洋洒洒,拉拉杂杂,往好听里说是班固所谓的"下笔不能自休"。也许有人喜欢这种"长江大河一泻千里"式的文章,觉得里面有一股豪放恣肆的气魄。不过就作文的艺术而论,似乎尚大有改进的余地。

① 腹笥(sì):腹中所记之书籍和学问。笥,书箱。
② 饾饤(dòudìng):杂乱,堆砌。

作文知道割爱，才是进入第三个阶段的征象。须知敝帚究竟不值珍视。不成熟的思想，不稳妥的意见，不切题的材料，不扼要的描写，不恰当的词字，统统要大刀阔斧地加以削删。芟除枝蔓之后，才能显着整洁而有精神，清楚而有姿态，简单而有力量。所谓"绚烂至极趋于平淡"，就是这种境界。

文章的好坏，与长短无关。文章要讲究气势的宽阔、意思的深入，长短并无关系。长短要求其适度，性质需要长篇大论者不宜过于简略；性质需要简单明了者不宜过于累赘，如是而已。所以文章之过长过短，不以字数计，应以其内容之需要为准。常听见人说，近代人的生活忙碌，时间特别宝贵，对于文学作品都喜欢短篇小说、独幕剧之类，也许有人是这样的。不过我们都知道，长篇小说还是有更多的人看的；多幕剧也有更多的观众。人很少忙得不能欣赏长篇作品，倒是冗长无谓的文字，哪怕只是一两页，恹恹无生气，也令人难以卒读。

文章的好坏与写作的快慢无关。顷刻之间成数千言，未必斐然可诵；吟得一个字捻断数根须，亦未必字字珠玑。我们欣赏的是成品，不是过程。袁虎倚马前令作，"手不辍笔，俄得七纸"，固然资为美谈，究非常人规范。文不加点的人，也许是早有腹稿。我们为文还是应该刻意求工，千锤百炼，虽不必"掷地作金石声"，总要尽力洗除一切肤泛猥杂的毛病。

文章的好坏与年龄无关。姜愈老愈辣，但"辣手著文章"的人并不一定即是耆耈[①]。头脑的成熟，艺术的造诣，与年龄时常不成正比。不过就一个人的发展过程而言，总要经过上面所说的三个阶段。

---

① 耆耈（qí gǒu）：年高望重者。

胡适之先生论诗

近读《胡适文存》中有关论诗之作,我觉得胡先生的意见前后几十年间一以贯之,很少变化。这大概也就是胡先生的坚定不移的性格之一个例证,一有所见,便终身以之。

胡先生最初倡导白话文运动时,即很注重韵文这一方面的理论与实验;引起争论较多的也是这一方面。他所谓的八不主义,即一不用典,二不用陈套语,三不讲对仗,四不避俗字俗语,五须讲求文法,六不作无病呻吟,七不模仿古人,八须言之有物,皆可以施用在诗一方面。而且他根本不承认"诗之文字"的存在,他说:"诗之文字原不异文之文字,正如诗之文法原不异文之文法。"(《〈尝试集〉自序》)这些见解引出了下述的论点:

(一)诗当废律,即不能废,亦当视为文学末技。

(二)要充分采用白话的字,白话的文法,和白话的自然音节,非作长短不一的白话诗不可……有什么话,说什么话;话怎么说,就怎么说。

(三)五七言八句的律诗绝不能容丰富的材料。二十八字的绝句绝不能写精密的观察,长短一定的七言五言绝不能委婉表达出高深的理想与复杂的情感。

(四)文学的美,其成分有二,第一是明白清楚,第二是明白清楚之至,故有逼人而来的影像。

以上是胡先生在民国六年至九年间的见解。

到了民国十一年,胡先生评康白情的《草儿》说:"看来毫不用心,而自具一种有以异乎人的美。"评俞平伯《冬夜》说:"艰深难解。"为汪静之《蕙的风》作序说:"他的诗有时未免太露,然而太露究竟远胜于晦涩。"评诗的标准依然是着重在诗之是否"明白清楚",换言之,即所谓诗之"可懂性"。

《尝试集》以后,胡先生自己没有多少作品,即使偶有所作,也不离《尝试集》的作风,论诗的标准也依然未变。可是在《尝试集》(民国八年)以后的一二十年间,新诗的风气已有了改变,"可懂性"已不复是唯一的标准,而且有些人还故意地走向晦涩之途,有人说是受了晚近法国诗派的影响。这一现象是胡先生始料所不及的。他极力主张打破束缚自由的枷锁镣铐,没想到五言七言的形式固然打破了,可是又来了洋式的精神上的束缚。在形式上打破传统是比较容易的事,在这一点上胡先生是成功的,在诗的内容方面诱导诗人走上白居易的路线,而不走上李商隐的路线,则比较难,胡先生似乎无能为力。所以,在这一二十年间,胡先生沉默了。这沉默可不是屈服。他仍然不变他的"明白清楚主义"。民国二十五年一月七日胡先生有一封信给我,其中有一段如下:

周岂明有《二十五年贺年》打油诗,我戏和他一首,写给你看看:
可怜王小二,也要过新年。开口都成罪,抬头没有天!
强梁还不死,委曲怎能全!羡煞知堂老,萧闲似散仙。
前些时读小说《豆棚闲话》,其中载有明末民间的一首"边调歌儿":
老天爷,你年纪大;耳又聋来眼又花。你看不见人,听不见话。
杀人放火的享尽荣华,吃素看经的活活饿杀!
老天爷,你不会做天,你塌了罢!你不会做天,你塌了罢!

我们如何作得出像最末两句的好诗！

从这一封私信也可窥见胡先生所谓的"好诗"的标准依然如旧。民国二十四五年我在北平编《自由评论》，我批评了林徽因女士和梁宗岱先生的诗，胡先生特写了一篇《谈谈"胡适之体"的诗》，他说：

古人有"言近而旨远"的话，旨远是意境的问题，言近是指语言文字的技术问题。一首诗尽可以有寄托，但除了寄托之外，还须要成一首明白清楚的诗。意旨不嫌深远，而言语必须明白清楚。古人讥李义山的诗"独恨无人作郑笺"，其实看不懂而必须注解的诗，都不是好诗，只是笨谜而已。

胡先生第二次到台湾来，我曾约他到师范大学来演讲一次，题目好像是"中国文学的演变"，所说的仍然是他的那一套，读过《胡适文存》第一集的都不觉得有任何新的材料，只是谈起律诗时他的口气加重了，他一再地咬牙切齿地斥律诗为"下流"，使得一部分听众为之愕然。我事后曾替胡先生解释，此"下流"非"下流无耻"之"下流"，乃是"文学末技"之意，胡先生在《文学改良刍议》所谓"言文学改良，当先立乎其大者，不当枉废有用之精力于微细纤巧之末"，即是此意。但究竟胡先生之所以言重，仍是由于他的多年见解之牢不可破。

近读余光中先生对胡先生的批评（《文星》九卷五期十二页），我认为很深刻而公道，他说：

他对文学的要求仅止于平易、流畅、明朗。这要求太宽了，太起码了。这些性质原不失为文学作品的美德，可是那应该是透过深刻的平易，密度甚大的流畅，超越丰富的明朗。

我猜想胡先生对这一批评未必能完全心服：第一，胡先生一方面承认"可懂性"为起码条件；另一方面他对于"明白清楚"也自有他的一套理论，并不是一味地放宽要求，他说过：

古人说的"含蓄"，并不是不求人解的不露，乃是能透过一层，反觉得直说直叙不能达出诗人的本意，故不能不脱略枝节，超过细目，抓住了一个要害之点，另求一个"深入而浅出"的方法。故论诗的深度，有三个阶级：浅入而浅出者为下，深入而深出者胜之，深入而浅出者为上。(《蕙的风》序)

这一番话我们是可以接受的。不过谈到深入浅出，我们要知道，浅出固难，深入亦不易。先深入然后才能谈到浅出。一般人的大病在于入得不够深，欲求其不浅出而不可得。胡先生作诗，眼高手低，有时也自承有"浅入而浅出"的毛病，可是胡先生深入浅出的见解确是不错的，和余光中先生所说的道理不谋而合。第二，胡先生提倡白话诗，是针对当时文学状况而发，有时不免矫枉过正，有时不免忽略细节。例如，胡先生反对五言七言，未尝不可，但如胡先生所说"五七言诗是不合语言之自然的，因为我们说话绝不能句句是五字或七字"，这就有点过火。作诗本来就不能和说话一样。再例如，胡先生说作诗要讲求文法，这也是很笼统的要求，"绿垂风折笋，红绽雨肥梅""鸡声茅店月，人迹板桥霜"，都是胡先生所欣赏的句子，其中可有什么文法？西洋诗比我们中国诗要注重文法些，但是诗人也有特权违背文法的格律，至于句法之颠颠倒倒以及字之省略更是常事。中国诗的特点之一便是不讲文法，像后期印象派的画一般，一点一点地补缀起来，自成印象，句中往往没有主词或动词，前置词更不必论,这是中国文字(单音字)不可免之现象,是优点还是缺点似乎尚未可一概而论。胡先生特揭文法之重要,亦不过力反堆砌之病而已。所以胡先生特别一再强调平易通畅的性质,想来也是有感而发,并不一定只认这种性质为诗之极致。只是胡先生认定这一点不肯放弃,并且以后没有进一步做更深刻的有关诗学的解说,遂不免令人感觉胡先生的诗论一直停留在这启蒙的阶段上了。

胡先生的"明白清楚主义",其初步的假想敌是中国旧诗,五七言的律诗,他的理由具见《胡适文存》,其第二步的假想敌乃是模仿象征主义等的所谓现代派的诗,在这一阶段(约从民国二十五年起)胡先生没有积极发挥他的主张。可能胡先生以为他在一九一九年所发表的主张已经足够抵抗这新兴的现象。如果他真是这样想,他是过于大意了。因为现在所牵涉到的已经不是诗的文字的问题,而是诗的实质的问题。不是深入浅入或深出浅出的问题,而是入到哪里去出到哪里去的问题。照传统的想法,诗写的是人类的情感想象,亦即普遍的永久的人性,照现代派的想法,诗写的是自己的一个人片刻间的感觉,乃至于下意识的感觉。所以现代派的诗,不可能明白清楚,先天的"浓得化不开",根本不以令人"懂"为目的。我曾想,现代派的诗也许有一点像是禅吧,直指人心,当下即悟,否则无论怎样参究,终归是门外汉。

胡先生研究佛学史,对禅宗的历史背景颇有研究,但是胡先生一点也不信禅宗那一套想法。有一次我和他谈到日本的铃木所著的《禅宗论文集》,因为我对禅宗是有一点爱好的,胡先生低声向我说:"不要信他那一套,那是骗西洋人的!"胡先生是实验主义者,当然不能体会到禅的境界,所以讲到诗,胡先生的欣赏范围也自然有一个界限,他喜欢老妪都解的白居易,不大能领略杜甫《秋兴》一类的作品。这有关各人的性格。我个人也是喜欢平易近人的作品,从前读一些带神秘色彩或宗教气味的诗,如"玄学派诗人"的作品,便常不得其门而入,如坠云里雾中,既读不懂当然谈不到欣赏。近年来读到许多朋友们的现代派诗,也常觉得不知所云,实不敢赞一词。不过,我想,诗的范围很广,种类也很多,我喜欢这一种,你也可以喜欢另一种,我尝试这一种,你也可以尝试另一种,并不需要统一,也无法使之统一。"讲到品位,那是无法争辩的"(indiscussible)。在文学批评里,也需要容忍。有人愿意走坦途大道,也有人愿意走小径,更有人愿意钻牛角尖;有人愿意迈方步,也有人愿意翻筋斗,更有人愿意堆罗汉。只要各得其乐,也就罢了。胡先生提倡白话诗,已经获得了极大的成功,等于打开了一座大门,让大家进去游赏。现在已经没有人怀疑白话可以入诗。不过,什么是诗,什么是好诗,这是在历史上争辩了多少年也不得结论的问题,将来也永远不会有结论。胡先生喜欢引述"善未易明,理未易察"这一句话,我觉得还可以再加上一句——"美未易赏"。

重印《西滢闲话》序

自新文学运动以来,散文作家辈出,其中有几位是我私人特别欣赏的。首先应推胡适之先生,他的文章明白清楚,干净利落,而且字里行间有一股诚挚动人的力量,在叙述说理方面是一个很崇高的标样。周作人先生的文字,冷隽冲淡,而且博学多闻,往往逸趣横生。徐志摩先生文中有诗,风流蕴藉,时常浓得化不开。鲁迅先生有刀笔之称,不愧为"辣手著文章",看他的笔下纵横,嬉笑怒骂,亦复大有可观。陈西滢先生的文字晶莹剔透,清可鉴底,而笔下如行云流水,有意态从容的趣味。当然我所欣赏的不止这几位,不过谈起近代散文,我不由得要先想起这几个人。

陈西滢先生的《西滢闲话》是在民国十四年左右发表在《现代评论》的,由于他的见解纯正文字优美的缘故,当时成为这个刊物中之最受人欢迎的一栏,我当时感觉有如爱迪逊与史提尔的《旁观者》的风格。民国十六年我们几个朋友在上海开设新月书店,商得陈先生同意,出版《西滢闲话》,成为新月的最畅销书之一。后来新月书店结束,所出各书版权移让商务印书馆,《西滢闲话》也就由商务继续印行。但是最近十几年来,此书早已绝版,好多年轻的朋友们时常向我问询西滢先生其人其书,我只能告诉他们,西滢就是一直在联合国文教组织做事的陈源(通伯)先生,他的夫人就是以小说绘画驰誉国内外的凌叔华女士,叔华的短篇小说集《花之寺》也是新月出版的。至于《西滢闲话》是怎样的一本书，我怎样形容怕也不能恰如其分。前些天收到叔华自英国来信，她说："我大前年见到了适之，我同他说想找一本《西滢闲话》以便重印，他很赞成，且允代找，不意书未找到，人已找不到了！日内偶然因一位朋友在伦大图书馆借到一本，所以我又想起几年前的心事。……"随后她要我写一篇小序。这就是我写《重印〈西滢闲话〉序》的经过。

　　西滢先生文笔矫健，但是惜墨如金。我们办《新月》杂志的时候，他适在日本，《新月》第一卷里刊出了他的几篇通讯。他译了一本《少年歌德之创造》。也是新月出版的。我们再想挤他写点东西，总未能如愿。可是这一本《闲话》内容太丰富了，里面有文学、思想、艺术、人物，可以说是三十几年前文艺界的一个缩影。读过鲁迅先生的几册"杂感"的人应该记得，他曾不时地把西滢先生挑选出来作为攻讦的对象，其最得意的讽刺词就是"正人君子"四个字。当然鲁迅先生所谓"正人君子"是一个反语，意谓为非正人君子。如今时隔三十多年，究竟谁是正人君子，谁是行险侥幸，这一笔账可以比较容易地清算出来了。《西滢闲话》现又重印出来，摆在大家眼前，该是很好的参考资料。不过这些问题究竟是随着时代背景的演变而成为过眼云烟了，文学的价值是超越这些一时一地的特殊现象的，《西滢闲话》的真正价值并不系于这些笔墨官司，其价值究竟在哪里是要请读者们自己去体认的。

漫谈翻译

翻译可以说不是一门学问,也不是一种艺术,只是一种服务。从前外国人来到中国观光,不通中国语,常雇用一名略通洋泾浜英语的人权充舌人,俗称之为"马路翻译"。做马路翻译也不容易,除了会说几句似通非通的句法不完整的蹩脚英语之外,还要略通洋人心理,拣一些洋人感兴趣的事物译给他听。为了赚几个钱糊口,在马路上奔波。这也算是一种服务。

较高级的舌人,亦即古时所谓的通译官,"能达异方之志,象胥之官也"。南方曰象,北方曰译。象胥即是司译事的官吏。如今我们也还有翻译官,政府招待外国贵宾的时候,居间总有一位翻译官。外国人讲演,有时候也有人担任翻译。这种口头翻译殊非易事,尤其是事前若未看过底稿,更难达成准确迅速的通译的任务,必其人头脑非常灵活,两种语言都有把握才成。

学术著作与文艺作品的翻译属于另一阶层,做此种翻译,无须跑马路,无须立即达成任务,可以从容推敲。虽然也是服务,但是很不轻松。有些作品在文字方面并不容易了解,或是文字古老,或是典故太多,或是涉及方言,或是意义晦涩,都足以使译者绕室彷徨,搔首踟蹰。译者不一定有学问,但是要了解原著的一字一句,不能不在落笔之前多多少少做一点探讨的功夫。有时候遇到版本问题,发现异文异义,需要细心校勘,当机立断。所以译者不是学者,而有时被情势所迫，不得不接近于学者治学态度的边缘。否则便不是良好的服务。凡是艺术皆贵创造，翻译不是创造。翻译是把别人的东西，咀嚼过后，以另一种文字再度发表出来，也可说是改头换面的复制品。然而在复制过程之中，译者也需善于运用相当优美的文字来表达原著的内容与精神，这就也像是创造了，虽然是依据别人的创造作为固定的创造素材。所以说翻译不是艺术，而也饶有一些艺术的风味。

在文化演进中，翻译是一项重要的工作。因为翻译帮助弘扬本国的文化，扩展思想的范围，同时引进外国的思潮和外国的文艺，刺激本国的作家学者。我们中国古时有一项伟大的翻译运动，佛经的翻译，其规模之大无与伦比。由于一些西域的高僧东来传教，兼做翻译，如汉明帝时之竺法兰在洛阳白马寺与迦叶摩腾合译《四十二章经》，又自译《佛本生经》第五部十三卷，是为翻译之始。西晋竺法护译经一百七十五部，三百五十四卷，多为大乘佛典。而后秦的鸠摩罗什，南北朝之真谛，与唐之玄奘合称为中国佛教之三大翻译家，以玄奘之功绩最为艰苦卓绝。玄奘发愿学佛，间关万里，归国后译出经论七十五部，一千三百三十五卷，译笔谨严，蔚为大观。佛经翻译不仅弘扬了佛法，对一般知识文艺阶层亦发生很大影响。其所以发生这样效果，固由于译者之宗教热忱，政府之奖掖辅助亦为主要因素。佛经的翻译一向被视为神圣的事业。每译一经，有人主译，有人襄助。直到晚近，仍带有浓厚庄严的宗教色彩。抗战时期，我曾游四川北碚缙云山，山上有缙云寺，寺中有太虚法师住持之汉藏理学院，殿堂内有钟磬声，僧众跪蒲团上，红衣黄衣喇嘛三数辈穿梭其间，烛光荧然。余甚异之，询诸知客僧法舫，始知众僧正在开始翻译工作，从藏文佛典译为汉文。那种虔诚慎重的态度实在令人敬佩。因思唐人所撰"一切经音义"所表现对于佛经译事之认真的态度，也是不可及的。

晚清西学东渐,翻译乃成为波澜壮阔的一个运动。当时翻译名家以严几道(严复)与林琴南(林纾)为巨擘。严几道译《天演论》《原富》《群学肄言》《法意》《穆勒名学》等书共九种,虽然对于国家社会的进步究竟有多少具体贡献很难论定,对当时知识分子的影响却是不容否认的。(胡适先生就是引"适者生存"之意而命名的。)他又提出了"信、达、雅"的翻译标准,直到如今还有不少人奉为圭臬。可惜的是,他用文言翻译,而又力求精简,不类翻译,反似大作其古文,例如"大宇之内,质力相推,非质无以见力,非力无以呈质",以这样的句子来说明"天演",文字非不简洁,声调非不铿锵,但是要一般读者通晓其义恐非易事。西洋社会科学的名著,大多本非简明易晓之作,句法细腻,子句特多,译为中文,很费心思,如果再要加上古文格调,难上加难。严氏从事翻译,选材甚精,大部分皆西洋之近代名著,译事进行亦极严肃,但是严氏译作如今恐怕只好束之高阁,供少数学者偶尔作为研究参考之用。林琴南的贡献是在小说翻译方面。所译欧美小说达一百七十余种之多。以数量言,无有出其右者。他的最大短处是他自己不清外文,全凭舌人口述随意笔写,所谓"耳受手追,声已笔止"。这样的译法,如何能铢两悉称地表达原作的面貌与精神?再则他自己不懂外国文学,所译小说常为二三流以下之作品,殊少翻译之价值。他的文言文,固是不错,鼓起国人对小说之兴趣,其功亦不在小。

白话文运动勃发以后,翻译亦颇盛行。唯嫌凌乱,殊少有计划的翻译,亦少态度谨严的翻译。许多俄、法文等欧洲小说是从英、日文转译的。翻译本来对于原著多少有稀释作用,把原文的意义和风味冲淡不少,如今再从日文、英文转译,其结果如何不难想象。鲁迅先生所编译之"文艺政策"等一系列的"硬译",更无论矣。

四十几年来值得一提的翻译工作的努力应该是胡适先生领导的"翻译委员会",隶属于"中华文化基金董事会"。有胡先生的领导,有基金会的后盾,所以这个委员会做了一些工作,所译作品偏重哲学与文学,例如培根的《新工具》《哈代小说全集》《莎士比亚全集》《希腊戏剧》等凡数十种。惜自抗战军兴,其事中辍。

"国立编译馆",顾名思义,应该兼顾编与译,但事实上所谓编,目前仅是编教科用书,所谓译,则自始即是于编译科学名词外偶有点缀。既无专人司其事,亦无专款可拨用。徒负虚名,未彰实绩。抗战期间,"编译馆"设"翻译委员会",然亦仅七八人常工作于其间,如蒙森之《罗马史》、亚里士多德之《诗学》、萨克雷之《纽卡姆一家》等之英译中,及《资治通鉴》之中译英。《资治通鉴》之英译为一伟大计划,缘大规模的中国历史(编年体)尚无英译本,此编之译实乃空前巨作。由杨宪益先生及其夫人戴乃迭(英籍)主其事,夫妇合作,相得益彰,胜利时已完成约三分之一,此后不知是否赓续进行。唯知杨宪益夫妇在大陆仍在从事翻译工作,曾有友人得其所译之《儒林外史》见贻。"编译馆"来台后,人手不足,经费短细,除做若干宣传性之翻译以外,贡献不多。偶然获得资助,则临时筹划译事。我记得曾有一次得到联合国文教组织一笔捐助,指明翻译古典作品,咨询于余,乃代为筹划译书四五种,记得其中有吴奚真译的普鲁塔克的《希腊罗马名人传》,此书是根据英国名家诺尔兹的英译本,此英译本对英国十六世纪文学产生巨大影响,在英国文学史上占重要地位,吴奚真先生译笔老练,惜仅成两卷,中华书局印行,未能终篇。近年来有齐邦媛女士主持的英译《中国现代文学选》两卷,亦一大贡献。

翻译,若认真做,是苦事。逐字逐句,矻矻穷年[①],其中无急功近利之可图。但是苦中亦有乐。翻译不同于创作,一篇创作完成有如自己生育一个孩子,而翻译作品虽然不是自己亲生,至少也像是收养很久的一个孩子,有如亲生的一般,会视如己出。翻译又像是

---

① 矻矻穷年:一年到头地辛勤劳作。矻矻(kūkū),勤劳不懈怠。

进入一座名园,饱览其中的奇花异木,亭榭楼阁,循着路线周游一遭而出,耳目一新,心情怡然。总之,一篇译作杀青,会使译者有成就感,得到满足。

翻译,可以说是舞文弄墨的勾当。不舞弄,如何选出恰当的文字来配合原著?有时候,恰当的文字得来全不费工夫,俨如天造地设,这时节恍如他乡遇故人,有说不出的快感。例如,莎士比亚剧中有"a pissing while"一语(见《二绅士》四幕一景二十七行),我顿时想到我们北方粗俗的一句话"撒泡尿的工夫",形容为时之短。又例如,莎士比亚的一句话:"You three-inch fool"(见《驯悍妇》四幕一景二十七行)正好译成我们《水浒传》里的"三寸丁"。诸如此类的例子还有许多,但是可遇不可求的。

翻译是为了人看的,但也是为己。昔人有言,阅书不如背诵书,背诵书不如抄书。把书抄写一遍,费时费力,但于抄写过程之中仔细品味书的内容,最能体会其中的意义。我们如今可以再补一句,抄书不如译书。把书译一遍费时费力更多,然而在一字不苟地字斟句酌之余必能更深入了解作者之所用心。一个人译一本书,想必是十分喜爱那一本书,花时间精力去译它,是值得的。译成一部书,获益最多的,不是读者,是译者。

人人都知道翻译重要,但很少人肯致力于翻译事业的奖助。文学艺术都有公私的奖,不包括翻译在内。好像翻译不是在文艺范围以内。学术资格的审查也不收翻译作品,不论其翻译具有何等分量。好像翻译也不在学术领域之内。其实翻译也有轻重优劣之分,和研究创作一样未可一概而论。近年的翻译颇有杰出之作,例如林文月教授所译之《源氏物语》,其所表现的功力及文字上的造诣,实早已超过一般的创作与某些博士论文。潜心翻译的人,并不介意奖励之有无。但如有机关团体肯于奖助,翻译事业会更蓬勃。

翻译没有什么一定的方法可说,译者凭借他的语文修养,斟酌字句，使原著以他认为最好的方式在另一种文字中出现而已。戏法人人会变，巧妙各有不同。

什么才是好的翻译？有人说，翻译作品而能让人读起来不像是翻译，才是好的翻译。这是外行的说法，至少是夸张语。翻译就是翻译，怎能不像翻译？犹之乎牛肉就是牛肉，怎能嚼起来不像牛肉而像豆腐？牛肉有老有嫩，绝不会像豆腐。

意大利有一句俗话："翻译像是一个女人——貌美则不忠贞，忠贞则其貌不美。"这句话简直是污辱女性。美而不贞者固曾有之，貌美而又忠贞者则如恒河沙数。译者为了忠于原文，行文不免受到限制，因而减少了流畅，这是毋庸讳言的事。不过所谓忠，不是生吞活剥地逐字直译之谓，那种译法乃是"硬译""死译"。意译直译均有分际，不能引为拙劣的翻译的借口。鸠摩罗什译的《金刚经》，和玄奘译的《金刚经》，一为直译，一为意译，二者并存，各有千秋。

译品之优劣有时与原著之难易有关。辜鸿铭先生为一代翻译大师，其所译之英国文学作品以《疯汉骑马歌》及《古舟子咏》二诗最为脍炙人口，确实是既忠实又流利。但是我们要注意，这两首诗都是歌谣体的叙事诗，虽然里面也有抒情的成分。其文字则极浅显易晓，其章节的形式与节奏则极简单。以辜氏中英文字造诣之深，译此简明之作，当然游刃有余。设使转而翻译弥尔顿之《失乐园》，其得失如何恐怕很难预测了。

关于翻译我还有几点拙见：

一、无论是机关主持的，或私人进行的翻译，对于原著的选择宜加审慎。愚以为有学术性者，有永久价值者，为第一优先。有时代需要者，当然亦不可尽废。唯尝见一些优秀的翻译人才做一些时髦应世的翻译，实乃时间精力的浪费。西方所谓畅销书，能禁得时间淘汰者为数不多。即以使世俗震惊的诺贝尔文学奖而言，得奖的作品有很多是实至名归，但亦有浪得虚名不孚众望者，全部予以翻译，似不值得。

二、译者不宜为讨好读者而力求提高文字之可读性，甚至对于原著不惜加以割裂。好多年前，我曾受委托审查一部名家的译稿——吉朋的《罗马帝国衰亡史》。这是一部大书，为史学文学的杰作。翻阅了几页，深喜其译笔之流畅，迨与原文对照乃大吃一惊。原文之细密描写部分大量地被删割了，于其删割之处巧为搭截，天衣无缝。译者没有权利做这样的事。又曾读过另一位译者所译十六世纪英国戏剧数部，显然的，他对于十六世纪英文了解不深。英文字常有一字数义，例如 flag 译为"旗"，似是不误，殊不知此字另有一义为"菖蒲"。这种疏误犹可原谅，其大量地删节原作，动辄一二百行则是大胆不负责任的行为，徒以其文字浅显为一些人所赞许。

三、中西文法不同，文句之结构自异。西文多子句，形容词的子句，副词的子句，即吉本。所在多是，若一律照样翻译成中文，则累赘不堪，形成为人诟病的欧化文。我想译为中文不妨以原文的句为单位，细心体会其意义，加以咀嚼消化，然后以中文的固有方式表达出来。直译、意译之益或可兼而有之。西文句通常有主词，中文句常无主词，此又一不同之例。被动语态，中文里也宜比较少用。

四、翻译人才需要培养，应由大学国文英语学系及研究所担任重要角色。不要开翻译课，不要开训练班，因为翻译人才不能速成，没有方法可教，抑且没有人能教。在可能范围之内，师生都该投入这一行业。重要的是改正以往的观念，莫再把翻译一概摒斥在学术研究与文艺活动之外。对于翻译的要求可以严格，但不宜轻视。

阿伯拉与哀绿绮思的情书

我译《阿伯拉与哀绿绮思的情书》(*The Love Letters of Abelard and Heloise*)是在民国十七年夏天,那时候我在北平家里度暑假。原书(英译本)为英国出版的 Temple Classics 丛书之一,薄薄的一小册子,是我的朋友瞿菊农借给我看的。他说这本书有翻译的价值。我看了之后,大受感动,遂即着手翻译。年轻人做事有热情,有勇气,不一定有计划。看到自己喜欢的书,就想把它译出来,在译的过程中得到快乐,译完之后得到满足。北平的夏季很热,但是早晚凉。我有黎明即起的习惯,天大亮之后我就在走廊上借着藤桌藤椅开始我的翻译,家人都还在黑甜乡,没人扰我,只有枝头小鸟吱吱叫,盆里荷花阵阵香。一天译几页,等到太阳晒满了半个院子我便停笔。一个月后,书译成了。

暑假过后我回到上海,《新月》月刊正需要稿件,我就把《情书》的第一函、第二函发表在《新月》月刊第一卷第八号(民国十七年十月十日出版),并且在篇末打出一条广告:

这是八百年前的一段风流案,一个尼姑与一个和尚所写的一束情书。古今中外的情书,没有一部比这个更为沉痛、哀艳、凄惨、纯洁、高尚。这里面的美丽玄妙的词句,竟成后世情人们书信中的滥调,其影响之大可知。最可贵的是,这部情书里绝无半点轻狂,译者认为这是一部"超凡入圣"的杰作。

广告总不免多少有些夸张,不过这部情书确是一部使我低回不忍释手的作品。这部书译出来得到许多许多同情的读者。不久这译本就印成了单行本,新月书店出版。广告中引用"一束情书"四个字是有意的,因为当时坊间正有一本名为"情书一束"者相当畅销,很多人觉得过于轻薄庸俗,所以我译的这部情书正好成一鲜明的对比。

其实,写情书是稀松平常的事。青年男女,坠入情网,谁没有写过情书?不过情书的成色不同。或措辞文雅,风流蕴藉,或出语粗俗,有如薛蟠。法国的罗斯丹《西哈诺》一剧,其中的俊美而无文的克利斯将,无论是写情书或说情话,都极笨拙可笑,只会不断重复地说"我爱你,我爱你,我爱你!""我爱你"一语并不坏,而且是不能轻易出诸口的,多少情人在心里燃烧很久很久才能迸出这样的一句话,这一句话应该是有如火山之爆发,有如洪流之决口,下面还应有下文。如果只是重复着说"我爱你"便很难打动洛克桑的芳心了。所以克利斯将不能不请诗人西哈诺为他捉刀,替他写情书,甚至在阳台下朦胧中替他诉衷情。情书人人会写,写得好的并不多见。

情书通常是在一对情人因种种关系不得把晤的时候,不得已才传书递简以纸笔代喉舌。有一对情侣在结成连理之前睽别数载远隔重洋,他们每天写情书,事实上成为亲密的日记,各自储藏在小箱内,视同拱璧。后来在丧乱中自行付诸一炬。为什么?因为他们不愿公开给大众看。有些人千方百计地想偷看别人的情书,也许是由于好奇,也许是出于"闹新房"心理,也许是自己有一腔热情而苦于没有对象,于是借他人之酒杯浇自己之块垒。总之,情书不是供大众阅览的,而大家越是想看。

阿伯拉与哀绿绮思的情书是被公开了的,流行了八百多年,原文是拉丁文，译本不止一个。中古的欧洲，男女的关系不是开放的，一个僧人和一个修女互通情书简直是不可思议的事。中古教会对于男女之间的爱与性视为一种罪恶，要加以很多的限制。（Rattrey Taylor 有一本书 *Sex in History* 有详细而有趣的叙述。）我们中国佛教也是视爱为一切烦恼之源，要修行先要斩断爱根。但是爱根岂是容易斩断的？人之大患在于有身。有了肉身自然就有情爱，就有肉欲。僧侣修女也是人，爱根亦难斩断。阿伯拉与哀绿绮思都不是等闲之辈，他们的几封情书流传下来，自然成为不朽的作品。

中古尚无印刷，书籍流传端赖手抄。抄本难免增衍删漏，以及其他的舛误。所以阿伯拉与哀绿绮思的几通情书是否保存了原貌，我们很难论定。至少那第一函不像是阿伯拉的手笔，很像是后来的好事者所撰作的，因为第一函概括地叙述二人相恋的经过以及悲剧的发生，似是有意给读者一个了解全部真相的说明。有这样一个说明当然很好，不过显然不是本来面貌。我读了这第一函就有一种感觉，觉得好像是《六祖坛经》的自序品第一，不必经过考证就可知道这是后人加上去的。

阿伯拉是何许人？

阿伯拉（Pierre Abelard）是中古法国哲学家，生于一〇七九年，卒于一一四二年，享年六十三岁。他写过一篇自传《我的灾难史》（*Historis Calamitorium*），述说他的一生经过甚详。他生于法国西北部南特附近之巴莱（Palais）。他的父亲拥有骑士爵位，但是他放弃了爵位继承权，不愿将来从事军旅生涯，而欲学习哲学，专攻逻辑。他有两个有名的师傅：一位是洛塞林（Roscelin de Compiegne），是一位唯名论者，以为宇宙万物仅是虚名而已；另一位威廉（William de Champeaux），是一位柏拉图派实在论者，以为宇宙万物确实存在。阿伯拉自出机杼，独创新说，建立了一派"语文哲学"。他以为语言文字根本不足以证明宇宙万物之真理，宇宙万物乃是属于物理学的范畴。于是与二师发生激辩。

阿伯拉是属于逍遥学派的学者,在巴黎及其他各地学苑巡游演讲,阐述亚里士多德的逻辑。一一一三或一一一四年间他北至洛昂,在安塞姆(Anselm)门下研习神学,安塞姆乃当时圣经学的领袖。可是不久他对安塞姆就感到强烈的不满,以为他所说的尽属空谈,遂即南返巴黎。他公开设帐教学,同时为巴黎大教堂一位教士富尔伯特(Canon Fulbert)的年轻侄女哀绿绮思做私人教师。不久,师生发生恋情,进而有了更亲密的关系,生了一个儿子。他们给他命名为阿斯楚拉伯(Astralabe)。随后他们就秘密举行婚礼。为躲避为叔父发觉而大发雷霆,哀绿绮思退隐在巴黎郊外之阿根特伊修道院。富尔伯特于阿伯拉不稍宽假,贿买凶手将阿伯拉实行阉割以为报复。阿伯拉受此奇耻大辱,入巴黎附近之圣丹尼斯寺院为僧,同时不甘坐视哀绿绮思落入他人之手,强使她在阿根特伊修道院舍身为尼。

阿伯拉在圣丹尼斯扩大其对神学之研究,并且不断地批评其同修的僧侣之生活方式。他精读《圣经》与教会神父之著作,引录其中的文句成集,好像基督教会的理论颇多矛盾之处。他乃编辑他所发现的资料为一集,题曰 Sic et Non(是与否),写了一篇序,以逻辑学家与语文学家的身份制定一些基本规则,根据这些规则学者们可以解释若干显然矛盾的意义,并且也可以分辨好多世纪以来使用的文字之不同的意义。他也写了他的《神学》(Theologia)初稿,但于一一二一年苏瓦松会议中被斥为异端,并遭焚毁处分。阿伯拉对于上帝以及三位一体的神秘性之辩证的解释被认为是错误的,他一度被安置在圣美达寺院予以软禁。他回到圣丹尼斯的时候,他又把他的"是与否"的方法施用在这寺院保护神的课题上;他辩称驻高卢传道殉教的巴黎的圣丹尼斯并不是被圣保罗所改变信仰的那位雅典的圣丹尼斯(一称最高法官戴奥尼索斯)。圣丹尼斯的僧众以为这对于传统的主张之批评乃是对全国的污辱;为了避免被召至法国国王面前受讯，阿伯拉从寺院逃走，寻求香槟的提欧拔特伯爵领邑的庇护。他在那里过孤寂隐逸的生活，但是生徒追随不舍，强他恢复哲学讲授。他一面讲授人间的学问，一面执行僧人的任务，颇为当时其他宗教人士所不满，阿伯拉乃计议彻底逃离到基督教领域之外。一一二五年，他被推举为遥远的布莱顿的圣吉尔达斯·德·鲁斯修道院院长，他接受了。在那里他与当地人士的关系不久也恶化了，几度几乎有了性命之忧，他回到法国。

这时节哀绿绮思主持一个新建立的女尼组织，名为"圣灵会"（Paraclete）。阿伯拉成为这个新团体的寺长，他提供了一套女尼的生活规律及其理由；他特别强调文艺研究的重要性。他也提供了他自己编撰的《圣歌集》。在一一三〇年代初期他和哀绿绮思把他们的情书和宗教性的信札编为一集。

一一三五年左右阿伯拉到巴黎郊外的圣任内微夫山去讲学，同时在精力奋发声名大著之中从事写作。他修订了他的《神学》，分析三位一体说信仰的来源，并且称赞古代异教哲学家们之优点，以及他们之利用理性发现了许多基督教所启示的基本教义。他又写了一部书，名为《伦理学》（*Ethica*），又名《认识你自己》（*Scito te ipsum*），乃一短篇杰作，分析罪恶的观念，获到一彻底的结论，在上帝的眼里人的行为并不能使人成为较善或较恶，因为行为本身既非善亦非恶。在上帝心目中重要的是人的意念；罪恶不是做出来的什么事（根本不是 nes 物），实乃人心对明知是错误的事之许可。阿伯拉又写了一部《一哲学家，一犹太人，一基督徒之对话录》（*Diologus inter Philosophum, Judaium et Christianum*），一部《圣保罗致罗马人函之评论》（*Exposition in Epistolam ad Romanos*），缕述基督一生之意义，仅在于以身作则，诱导世人去爱。

在圣任内微夫山上，阿伯拉吸引来大批的生徒，其中很多位后来成为名人，例如英国的人文主义者骚兹伯来的约翰（John of

Salisbury）。不过他也引起很多人甚深的敌意,因为他批评了其他的大师,而且他显然修改了基督教神学之传统的教义。在巴黎市内,有影响力的圣约克多寺院的院长对他的主张极不以为然,在其他地方,则有圣堤爱利的威廉,本是阿伯拉的仰慕者,现在争取到当时基督教区域中最有势力的人物克赖福的伯纳德的拥护。一一四〇年在桑斯召开的会议,阿伯拉受到严重的谴责,这项谴责不久为教宗英纳森二世所确认。他于是退隐于柏根底的克鲁内大寺院。在院长可敬的彼德疏通之下,他和克赖福的伯纳德言归于好,旋即从教学中退休出来。他如今老病交加,过清苦的僧人生活。他死于附近的圣玛塞尔小修道院,大概是在一一四四年。他的尸体最初是送到圣灵会,现在是和哀绿绮思并葬于巴黎之拉舍斯礼拜堂墓园中。据在他死后所撰的墓铭,阿伯拉被某些同时代人物认为是自古以来最伟大的思想家与教师之一。

以上所述是译自《大英百科全书》,虽然简略,可使我们约略了然阿伯拉的生平。他是一个有独立思想的学者,一个诲人不倦的教师,而且是热情洋溢的人。

哀绿绮思是怎样的一个人呢？

可惜我们所知不多。她生于一一〇一年,卒于一一六四年,享年六十三岁。据说是"not lowest in beauty, but in literary culture highest"（在美貌方面不算最差,但在文艺修养方面实在极高）。这含义是说她虽非怎样出众的美女,却是旷世的才女。事实上哀绿绮思是才貌双全的。二人初遇时,哀绿绮思年方十九,正是豆蔻年华,而阿伯拉已是三十七岁,相差十八岁。但是年龄不能限制爱情的发生。师生相恋,不是一般人所能容忍的。但是相恋出于真情,名分不足以成为障碍。男女相悦,私下里生了一个儿子,与礼法是绝对的不合,但是并不违反人性,人情所不免。八百多年前的风流案,至今为人所艳称，两人合葬的墓地，至今为人所凭吊。主要的缘故就是他们的情书真挚动人。

《情书》里警句很多，试摘数则如下：

上天惩罚我，一方面既不准我满足我的欲望，一方面又使得我的有罪的欲望燃烧得狂炽。

性欲的强弱，人各不同。阿伯拉一见哀绿绮思，便"终日冥想，方寸紊乱，感情猛烈得不容节制"。这时候阿伯拉已是三十七岁的人，学成名就，不是情窦初开的莽男子，他的感情已压抑了很久，一旦遇到适宜的对象，便一发而不可收。哲学不足以主宰情感。阿伯拉并不是早熟，他的一往情深是正常的。"爱情是不能隐匿的：一句话，一个神情，即使一刻的寂静，都足以表示爱情"。他们"两人私会，情意绵绵"。可以理解，值得同情。

你敢说婚姻一定不是爱情的坟墓吗？

婚姻是爱情的坟墓，这不知是谁造出的一句俏皮话。须知以爱情为基础的婚姻，乃是人间无可比拟的幸福。从外表看，婚后的感情易趋于淡薄，实际上婚后的爱乃是另一种爱，洗去了浪漫的色彩，加深了胖合①的享受，就如同花开之后结果一般地自然。婚姻是恋爱的完成，不是坟墓。婚姻通常有很长的一段时间，死而后已。

假如人间世上真有所谓幸福，我敢信那必是两个自由恋爱的人的结合。

---

① 胖（pàn）合：两性相配合。

人间最大幸福是"如愿以偿"。《老残游记》第二十回最后两行是一副联语——"愿天下有情人,都成了眷属;是前生注定事,莫错过姻缘。"真是善颂善祷。两情相悦,以至成为眷属,便是幸福,而且是绝大多数的人所能得到的幸福。不一定才子佳人才算是匹配良缘,世界上没有那么多的才子和佳人。也有以自由恋爱始而以仳离①终的怨偶,那究竟是例外。如愿便是满足,满足即是幸福。

尼庵啊!戒誓啊!我在你们的严厉的纪律之下还没有失掉我的人性!……我的心没有因为幽禁而变硬,我还是不能忘情。

忘情谈何容易,太上才能忘情。佛家所谓"再割尘劳之网,重离烦恼之家"正是同一道理。出家要有两层手续,剃度受戒是一层,究竟是形式,真能割断爱根,一心向上,那才是真正的出家。基督教有所谓"坚信礼",也是给修道者一个机会,在一定期间内如不能坚持仍有退出还俗的选择。哀绿绮思最初身在修道院而心未忘情,表示她的信心未坚,尚未达到较高的境界。

从来没有爱过的人,我嫉妒他们的幸福。

这是在恋爱经验中遭受挫折打击的人之愤慨语。从来没爱过,当然就没有因爱而惹起的烦恼。我们宋朝词人晏殊所谓的"无情不似多情苦",也正是同样的感唱。但是人根本有情,若是从未爱过,在人生经验上乃一大缺憾,未必是福。因吃东西而哽咽的人会羡慕从来不吃东西的人吗?

人生就是一个长久诱惑。

---

① 仳(pǐ)离:夫妻离散。

这是一位圣徒说的话。"除了诱惑之外,我什么都能抵抗",这是王尔德代表一切凡人所说的一句俏皮话。人生是一连串的不断的诱惑。诱惑大概是来自外界,其实也常起自内心。佛家所谓的"三毒"贪、嗔、痴,爱就是属于痴。爱根不除,便不能抵抗诱惑。阿伯拉要求哀绿绮思不要再爱他,要她全心全意地去爱上帝,要她截断爱根,不再回忆过去的人间的欢乐,做一个真的基督徒忏悔的榜样——这才是超凡入圣,由人的境界升入宗教的境界。他们两个相互勉励,完成了他们的至高纯洁的志愿,然而在过程中也是十分凄惨的人间悲剧!阿伯拉对哀绿绮思最后的嘱咐是:"你已脱离尘世,那里还有什么配使你留恋?永远张望着上帝,你的残生已经献奉了他。"这样地打发一个人的残生,是悲剧,也是解脱。

我在《译后记》说 George Moore 有他的译本,我说错了。他没有译本,他的作品是一部小说。《情书》之较新的英译本是一九二五年的 C. K. Scott Moncrieff 的,和一九四七年的 J. T. Muckle 的。

李明辉先生读了上文之后写了一篇《共相》刊于《中国时报·人间副刊》,指出我有"错误的论述",谨附于后以志吾过。

顷阅《人间副刊》十二月七日梁实秋先生《阿伯拉与哀绿绮思的情书》一文,发现其中有一段错误的论述。梁文中说:"他(阿伯拉)有两个有名的师傅:一位是洛塞林,是一位唯名论者,以为宇宙万物仅是虚名而已;另一位威廉,是一位柏拉图派实在论者,以为宇宙万物确实存在。"梁先生说,他的叙述是译自《大英百科全书》。但这段论述却不合一般哲学史的理解。在哲学中,当我们把实在论当作唯名论的相反立场(而非当作观念论的相反立场)时,系牵涉到"共相"(universals)的实在性问题:实在论者承认共相(不是宇宙万物！）有其实在性，唯名论者则把共相视为由抽象作用产生的名目而已，其自身无实在性。这是两个语词在梁文中应有的含义。据我查《大英百科全书》，梁先生应是把"共相"（universals）解为"宇宙万物"之意。

既然柏拉图承认共相的实在性，因此，说威廉是"一位柏拉图派实在论者"，这不算错，但这个"实在论"却不是梁先生所了解的"实在论"。梁先生的说法实足以引起误解。

译英诗（六首）

一、《二者的辐合》

　　世间悲剧大部分是人为的，是自作孽，由起因到果报其间层次历历可辨。不过有些悲剧来得太突然，实在看不出其中的因果关系安在，在无法究诘的情形之下只好归之于天，归之于命运。

　　哈代（Thomas Hardy）是著名的悲观主义诗人，在作品中一向持命定主义的看法。在他的诗里有一首《二者的辐合》（The convergence of the Twain），是他的宿命论的一个最好的注脚。

　　一九一二年四月十五日，英国白星航运公司的客轮"泰坦尼克号"（Titanic）自英出发到纽约做处女航。这艘客轮是当时最大的一条船，不但舱位多，而且设备豪华。启碇之时盛况空前。午夜之前不久，在纽芬兰南面海上，和大西洋北方漂来的一座大冰山相撞，约三小时后船沉，死难者在一千五百名以上。这是有史以来民航中最大的海难。很多诗人和小说家都曾描述过这意外事件，例如普拉特（E．J．Pratt）有一首诗《泰坦尼克号》，法国人裴松（Andre Poisson）有一部小说《利物浦的一伙》（Pati de Liverpool）。哈代的这一首诗作于一九一三年，收在他的一九一四年刊的诗集《意外事件的讽刺》里。他不做正面的描写，他不详细描写船和冰山相撞时的情形。船上如何地慌乱、惊骇、凄惨，他只在最后轻轻地一笔带过，点到为

195

止。他肆力描写的是那沉在海底的船的残骸,和命运之神的巧妙安排。这就是诗人的手法。

粗译此诗如后:

二者的辐合

(一)
在大海的寂寥中
深离人类的虚荣
和建造它的那份骄傲,它长眠不醒。

(二)
钢铁打成的房间,
像火烧过的柴堆一般,
冷潮像弹琴似的在其中打穿。

(三)
豪华的明镜
原是为绅商照映,
如今虫豸在上面爬——湿黏丑陋,蠢蠢地动。

(四)
玲珑剔透的珠宝
原是为供人夸耀,
如今黯然失色地在那里睡觉。

(五)
张着大眼的鱼

对这些晶莹灿烂的东西
问道:"这狂妄之物在这里做什么呢?"……

(六)
在制造这飞鸟一般的
庞大的怪物之际,
搅动一切之旋转宇宙的神力。

(七)
也为它造了不祥的伙伴
——好伟大好壮观——
目前远在天边的一座大冰山。

(八)
它们彼此似不相干;
谁也不能看穿
它们以后会融合成为一团。

(九)
或是有任何迹象
它们会走到一条线上
不久成为一件惨案的双方。

(十)
直到宇宙的主宰
说一声"现在!"
于是大事告成,两个撞在一块。

记得在小时候，国文教科书好像就有一篇《泰坦尼克遇难记》，其要旨侧重在描写船遇难时之如何地安宁而有秩序，放下救生船让妇孺先登，没有争先恐后的现象，最后船主和一般旅客在乐队奏乐声中沉入大海，好一派庄严凄惨的气象！我当时的印象极为深刻。过了十年，我在大学读书，在《现代诗》一课中又遇到了哈代这一首诗，感受稍有不同了，觉得世间悲惨有时候真的难以解释，哈代的看法也许是对的。再过几十年，我译此诗，我完全和哈代有同感。

二、《最新十诫》

基督教十诫，见《旧约·出埃及记》第二十章第一至十七节。按道理说，基督徒们是应该敬谨奉行的。但是像其他任何宗教一样，事实上戒律是时常被违反的。这就导致了所谓的虚伪。不是宗教虚伪，是信教的某些人虚伪。所以我们尽管对违反戒律的人痛心疾首，对于戒律本身的信心不必动摇。

英国十九世纪中叶有一位诗人克勒夫（Clough），有一首颇为著名的小诗《最新十诫》（*The Latest Decalogue*），见一八六二年刊的遗诗集。他对虚伪的基督教徒大加讽刺。最后四行是原刊所无，后来有人在手稿发现才补加的。克勒夫是当时一位次要诗人，不过这首小诗却清新可喜，试译其大意如下：

你只可有一个上帝，
谁能负担起两个呢？
不可崇拜偶像，
除了金钱一项。
绝对不要发誓，咒语

不能给敌人以打击。
星期天要到教堂。
会觉得世界一片慈祥。
孝敬父母；那即是说，
一定有好处可得。
不可杀；但亦不必
努力教人也活得下去。
不可与人通奸；
很少有好结果可言。
你不可偷；枉费气力，
欺骗可获更多的利益。
莫做伪证；让谎言
自动地鼓翼翩翩。
你不可贪不可嫉妒，但是传统
准许各式各样的竞争。

总结来说，如果你要爱，
只许对上帝表示爱戴：

无论如何你不可努力
爱邻人胜于爱你自己。

三、《轻骑队的冲锋》

克里米亚战争（1853-1856）是有名的一次战役，英法及萨丁尼亚联军与俄国战，暂时阻止了俄国称霸南欧的企图。其结果是一八五六年的《巴黎条约》及宣言，保障土耳其的完整，黑海中立化，多瑙河航行自由。其中著名战役之一是在巴拉克拉瓦,英军卡多甘伯爵于一八五四年九月二十日率轻骑队进攻俄军炮兵阵地,由于命令错误,实行冲锋。轻骑队六百人,死军官十二、士兵一百四十七。伤军官四、士兵一百一十,损失惨重,但俄军为之丧胆,举世为之震动。丁尼生的一首诗《轻骑队的冲锋》,使得这一次英勇战役家喻户晓,流芳久远。粗译其大意如下:

半里格,半里格,
前进半里格的路,
六百名骑兵全部
进入了死亡之谷。
"前进,轻骑队!
向炮位冲锋!"他发令;
六百名轻骑兵
进入了死亡之谷。
"冲啊,轻骑队!"
可有一人踌躇后退?
纵然士兵知道
有人判断错了,
他们无话可说.
他们不问为什么,
他们只知奉命去做,
六百名骑兵
进入了死亡之谷。

炮在他们右边,
炮在他们左边,

炮在他们前边,
发出阵阵雷鸣;
炮弹碎片横飞,
打不退他们整齐的骑队,
进入死神的大嘴,
进入地狱的范围,
六百名骑兵。

他们抽出军刀一亮,
在空中闪闪发光,
看见炮手就砍,
直向大军进犯,
全世界为之震惊。
冲入炮火的硝烟,
捣入敌军的阵线,
哥萨克人,俄罗斯人,
在军刀挥舞中间,
被打得支离破散。
然后他们策马归来,
可不再是,可不再是,六百。

炮在他们右边,
炮在他们左边,
炮在他们后边,
发出阵阵雷鸣;
炮弹碎片横飞,
英雄堕地马倒颓,

奋战成功的骑兵队,
脱离了死亡的大嘴,
从地狱口里回归。
那六百名中剩下的骑兵,
六百名中剩下的骑兵,
他们的光荣能有消褪的一天?
啊他们那次冲锋好大胆!
全世界为之震惊。
赞美他们那次的冲锋!
赞美那一队轻骑兵,
高贵的六百名!

诗是歌谣体,文字极简单,意义极明显,音节极响亮,气势极雄壮,非如此不足以赞咏这一段可歌可泣的事迹。文字在诗人手里,就应该如软泥在雕塑家的手里一般,服服帖帖地任由捏弄。丁尼生使用文字的本领已臻化境。读此诗就像是吊古战场,恍如身临其境,但闻战马嘶鸣,只见血肉横飞。也许读此诗不如听朗诵,朗诵可能更传神。开始时音节轻快,"半里格,半里格"(一里格是约当三公里),骑兵徐徐前进。一声冲锋令下,石破天惊。然后"无话可说……不问为什么……只知奉命去做",点出了全诗的精髓所在。然后形容炮火,右边,左边,前边,六百骑兵陷入袋形阵地。然后进行肉搏,杀敌致果。然后功成而退,再度遭受炮轰,右边,左边,后边,又是三面受攻。剩下来的已不是六百了!

服从是军人的天职,错误的命令也得服从,有了这种绝对服从的精神然后才能奉行不错误的命令。重理性的崇奉个人自由的人也许不能同意,但是在军队里这种服从仍是必要的。

四、《你问我为什么》

丁尼生是英国维多利亚时代的大诗人,生于一八〇九年,卒于一八九二年,差不多把维多利亚整个时代包括在他的一生之中,他继华兹华斯为桂冠诗人。他的思想及其作品最能代表他那一个时代的精神。他生时声誉之隆一时无双,但在死后即一落千丈,也许就是因为他太能代表时代精神,那时代已经过去,所以他也跟着落伍了。平心而论,他的作品在技巧方面是上乘的,当作纯粹艺术品来欣赏,自有其不朽的价值,而他的思想尽管过时,也自有其历史的意义。

《你问我为什么》可以说是一首完全说理的诗,不过说得干净利落,而且在形式上具备了诗的条件。从这首诗可以窥见丁尼生的性格的一斑。粗译大意如下:

你问我为什么,既然不适意,
我还要居住在这地方,
此地的雾使人迷惘,
对着苍茫大海只好垂头丧气。

这是自由人耕作的国土,
是庄严的自由所选中的,
在这地方无论是敌是友环绕你,
你可以把想说的话说出。

这是一个政局稳定的国家,
有名的古老的泱泱大国,
从一个事例到另一个,
自由的基础慢慢地在扩大。

这里党争很少酿出事端，
一些不同的思想
由它一步步地酝酿，
有充分时间与空间去发展。

如果有组织的团体压迫
言论，把独立的思想
看成为犯罪一样，
个人的自由从此沉默。

纵然英格兰的威名
三倍地远播海外各国——
纵然国家的每条沟壑
都被金沙填得阻塞不通——

吹送我离开这个港口，
狂风哟！我要去寻较温暖的天，
我要在我死去之前，
去看看南方的棕榈和庙堂的巨构。

  这首诗作于一八三三或一八三四年，发表于一八四二年。英国当时正因为改革案而举国骚然，此诗盖有感而作。所谓改革案，乃政府所倡导，旨在扩大议员选举的投票基础，并改革选举制度的不公及弊病，由阁员约翰·罗素于一八三一年提出，经过剧辩，于一八三二年通过。以后还有第二项改革案及第三项改革案，使英国政治更迈向于民主。丁尼生属于"开明保守"一派，继承十八世纪勃尔克的政治理想,主张逐渐改良。

丁尼生这首诗开端自问为什么住在英国而不远走高飞。当时移民海外之风甚盛,或到美洲,或到澳洲。丁尼生说他宁可驻守在这以雾著名的地方,盖因这地方有政治言论的自由,而且是于稳定中求进步的国家,法国大革命闹得天翻地覆,而英国则免于流血暴动之危。英国之可爱处在此。如果英国没有言论自由,纵然英国再富,黄金遍地,他说他也要移民到欧洲的南部去,去享受较温和的天气,去欣赏艺术的杰构。

很简单很纯洁的一点爱自由的情绪使得这首诗成为不朽。

五、《题骷髅杯》

拜伦十岁意外地袭承了男爵,成为"纽斯台寺院"寓邸主人。二十岁的时候(一八○八年),他的一位园丁在土里掘出了一具骷髅。死人的头骨,眼睛是两个大窟窿,鼻孔是两个小窟窿,嘴巴是一个大窟窿镶着两排牙齿,粼粼白骨,好像是在苦笑,那样子相当可怖,纵然不说是不祥之物,至少不是可供赏玩的东西。但是禀性浪漫的拜伦看了,逸兴遄飞,居然把它刷洗干净,配上木座,制成为一只酒杯。这只酒杯使用过多少次,我们不知道。我们知道,他当时作了一首小诗《题骷髅杯》。诗曰:

别惊,莫以为我是亡魂:
我只是骷髅一具,
我和活人的脑袋不同,
我永远洋溢着情趣。

我曾生活、恋爱、饮酒,和你一样:

我死了，任尸骨埋在地下；
斟满吧，你不会伤害我；
蛆虫有比你更脏的嘴巴。

盛起泡的葡萄酒，
总比蚯蚓在里面繁殖强；
在这杯中注满了
玉液琼浆，胜似为虫贮粮。

也许我曾一度才情横溢，
让我再帮别人显露才华；
哎呀！我们脑浆枯竭时，
什么比酒更能代替它？

能饮直须饮；你和你的人，
有一天死去，像我一样。
另一批人会把你挖掘出来，
捧着你的骷髅喝酒歌唱。

为什么不？短短人生之中
骷髅引发无限的哀伤：
如今幸免于蛆虫泥土的侵蚀，
总算有机会派上了用场。

此诗发表于一八一四年。早年之作，没有什么特别可称之处，不过借题发挥也颇有一点情趣。骷髅做杯，震世骇俗，正是拜伦一贯作风，借骷髅寄感慨，也透露了拜伦的忧郁性格的气息。

骷髅引人想到生死这一大事因缘，是很自然的事。莎士比亚《哈姆雷特》五幕一景，哈姆雷特看到两颗骷髅，不禁感叹："大好头颅涂满了泥土，莫非就是他一生辛苦的结局……"在我们中国文学里，骷髅也常被提起。"庄子之楚，见空髑髅，髐①然有形，撽②以马捶。""子列子适卫，食于道，从者见百岁髑髅攓蓬。"曹植《髑髅说》："顾见髑髅，块然独居。"《唐诗纪事》："有病疟者，子美曰：'吾诗可以疗之。'病者曰：'云何？'曰：'夜阑更秉烛，相对如梦寐。'其人诵之，疟犹是也。杜曰：'更诵吾诗，云子璋髑髅血模糊，手提掷还崔大夫。'诵之，果愈。"这血模糊的髑髅是新斩下来的头，也许比那髐然有形的白骨更可怕。

骷髅做杯之事，我国古亦有之。《汉书·张骞传》："匈奴破月氏王，以其头为饮器。"《匈奴传》："以所破月氏王头，共饮血盟。"《战国策》："赵襄子最怨知伯，而将其头以为饮器。"饮器，饮酒之器也。庾子山《哀江南赋》，所谓"燃腹为灯，饮头为器"正是指此而言。这些饮器是泄愤的表现，与拜伦的骷髅杯的意义自不相若。

西洋中古时代的修道士，手上常戴指环，上面雕刻着一具骷髅，拉丁文名之曰 Memento mori，意为"记住你一定要死的"。人在名利场中，常常忘了死，是需要一点什么来提醒他，修道的人更是要勘破生死大关。我们中国的佛教，无论哪一宗派也都是旨在令人超然远举，总是在提醒人，生命短暂，有如石火风灯，命在须臾。不过站在宗教立场，不讳言死，是因为"生即是死，死即是生"，而有此了悟之后更要精进以求最后的解脱，不是要人认清生命短暂之后便抱"今朝有酒今朝醉"的态度而去纵欲享乐。骷髅是一个象征，可以引人向上，也可以引人浪漫堕落。

我国喇嘛庙里有所谓"嘎布拉"者，那就是人头做的碗，算是

---

① 髐（xiāo）：骨骼枯空而破损的样子。

② 撽（qiào）：从旁边敲打。

法器的一种。据说"喇嘛过世后，施舍出头骨，经过一番特别手续，切半保存。再把四周镶上金边，内面绘了五彩人兽图纹，以此头骨供碗做法器，盛了甘露供奉于桌上。供碗还有个金盖，下面的碗座也是纯金的，饰满骷髅及各色珍宝。"嘎布拉是半个头，没有整个骷髅那样阴森可怖。因拜伦的骷髅杯而联想到嘎布拉。

六、《驶过沙洲》

就丁尼生的短篇抒情诗而论，《驶过沙洲》一首就是非常意味深长的。粗译其大意如下：

夕阳西下，金星闪闪，
有清晰的声音对我呼唤！
但愿，当我驶入海洋，
沙洲上不发出哽咽的声响。

这波动的潮水像睡一般的静寂，
涨得太满，故无声音泡沫，
从无涯大海里来的
现在又要回到原来的处所。

黄昏时候，晚钟响起，
此后是一片漆黑！
但愿在我启碇之际，
没有诀别的伤悲；

因为虽然海潮要带我到远处，

远离我们的时与空的界限，
我希望渡过沙洲之后
能见到我的"领港人"，面对面。

这首小诗作于一八八九年，时丁尼生八十一岁。他在死前数日对其家人表示此后刊印诗集应以此诗殿后。因为他实际上是以此诗向世间告别。人的灵魂乃宇宙灵魂的一部分，人死则灵魂回归于宇宙。犹如来自大海之潮水终归流入于海。沙洲是海港入口处的浅滩，这种浅滩有时露出水面，有时覆在水面之下，所以海水到此汩汩作响，令人联想到哽咽之声，而有浅滩的地方船只出入困难，必须有赖于领港人的引导。丁尼生此诗由夕阳西下开始，那时候金星闪亮，金星就是晚星，这一切象征人的垂暮。呼唤声就是死亡的呼唤，所谓大限已至。诗人知道即将命终，但是他要在愉快的气氛之中死去，他希望驶过沙洲进入大海之际不要听到海水哽咽之声。有两种说法，一说沙洲发哽咽声，象征人之将死；一说沙洲做呻吟声预兆航行不利。无论怎样解释，诗人是盼望沙洲不要作声，让他安安静静地渡过。果然，潮水大涨，反倒一点声音都没有，从大海里来的（个人的灵魂）可以平安地回到大海（宇宙的灵魂）去了。在黄昏时候晚钟声起，黑夜即将到来，死后生活茫无所知，但是诗人非常旷达，视死如归，对于这个世界无须依依不舍地诀别，更无须因此而悲伤。为什么？因为此去虽然前途茫茫，万事皆空，飘飘荡荡地不再受我们所谓"时""空"的限制，但是其中还有一点希望，那就是死后也许可以见到上帝。上帝是我的领港人，领我生，领我死，死后可以面对面地会见上帝，那岂不是很可欣慰的一件事？

或谓领港人于船只即将离开港口之时到达一定地点即须离船，故搭船的人永远没有机会和领港人面对面地相晤。这固是事实，但诗中云云乃是譬喻的说法，譬上帝为领港人，所以我们也无须细加推敲了。倒是丁尼生要在死后去见上帝的话值得我们注意。维多利亚时期自然科学方在发达,许多知识分子均有感于宗教观念有重加评估之必要。《圣经》上有一部分已无法使人深信不疑。丁尼生对基督教的信仰也动摇了,虽然没有克勒夫那样的激烈的怀疑。丁尼生是在怀疑之中还有几分希望。诗的末行只是表示"希望",并非是坚定的信仰。这种相当保守的自由主义正是那个时代精神的一大特色。

就诗论诗,这一首诗庄严肃穆,真是炉火纯青,读之令人神往。

《不管怎样》

法国大革命揭示"平等,自由,博爱",对英国文学产生很大的影响。最能表现这种精神的作品,应推苏格兰诗人彭斯的一首歌《不管怎样》(Robert Burns: *For A´ That*)。彭斯是一个贫苦的佃农,没有受过多少正规的教育,但是他有奔放的热情,有独立自尊的性格,有自然的诗歌的禀赋。这首歌不仅反映了那个时代所特有的反抗精神与独立平等的要求,实际上也是维护人类尊严的有力呼声,至今读之依然觉得虎虎有生气。诗不好译,这首歌更难翻。其中没有奥义,平易近人,但是其中的热情与节奏都很难用中文表达出来。有人说这首歌的价值在美国《独立宣言》及法国的《马赛进行曲》之上,这也许是过甚其词;不过这首歌的价值确是不比寻常。粗略的意译之如下:

不管怎样
可有人为了贫苦
就低下头,等等,
那是懦夫,不值一顾——
不管怎样,我们不怕穷!

不管怎样,不管怎样,
我们的低贱苦工,等等,
爵位不过是金币上的烙印,
不管怎样,人品才是金。

我们粗茶淡饭又该怎样,
穿粗灰布衣,等等,
让浑蛋穿绸,坏蛋喝酒——
不管怎样,人总是人。
不管怎样,不管怎样,
他们是虚有其表,
诚实的人,无论多穷,
才是人中之王。

你看那小子,人称"爵爷阁下",
趾高气扬横眉竖眼的怪相。
纵然成千成百的人听他的话,
他是个蠢材,不管怎样。
不管怎样,不管怎样,
他的绶带,他的勋章,
一个有独立人格的人
看他一眼会笑出声。
君王能册封一个佩勋带的爵士,
侯爵,公爵,等等!
但是造一个诚实的人,他无能为力——
老实讲,他不能!
不管怎样,不管怎样,

他们的爵位,等等,
有头脑有自尊心的人,
地位在他们之上。

那么让我们来祈祷,
(那日子会来临,不管怎样)
世上有知识有本领的人
终归能扶摇而上!
不管怎样,不管怎样,
那日子会来临,
四海之内,人对人
像兄弟一般,不管怎样。

《扫烟囱的孩子》

布莱克富于幻想，且多神秘色彩，但是他也有现实的一面，对社会上不公道的事情不惜痛加讽刺。两首《扫烟囱的孩子》(The Chimney Sweeper)便是很著名的一例。一首见《天真之歌》，一首见《经验之歌》。天真与经验是人生两个境界，同时存在，而且不分轩轾。布莱克的诗往往是成双作对的，题旨是一个，而境界不同。要了解这两首诗，须先明了英国十八世纪晚期所谓"扫烟囱的"是怎样的一种人。

伦敦一般住家的房屋都有一个烟囱，下面通着火炉或壁炉，烟囱或大或小，或直或曲，都是作为排烟用的。烟熏火燎，日久烟囱内积存烟灰，便需要有人来打扫。扫烟囱的便是应运而生的专门做这一行生意的人。烟囱里面空间有限，尤其是小烟囱，一个人带着一把扫帚在里面折腾不开，若是由小孩子爬进去便比较灵便得多。所以扫烟囱的招收学徒，六七岁的孩子可以应征，甚至四五岁的也可以。男女兼收。通常学徒学艺，家长要付师傅学费，扫烟囱的则反而倒贴家长一笔钱，由二十先令以至五基尼（一基尼为二十一先令）不等，学徒期间为七年。期满之后，孩子长大了，小烟囱也钻不进去了。出师之后也不见得能够独立营生，因为生意有限，人浮于事。而且经过七年的折磨，在直径不过九英寸甚至七英寸的烟囱里面蜿蜒钻爬，以致膝盖扭曲，脊椎和踝骨也变得畸形，男孩的阴囊因接触烟灰过多而生癌，呼吸系统受损，眼睛红肿发炎。所以事实上已不能工作。大部分学徒的起居环境不堪闻问，清早起来沿街呼唤"扫呀！扫呀！"一天工作下来，拖着整麻袋的烟灰，回到阁楼或地窖的卧处，有时就睡在麻袋上面。有时六个月难得洗澡一次！他们钻进窄小的烟囱是被逼迫的，用手捆，用杆子打，用针刺脚心。钻进烟囱则需用膝用肘，一点一点地蠕动而上，膝肘摩擦成伤，半年之后则生厚茧。有时钻到烟囱弯曲处而被卡住，进退两难，有窒息之虞。孩子钻烟囱有时是一丝不挂的，因为衣服占空间，而且容易扯破，皮肤破则比较不足惜。也曾有人衣以皮革之服，但不久即放弃，因烟囱内闷热难当而且革衣反易烤坏。这些孩子们赤身在烟囱里打滚，其形状可以想见。他们星期日为了好奇而溜进教堂，曾有被驱逐出门的情事，这一群孩子已被视为化外之民，永无出头之日，不如黑人之犹有解放的一天。一七八八年国会通过《扫烟囱者法案》，乃是由于韩威氏八年奋斗呼吁而来的成果，孩子们的待遇稍获改善，例如规定一星期至少洗澡一次、准许其进入教堂，等等。（以上事实采自 Nurmi 的一篇论文，见一九六四年纽约公共图书馆刊。）

　　布莱克的两首诗就是在为这一群不幸者呼吁改善待遇声中写的，其人道主义的精神与讽刺的手法是很感人的。粗译如下：

（一）
　　母亲死时我还年纪小，
　　我父亲就把我卖掉了，
　　那时我还不会喊"扫！扫！扫！"
　　于是我给你们扫烟囱，在烟灰上睡觉。

　　那是陶姆·达克尔，头发卷得像
　　羊背上的毛，剃头那天他哭了；我对他讲

"住声,陶姆!不要紧,你头上剃光,
烟灰就不会把你的白发弄脏。"

于是他止哭,就在那天晚上
陶姆睡后梦见奇怪的景象!
狄克、周、奈德、杰克,成千扫烟囱的,
都被关闭在一具黑棺材里。

来了一位天使,手持一把闪亮的钥匙,
他打开棺材,把他们全部开释;
他们欢乐跳跃地走下绿色平原,
在河里洗澡,在阳光下取暖。

一身赤裸白净,口袋丢在一旁,
他们跳上云端,在风中徜徉;
天使告诉陶姆,如果他是乖小孩
上帝是他父亲,永不缺乏愉快。

陶姆醒了;我们在黑暗朦胧中,
提起口袋扫把开始去做工。
虽然清晨寒冷,陶姆快乐暖和,
所以人只要尽职,不用怕灾祸。

(二)
雪中一个小小的黑东西,
喊着"扫!扫!"音调惨兮兮!
"你的爸爸妈妈呢?你说呀!"

"他们双双到教堂祈祷去啦。"

"因为我在荒原上很快乐,
大雪霏霏之中还露着微笑,
他们给我穿上一身黑衣服,
教我唱出悲伤的音调。"

"因为我快乐,又舞又唱,
他们以为没有给我什么损伤,
所以去赞美上帝、牧师和国王,
把我们的苦难看成了天堂。"

前一首末行是反语,所谓"尽职",尽什么职?无非是一年到头地钻进黑棺材一般的烟囱里去做苦工而已。所谓"灾祸",什么灾祸?无非是临阵怯场受师傅的酷刑而已。后一首好像是更深刻一些,写教堂和信教的人士之虚伪冷酷。在布莱克之后,查尔斯·兰姆有一篇文章《赞美扫烟囱的人》,托马斯·胡德也写过一篇《扫烟囱者的怨诉》,都是文情并茂,但究不及布莱克的这两首诗之要言不烦。

《忽必烈汗》

英国浪漫诗人柯勒律治的短诗《忽必烈汗》，是在梦中作的，是五十四行的一首残篇。据作者小序，一七九九年因健康关系隐居乡间，一日偶感不适，服下止痛药，昏然入睡，时正在座椅上读《珀切斯游记》，读到这样的一行："忽必烈汗下令在此兴建一宫殿，附有富丽的花园。于是此围墙圈起十里肥沃的土地。"熟睡三小时中竟成一诗，不下二三百行，醒后犹能全部记忆，不幸突有人来把他唤了出去，再回室中即感记忆模糊，只有八行十行尚留有深刻印象，勉强追忆，成此片断。这情形略似我国宋时潘大临所称："秋来景物，件件是佳句，恨为俗氛所蔽翳。昨日闲卧，闻搅林风雨声，欣然起，题其壁曰：'满城风雨近重阳'，忽催租人至，遂败意，止此一句。"所不同者，一是客来搅了梦忆，一是客来败了诗兴，都是煞风景。柯勒律治还能写出五十多行，比一行七字幸运得多。

柯勒律治所谓止痛剂，其实是鸦片酊；鸦片加酒精，滴入水中吞服者。柯勒律治早已服用上瘾。用烟枪烟灯，一榻横陈，短笛无腔信口吹，据说是我国高度文化的发明。柯勒律治生吞鸦片，在麻醉之下做梦作诗，这情形是可以理解的。梦见忽必烈汗，是不算稀奇，柯勒律治还做过更荒唐的梦，据他笔记所载，他曾梦见月中人，"与尘世之人无异，唯用肛门吃饭嘴屙屎，他们不大接吻"。鸦片令人颠倒有如是者！浪漫派诗人喜欢出奇制胜，鸦片是有效的刺激。

这首诗不好译,因为原诗利用子音母音的重复穿插,极富音乐的效果,表现出神秘的气氛。兹译其大意如下:

忽必烈汗下令
在上都兴建华丽的夏宫;
就在圣河阿尔夫穿过
无数深不可测的地窟
注入昏黑大海的那地方。
于是十里肥沃的土地
用城墙城楼来圈起;
林园鲜美,小溪盘绕,
芳香的树上绽开着花朵;
还有森林,与丘陵同样的老,
拥抱着阳光照耀的片片芳草。

但是啊!那浪漫的深渊万丈,
横过一片杉木林,由绿坡上倾斜而下!
蛮荒之地!其神秘就像
一个为失去的魔鬼情人而哭号的女人
在月色朦胧之下经常出现的地方!
从这深渊,以无休止的喧豗沸腾,
好像大地在急剧喘息一样,
一股巨泉不时地喷射出来;
在那间歇的急速迸发之际
巨石飞跃,有如跳荡的冰雹,
又如打谷的连枷之下的谷粒;
这些巨石在跳荡之间

把圣河一阵阵地掷上了地面。
圣河穿过森林、峡谷，
曲折地流了五里之遥，
然后到达那巨大的地窟，
咆哮着沉入死沉沉的大海；
在这咆哮声中忽必烈遥遥听到
祖先发出的战争预告！
夏宫的阴影
漂浮在中流波上。
那里可听到喷泉与地窟
混杂的音响。
那是罕见的巧夺天工，
有阳光而又有冰窟的夏宫！

我在梦中曾见
一位带着弦琴的女郎；
是一位阿比西尼亚的姑娘，
她敲打着她的琴弦，
歌唱着阿渡拉山。
我若能把她的歌声琴韵
在我心中重唤起，
使我深深地感到欢欣，
靠了音乐的洪亮悠久的力量
我会凭空造起那座夏宫，
那座夏宫！那些地窟！
闻声的人都可亲眼看到
都要大叫，当心啦，当心啦，

他的闪亮的眼睛,他的飘飞的头发!
三次作圈围绕着他,
戒惧地把眼睛闭起,
因为他已吃了甘露,
喝了天上的香乳。

亲切的风格

一百五十多年前英国批评家哈兹里特（Hazlitt）写过一篇文章《论亲切的风格》(*On Familiar Style*)，开宗明义地说：

以亲切的风格写作，不是容易事。许多人误以为亲切的风格即是通俗的风格，写文章而不矫揉造作即是随随便便地信笔所之。相反的，我所谓的亲切的风格，最需要准确性，也可以说最需要纯洁的表现。不但要排斥一切无意义的铺张，而且也要芟除一切庸俗的术语，松懈的、无关的、信笔拈来的词句。不是首先想到一个字便写下来，而是要选用大家常用的最好的一个字；不是任意地把字组合起来，而是要使用语文中之真正的惯用的语法。要写出纯粹亲切的或真正英文的风格，便要像是普通谈话一般，对于选字要有彻底把握，谈吐之间要自然、有力，而且明白清楚，一切卖弄学问的以及炫耀口才的噱头都要抛弃。……任何人都可以用戏剧的腔调念出一段剧词，或是踩上高跷来发表他的思想；但是用简单而适当的语文来说话写作便比较困难了。做出一种华而不实的风格，使用双倍大的字来表现你所想表现的东西，这是容易事；选用一个最为恰当的字，便不那么容易。十个八个字，同样地常用，同样地清楚，几乎有同样的意义，要在其中选择一个便不简单，其间差异微乎其微，但是却具有绝对的影响。……

他这意思是正确的。亲切不是随便，选词遣字之间很需要几分斟酌。不过写文章"要像是普通谈话一般"，这句话似乎也还可以再加斟酌。我以为，说话和写文章究竟不是一件事。是有人主张"要怎么说便怎么写"，但是我们说话通常是不打腹稿的，没有时间字斟句酌，往往都是想到即说，脱口而出，所以常有断断续续的、重重叠叠的词句，以及不很恰当的、不很明白的字词，当然更没有标点符号。假如写作如谈话，写出来的东西怕尽是些唠唠叨叨的絮语，废话连篇，徒惹人厌。使用过录音机的人一定可以理解，打开录音机听别人的谈话录音或自己的谈话录音，会觉得词句间欠斟酌、欠简练的地方太多了。如果把说话记录逐字逐句记了下来，也许是如闻謦欬[①]，别有情趣，但是那份啰唆烦琐不成其为文章了。

语文一致当然是很好的理想。如果这理想有实现之可能，语与文要双方努力。写作要像谈话，谈话也要像写作。写作者芟除其文字中的繁文缛节，使之近似谈话，谈话者芟除其庸俗烦屑，使之近似文字，这样的语文一致岂不是更为合理？不过使文字近似谈话易，使谈话近似文字难。因为人的教育程度不一致，有人说话粗野，有人说话文绉绉，说话粗野的人写文不会文雅，说话文绉绉的人写文也不会直率。语不一致，文焉能一致？语有许多阶层，文亦有许多阶层，阶层之间难望其一致。

以方言土语写小说，例如老舍早年作品《老张的哲学》《二马》之类，使用纯粹的北平方言，从头到尾，北平人读之备觉亲切，其他地方的读者怕未必全能欣赏。这样的文字应该算是言文一致了。我以为，小说中使用方言土语应以对话部分为限，因为只有在对话部分最能传神，如果全部用方言反倒减少了效果。

我从不相信古代言文一致的说法。记得胡适之先生的《白话文

[①] 謦欬（qǐngkài）：咳嗽声，引申为言笑。

学史》说起过，到了汉朝的董仲舒的时候言文才正式地分离。胡先生的《白话文学史》旨在说明白话文学不是什么新的事物而是古已有之的，这话固然不错，不过在汉以前言文一致恐非事实。试想古代文字，由甲骨、钟鼎，以至简牍，书写是多么费事，文字非力求简练不可，凡能省的字必定省去。异于白话的文言大概是这样兴起来的。"周诰殷盘，佶屈聱牙"，难道是当时的白话？《诗经》不是容易读的，近似歌谣的国风一部分也不可能是当时的白话，古往今来没有口头谈话而能整整齐齐的几个字一句而且押韵的。言文从来未曾一致过。如果一定要把口头白话写下来称之为白话文学，那也未尝不可，事实上也曾有人这样做，据我看其中很少称得上是文学作品。

亲切的风格仅是比较地近于谈话而已，不能"像是普通谈话一般"。

纯文学

纯文学一语可能是最早见于王国维《静安文集》，其言曰："'自谓颇挺出，立登要路津。致君尧舜上，再使风俗淳'，非杜子美之抱负乎？'胡不上书自荐达，坐令四海如虞唐'，非韩退之之忠告乎？'寂寞已甘千古笑，驰驱犹望两河平'，非陆务观之悲愤乎？如此者，世谓之大诗人矣。至诗人之无此抱负者，与夫小说、戏剧、图画、音乐诸家，皆以俳儒优倡自处，世亦以俳儒优倡畜之。所谓'诗外尚有事在'，'一命为文人便无足观'，我国人之金科玉律也。呜呼，美术之无独立之价值也久矣！此无怪历代诗人多托于忠君爱国劝善惩恶之意以自解免，而纯粹美术上之著述往往受世之迫害而无人为之昭雪者也。以是之故，所谓诗歌者则咏史、怀古、感事、赠人之题目弥满充塞于诗界，而抒情叙事之作十百不能得一，其有美术上之价值者，仅其写自然之美之一方面耳。甚至戏曲小说之纯文学，亦往往以惩劝为旨，其有纯美术之目的者，世不惟不知贵，且加贬焉。故曰中国无纯文学也。"《静安文集》刊于光绪三十年（一九〇四年）。这一段文字所表现的见解，在今日观之固甚寻常，在七十多年前有此见解不能不说是独具慧眼。而且这看似寻常的见解在今日仍然颇堪玩味。

在西方文学里，首先使用"纯文学"这一名词的大概是法国的波德莱尔，在一篇论埃德加·爱伦·坡的文章里。在许多批评家看来，坡的诗及其理论都是属于"纯粹"一型，例如，乔治·摩尔（George Moore）就说过坡的诗"几乎没有思想成分在内"，济慈的《秋》也是常被人提出作为纯诗的代表作之一。所谓"纯诗"，是指一首诗其中没有（一）概念的陈述，（二）教训的内容，（三）道德的说教。也可指一首诗中除了用散文可以充分解释的资料之外所剩下来的那一部分。严格来讲，所谓纯诗不是抒情便是写景。纯诗一定很短，因为情贵真挚深浓，其描写不可能拖得很长，仅是就一时目力所及或想象所及，亦无法敷成长篇。"纯诗运动"在十九世纪末的法国文坛上只是引起些微的涟漪而已。

后来称赞杜诗者，总是标举"致君尧舜上，再使风俗淳"之类的句子，总是感叹他的每饭不忘君的胸怀，其实这都是毫无关涉之论。杜工部在诗中表现出念念系属朝廷，时时瘝瘝[①]斯民的态度，这只足以证明其为人之忠诚大度，不足以证明其诗作之优美。诗人之所以异于非诗人者，不在于他的笃于伦纪，垂教万世，而在于他的发乎性情，沉郁顿挫。仇沧柱《<杜少陵集详注>自序》云："昔之论杜者备矣，其最称知杜者莫如元稹、韩愈。稹之言曰：'上薄《风》《骚》，下该沈宋……铺陈终始，排比声韵……词气豪迈而风调清深，属对律切而脱弃凡近。'愈之言曰：'屈指都无四五人，独有工部称全美，当日诗人无拟伦，笔追清风洗俗耳，心夺造化回阳春，天光晴射洞庭秋，寒玉万顷清光流。'二子之论诗可谓当矣。"这一段话说得很好，这是把杜诗当作纯文学看，底下一转说，"然此犹未为深知杜者"，底下紧接着"兴观群怨，迩事父而远事君"那一套。孔子至圣，我们没有什么可批评的。唯其文艺观念与我们所谓"纯文学"的观念实在相距很远，下开了载道之说的传统。仇沧柱的杜诗观没有超出这个传统的窠臼。王国维感慨中国没有纯文学的观念，也正是对着这个迂腐的传统而发。

————————
[①] 瘝（guān）：疾苦。

戏剧就是戏剧。因为借戏剧可能略收移风易俗之效，所以一向被人视为社会教育工具之一。我们的旧式戏园，台上两支大柱照例有两条木质抱对，上面写着的无非是说忠劝孝、扬善惩恶的字眼。看戏的人谁能记得那些词句？看戏的人欣赏的是唱做旁白，感兴味的是其中的悲欢离合，甚而至于其中的打斗戏谑也能博人一粲。不过忠孝节义是我们的传统文化，已经成为定型，事实上也不悖于高贵的人性，所以在这一顶大帽子遮盖之下文艺仍可自由发展。

推行社会教育者尽管在戏园里推行社会教育，看戏的人看的仍然是戏，各行其是，并不相妨。唯独把政治信仰和经济主张来范围戏剧，情形就不同了。在缺乏自由的环境里，最难发展的是戏剧。

平心而论，文艺的领域广大，用途多端。纯文艺固然很好，载道亦无妨，用做武器也只好听便。不容否认的事实是，文学的基本任务是描写人性。譬如刀，其形状大小不一，可以切肉切菜，但是到了盗贼手里可以成为凶器，到了屠夫手里可以杀猪宰羊，到了刽子手的手里可以成为行刑的工具。我们很难说刀的任务一定是属于哪一范畴。不过，刀欲求其锋利则是可以公认的事。

纯文学不大可能成为长篇巨制，因为文学描写人性，势必牵涉到实际人生，也无法不关涉到道德价值的判断，所以文学作品很难做到十分纯的地步。西方所谓唯美主义，所谓"为艺术而艺术"，失之于褊狭，不能成为一代的巨流。

文学不够纯，不是大病，文学不得自由发展，才是致命伤。

钱神论

我在拙译莎士比亚《雅典的泰蒙》序里说："此剧有几段非常精彩的戏词，其中最著名的一段是泰蒙咒骂黄金（第四幕第三景）。金钱之危害人间，古今中外的文学家类多慨乎言之。（我们的《晋书·隐逸传·鲁褒传》内有一篇《钱神论》就是一篇出色的讽刺文。）"

案《晋书》卷九十四《鲁褒传》的全文是这样的：

鲁褒，字元道，南阳人也。好学多闻，以贫素自立。元康之后纲纪大坏，褒伤时之贪鄙，乃隐姓名而著《钱神论》以刺之。其略曰："钱之为体有乾坤之象，内则其方，外则其圆。其积如山，其流如川。动静有时，行藏有节。市井便易，不患耗折，难折象寿，不匮象道，故能长久，为世神宝。亲之如兄，字曰孔方。失之则贫弱，得之则富昌。无翼而飞，无足而走。解严毅之颜，开难发之口。钱多者处前，钱少者居后。处前者为君长，在后者为臣仆。君长者丰衍而有余，臣仆者穷竭而不足。诗云：'哿矣富人，哀此茕独。'岂是之谓乎？钱之为言泉也，百姓日用，其源不匮。无远不往，无幽不至。京邑衣冠，疲劳讲肆，厌闻清谈，对之睡寐，见我家兄，莫不惊视。钱之所祐，吉无不利。何必读书，然后富贵？昔吕公欣悦于空版，汉祖克之于嬴二，文君解布裳而被锦绣，相如乘高盖而解犊鼻，官尊名显，皆钱所致。空版至虚，而况有实，嬴二虽少，以致亲密。由此论之,谓为神物。无位而尊,无势而热。排朱门而入紫闼。危可使安,死可使活,贵可使贱,生可使杀。是故忿诤辩讼,非钱不胜;孤弱幽滞,非钱不拔;怨雠嫌恨,非钱不解;令问笑谈,非钱不发。洛中朱衣,当途之士,爱我家兄,皆无已已。执我之手,抱我终始,不计优劣,不论年纪,宾客辐辏,门常如市。谚曰:'钱无耳可使鬼。'凡今之人,惟钱而已。故曰,军无财,士不来,军无赏,士不往。仕无中人,不如归田,虽有中人而无家兄,不异无翼而欲飞,无足而欲行。"盖疾时者共传其文。褒不仕,莫知其所终。

可惜《晋书》所载仅是其略,无从窥其全豹。《晋书》有注,引《全晋文》注曰:"案《钱神论》,《艺文类聚》与《晋书》各有删节,尚非全篇。……"《类聚》卷六十六所载,与《晋书》所载文字上亦颇有出入。总之,鲁褒是一位高人,隐姓名而著《钱神论》,疾时者共传其文,所以全文虽传于后,仅赖口传,遂多异文。篇中警句是"无翼而飞,无足而走。解严毅之颜,开难发之口。……何必读书,然后富贵?……危可使安,死可使活,贵可使贱,生可使杀。"盖极言钱的力量足以淆惑是非颠倒贵贱。莎士比亚《雅典的泰蒙》有不谋而合的鞭辟入里的名句:

这是什么?金子!黄澄澄的,亮晶晶的,宝贵的金子!……这么多的这种东西将要把黑变成白,丑变成美,非变成是,卑贱变成高贵,老变成少,怯懦变成勇敢。……这东西会把你们的祭司和仆人从你们身边拉走,把健壮大汉头下的枕头突然抽去;这黄色的奴才可以使人在宗教上团结或分离;使该受诅咒的得福;让浑身长满白皮癞的人受人喜爱;使盗贼成为显要,给他们官衔,受人的跪拜和颂扬,和元老们同席并坐;就是这个东西使得憔悴的寡妇能够再嫁;她,住花柳病院的和生大麻风的人看了都要恶心,但是这东西能把她熏香成为四月花那样地鲜艳。

　　鲁褒写此文时,是在元康之后,元康是晋惠帝的年号(291-299),正是八王之乱的前夕(八王之乱是291-306),此文之作是在这一段天下骚动之时,必是伤时忧世,发为讽刺之论。而贪鄙之风又何曾以哪一段时间为限?古往今来,什么时代金钱不在作祟?在英国,莫尔的《乌托邦》就已对金钱有了深刻的认识,莎士比亚的泰蒙只是根据古代故事而刻画成的一个人物,他好像是"挥霍金钱"和"嫉恨人类"两种精神的拟人化。他对金钱之最恶毒的诅咒是:"你这人类公用的娼妇!"这娼妇对人是一视同仁的,她没有阶级的歧视。

书评（七则）

一、读马译《世说新语》

一九四九年我来台湾，值英文《自由中国评论》月刊筹划出版，被邀参加其事，我避重就轻地担任撰拟补白文字。其实补白也不容易，寻求资料颇费周章，要短，要有趣。当时我就想到《世说新语》，"人伦之渊鉴""言谈之林薮"，译成英文当是补白的上好材料。于是我就选译了二三十段，读者称善，偶尔还有报刊予以转载。但是我深感译事之不易，《世说》的写作在南朝文风炽烈之时，文笔非常优美，简练而隽永，涉及的事迹起于西汉止于东晋亘三百年左右，人物达六百余人，内容之丰富可想而知。其中浅显易晓者固然不少，但文字简奥处，牵涉到史实典故处，便相当难懂。虽然刘孝标之注，世称详赡，实则仍嫌不足，其着重点在于旁征博引，贯联其他文献，并不全在于文字典实之解释。近人研究"世说"者颇不乏人，多致力于版本异文之考核，而疏于文字方面的诠释。我个人才学谫陋，在《世说》中时常遇到文字的困难，似懂非懂，把握不住。其中人名异称，名与字犹可辨识，有些别号官衔则每滋混淆。谈玄论道之语固常不易解，文字游戏之作更难移译。我译了二三十段之后即知难而退，以为《世说》全部英译殆不可能。

客岁偶于《联合报》副刊中得悉美国有《世说》全部英译本问世，既未说明译者姓名，复未列出版处所，我对于所谓全译疑信参半。旅美友人陈之藩先生函告将来香港教学一年，询我有无图书要他顺便购买带来，当即以《世说》全部英译本相烦。之藩在哈佛合作社查访无着，后来他在香港中文大学图书馆看到此书，乃以其标题页影印见寄。我才知道《世说》全译，真有其事，据书的包皮纸上的记载，译者是 Richard B. Mather，美国明尼苏达大学东亚语文学系主任，生于中国河北保定，出版者即明尼苏达大学出版部，一九七六年印行。我获得了这个情报，飞函美国请我的女儿女婿代为购买，一九七八年十二月十九日以航邮寄来，作为他们送给我七十七岁生日的礼物，书价三十五元，邮费亦如之。我琐述获得此书之经过，以志访购新书之困难，以及我对《世说》一书之偏爱。一九七八年一月在《中国时报周刊》读到刘绍铭先生作《方寸已乱》一文，一部分是关于这本《世说》英译的，读后获益不浅。据刘先生告诉我们：

Mather 中文名为马瑞志。据译者在引言说，翻译此书的工作，早在一九五七年开始，二十年有成，比起曹雪芹的十年辛苦，尤有过之。加上马氏两度赴日休假，请益专家如吉川幸次郎；两度获取美国时下最令人眼红的奖金。凡此种种，都令人觉得二十年辛苦不寻常。

马氏所花的工作，今后厚惠中西士林当然没问题。观其注释，不烦求详可知。书末所附的参考资料，如"传略"与"释名"，长达一百八十页。所举书目，罗集周详，中英之外，还有日、法、德等语言。二十年心血，做这种绣花功夫，也是值得的。

问题出在翻译上。笔者与马瑞志先生有两面之缘，真忠厚长者也……

马先生误解的地方，老前辈陈荣捷先生已就其大者举了不少（见一九七七年五月七日的 The Asian Student）。陈先生未举出来的，笔者看到的，还有很多。但这里只选两个例子……

刘先生对于马氏之书做了简单的介绍。我真应该感谢他，若不是有此介绍，我还不知道马氏的中文名字。刘先生推崇这一部翻译，主要的是因为它代表了"二十年辛苦"。这本书初到我手时，沉甸甸的厚厚的一大本，七百二十六页密密麻麻的小字，确实为之心头一懔①。二十年的工夫，当然其中一定会有一些空当，不过一件工作历时二十年终于完成，其专心致志锲而不舍的精神自是难能可贵。"二十年辛苦"，"二十年心血"，究竟是译者个人的私事。"中西士林"所关心的是这部翻译作品的本身。翻译了《世说》的全部，固然是值得令人喝彩的盛事，翻译是否忠实，是否流利，是否传神，才是更应注意之事。刘先生说："问题出在翻译上。"想来也是注意作品本身之意。马书是一本翻译，如果翻译上出了问题，那还了得？二十年辛苦岂不白费？陈荣捷先生所举的误解，我尚未拜读。我只看到刘先生所举的两个例子，一是关于"奇丑"，一是关于"病酒"的翻译。当然，这两处译文是有应加商榷之处。不过近五百页正文翻译之中，在字词上究有多少误解，凭一两个例子恐怕无法推论出来。一个烂苹果，不必等到整个苹果吃了下去才知道它是烂的，可是有时候瑕不掩瑜，瑜不掩瑕，似亦未可一概而论。把《世说》英译全部核校一遍，其事甚难，纵然学力可以胜任，也要三年两载才能蒇事②。

翻译之事，有资格的人往往不肯做，资格差一些的人常常做不好。花二十年的工夫译一部书，一生能有几个二十年？翻译固不需要创作文学那样的灵感，但也不是振笔疾书计日课功那样的机械。翻译之书，有古有今，有难有易。遇到文字比较艰深的书，不要说翻译，

---

① 懔（lǐn）：敬畏。
② 蒇（chǎn）事：事情办理完成。

看懂就很费事。译者不但要看懂文字,还要了然其所牵涉到的背景,这就是小型的考证工作,常是超出了文学的范围,进入了历史、哲学等的领域。如果有前人做过的笺注考证可资依傍,当然最好,设若文献不足,或是说法抵触,少不得自己要做一些爬梳剖析的功夫。马先生的《世说》译本,除了在翻译方面煞费苦心,在研究方面亦甚有功力。卷末所附"传略",胪列六百二十六个《世说》所提到的人名,各附简单传记,标明其别号以及小名,对于读者便利很多。杨勇先生的《世说新语校笺》卷末亦附有"常见人名异称简表",仅包括出现两次以上者,共一百一十九人,虽附有官名便于辨识,究嫌过简。马氏之传略,固然较为完整,而略去官名及尊称,似是失策。传略之外尚有词汇,占五十一页,包括字、词、官名以及若干与佛有关之梵文名词,对于读者都很有用。这些附录,实是译者二十年工夫之明显的佐证,吾人应表甚大之敬意。

常听人说,最好的翻译是读起来不像是翻译。话是不错,不过批评翻译之优劣必须要核对原文。与原文不相刺谬①而又文笔流畅,读来不像翻译,这自然是翻译的上品。若只是粗解原文大意,融会贯通一番,然后用流利的本国语言译了出来,这只能算是意译,以之译一般普通文章未尝不可,用在文艺作品的翻译上则有问题。文艺作品的价值有很大一部分在其文字运用之妙。所以译者也要字斟句酌,务求其铢两悉称,所以译者经常不免于"搔首踟蹰"。若干年前,笔者曾受委托校阅某先生译的吉本《罗马帝国衰亡史》。书是第一等好书,不但是历史名著,也是文学名著,其散文风格之美,实在是很少见的。译者也是有名于时的大家。全书卷帙浩繁,我细心校阅了前几章,实在无法再继续看下去。译文流畅,无懈可击,读起来确乎不像是翻译,可是与原文核对之下,大段大段的优美的原文都被省略了。优美的原文即是最难翻译的所在。如此避重就轻地翻译,

---

① 刺谬:违背;悖谬。

虽然读起来不像是翻译，能说是最好的翻译吗？

《世说》不是容易译的书，都三卷三十六篇，一千二百三十四条，短者八九字，长者二百字左右。马译全文照译，绝无脱漏，是最值得钦佩处。不仅特译了正文，兼及刘孝标注，有时也添加若干自己的注解。看样子参考杨勇的《世说新语校笺》之处也不算少。马氏的译文是流畅的现代英文，以视《世说》原文之时而简洁冷隽，时而不避俚俗，其风味当然似尚有间。一切文学作品之翻译，能做到相当忠实，相当可读，即甚不易。偶有神来之笔，达出会心之处，则尤难能可贵，可遇而不可强求。我以为马氏之译，虽偶有小疵，大体无讹。翻译如含饭哺人，岂止是含饭，简直是咀嚼之后再哺人。所以我们读一些典籍有时如嚼坚果，难以下咽，但读译本反觉容易吸收。翻译多少有些冲淡作用。我个人对于《世说》颇有若干条感到费解，读了译文之后再读原文，好像是明白了许多。有些条不难理解，难于移译。例如，《捷悟》第三条曹娥碑绝妙好词，我就感到非常棘手，中文的字谜游戏，用英文如何表达？不识中国字的人，纵有再好的翻译，也无法彻底了解这一条的意义。但是马译相当好，应该为他喝彩，虽然里面也有一点可怀疑的地方。原文"齑臼，受辛也，于字为辞"马译"受辛"为 to suffer hardship，似有误。所谓辛，不是辛苦之辛，应是指辛辣之物如椒姜之类。因为臼乃是捣姜蒜辛物之类的器皿，而酢菜之细切者曰齑。故受辛如解作承受辛物，似较妥切。马氏在注二提出"辞"有辞谢之一义，转觉多事。言语篇二十六："千里莼羹，未下盐豉"一语使我困扰了很久。宋本"未下"为"末下"之误，已成定论。唐·赵璘《因话录》早就说过："千里莼羹……未用盐与豉相调和，非也。盖末字误书为未。末下乃地名，千里亦地名。此二处产此物耳。其地今属江干。"但是后人偏偏不肯改正这一项错误。宋人黄彻《䂬溪诗话》卷九："千里莼羹未下盐豉，盖言未受和耳。子美'豉化莼丝紫'，又'豉添莼菜紫'。圣俞送人秀州云'剩持盐豉煮紫莼'。鲁直'盐豉欲催莼菜熟'。"然则，前贤如杜子美、梅圣俞、黄鲁直辈均是以耳代目以讹传讹耶？这真是令人难以索解的事，以我个人经验，莼羹鲜美，盖以其有一股清新之气，亦不需十分煮熟，若投以豉盐则混浊不可以想象。马译并无差误，唯未有片言解释，不无遗憾。再者，莼之学名为 brasenia purpurea，平常称之为 water shield，以其生于水中而叶形似盾也，马译为 waterlily，似嫌笼统。

《任诞》第一条竹林七贤，《杨勇笺注》引一九四九年八月十六日新加坡文史副刊陈寅恪的话："所谓'竹林'，盖取义于内典（Lenuvena），非其地真有此竹林，而七贤游其下也。《水经注》引竹林古迹，乃后人附会之说，不足信。"杨勇先生说："陈说有见。"吾意亦云然。Lenuvena一字，系误植，应做 Venuvana，梵文竹林之意，即竹林精舍，或竹林寺。按七贤年龄相差很多，山涛与王戎、阮咸相差几乎三十岁，阮籍与王戎、阮咸亦相差二十多岁。七人常集于竹林之下肆意酣畅，其事可疑。马译之脚注亦论及此事之是否信实，唯未提起陈寅恪之见解，不知何故。

《假谲》第三条刘注"操题其主者，背以徇曰：'行小斛，盗军谷'遂斩之。"标点系据杨勇先生校笺。马译为：So Tsao pointed out his mess officer, and behind his back circulated the rumor: "Using a small hu-measure, he robbed the army's treasure," whereupon he had him decapitated. 按原文标点疑有误。"题其主者，背以徇曰：行小斛，盗军谷"，疑"主者"下不宜有逗点。原文之意似是曹操在主其事者的背上标写了六个字"行小斛，盗军谷"，徇是巡行宣告，亦即是于游行示众之后斩之。这样解释不知是否。马译根据校笺的标点，似牵强。

《任诞》第十五条，注引竹林七贤论曰："咸既追婢，于是世议纷然：自魏末沉沦闾巷，逮晋咸宁中始登王途。"文字很明显，是说阮咸穿着孝服骑驴追婢，并载而还，大悖礼法，于是大家纷纷议论，加以指斥，因此阮咸在魏末只能混迹于市井，到了晋咸宁中才得做官。马译似是会错了意，把"世议"当作了句主，说：contemporary discussions⋯were hushed up and relegated to back alleys. By the middle of Hsie ning⋯they began again to mount the king's highways. 这显然是马先生一时大意了。

《栖逸》第七条："孔车骑少有嘉遁意，年四十余，始应安东命。"

马译"始应安东命"为 answered the sulnlnons of the General pacifying the East, Ss U-ma Jui (later Emperor of yuan)。按司马睿乃琅琊王，后为元帝，不闻其曾为安东大将军。附录司马睿条（页五六七）谓东安王司马繇乃其叔。东安是否为安东之误？八王之乱的时代，人物众多，头绪纷繁，令人如坠云里雾中，此其一例也。

《言语》第五十九条："初，荧惑入太微⋯⋯"何谓荧惑，何谓太微，刘注杨笺均未加解释。马译交代得十分清楚。荧惑是火星，太微是帝座，当时火星入帝座是在三七一年十一月二十四日至十二月二十二日之间。在脚注中说明火星入帝座为凶兆，复引证若干作者的研究资料。对天文星相一窍不通的人，读之当如开茅塞。译者嘉惠学人，类此者不胜枚举。

关于固有名词如人名地方，自然以国语发音为准是比较妥当的事。马瑞志先生生于保定，于国语发音应无问题。唯亦有若干偏差，例如第五页"河津"译为 Hoching，津清不分，第二九三页上虞之上字译为 Shan，善上不分，像是江南人的口音。诸如此类之处甚多。

本文之作不在寻疵指瑕，无非是要赞扬此书之成就。翻阅所及，偶摅[1]鄙见，以为商榷。全书是用打字机打的，虽然也有一些疏误之处，但是打得那么整齐匀净，实在可佩之至。

---

[1] 摅（shū）：表示，发表。

二、《西方的典籍》

赫琴斯（Robert M. Hutchins，1899—1977）是美国学术界的一位奇才，三十岁的时候就任芝加哥大学校长，名震一时。他不满意于当时教育界之过度偏重专门知识，而疏忽了对于传统文化之一般的了解，所以他大力提倡"自由教育"。实际上他是继承英国十九世纪后半之人文主义的正统思想，不过他具有更开明更实际的眼光。他在一九五一年编竣了一部大书，《西方的典籍》(*Great Books of the Western World*)，翌年由大英百科全书出版公司出版。这一部书是他实现他的"自由教育"的工具。在他以前，《哈佛的古典丛书》(*Harvard Classics*)，即俗称《五英尺书架》，也是出自同样的用意。后来居上，这一部《西方的典籍》似乎是更有实用价值。

书凡五十四卷，第一卷是导言，述编纂大意，第二卷三卷是索引性质。从第四卷起是典籍本身，包括七十四个作家，完整的作品四百四十三种（节录的作品不计）。各卷的封面装订颜色不同，黄色的是文学类，蓝色的是历史、政治、经济、法律类，绿色的是天文、物理、化学、生物、心理类，红色的是哲学、宗教类。这只是大概的分类，其中很多作品是不专属于某一类的。这一套大书包括了西方两千五百年来的文化思想的精华。编者的意思不是要复古，不是要人钻故纸堆，是要人认识传统，是要人了解过去文化思想之来龙去脉，是要人借以培养其运用思维的方法，从而建立其自己独立的思考能力。文化思想乃由于不断地累积而成，欲面对现实则必须了解过去。读古书，读典籍，是认识传统之最好的方法。这部书的范围是到一九〇〇年为止。不是说二十世纪没有伟大的著作，是我们在自己这个时代中尚难取得历史的透视作取舍衡量的标准。科学作品在这套书中占相当重的分量，可能其中资料由现代眼光看来已非新奇，但在科学思想发展过程中仍有其不可磨灭的价值。

这样大的一部书读起来如何下手？编者的计划是期望读者花十年的工夫把它读完。他所想象中的读者是大学程度的人。很可能就是大学程度的人也很少能充分读懂这些书。不过编者说，年轻人越是早接触这些典籍越好，以后他会渐渐领悟，受用无穷。五十一部典籍，如果按着次序一本一本读下去，当然很好，但是很少人有这样的长久毅力，所以编者为了便利读者，提出了一个阅读计划，特编了十本阅读指导书，每年一本，内容是若干种典籍的选录，作为十五课，注明原书的卷页起讫。以第一册为例，可以看出编者费了多少苦心在编纂上。

第一课：柏拉图的《自白》及《克利图》。

第二课：柏拉图的《共和国》卷一、卷二。

第三课：索福克勒斯的《俄狄浦斯王》及《安提戈涅》。

第四课：亚里士多德的《伦理学》卷一。

第五课：亚里士多德的《政治学》卷一。

第六课：普鲁塔克的《希腊罗马名人传》四篇。

第七课：《圣经·旧约》的《约伯记》。

第八课：圣·奥古斯丁的《忏悔录》卷一至八。

第九课：蒙田的《论文集》六篇。

第十课：莎士比亚的《哈姆雷特》。

第十一课：洛克的《政府论》之第二篇论文。

第十二课：斯威夫特的《格列佛游记》。

第十三课：吉本的《罗马帝国衰亡史》第十五、第十六章。

第十四课：美国《独立宣言》《美国宪法》及《联邦论集》。

第十五课：马克思、恩格斯的《共产党宣言》。

这十本阅读指导是一九五九年出版的，原书说明是每年读十八篇,大概是几年之后改变了主意,每年改为十五课了。阅读指导写得非常精彩,特别是指出了古代名著与现代思想的关系,启发读者的兴趣,读了指导之后不能不进一步地去读原著。本来我们应该获取第一手的资料,直接去读原书。每一课的作品,预计两个星期可以读完,一年读十五课很从容地可以竣事,十年过后大功告成。原书每一作者均附有传记一篇,但是没有编者所撰的引论,编者绝不表示他的批评的意见,他要读者自己和作者去直接接触。十册阅读指导也是只有启发,而无教训。编者最反对的就是宣传,宣传使人盲目服从。自由教育的目的乃是教人睁开眼睛,不让别人牵着鼻子走。

从上面引述的第一册阅读指导的目录,可以看出教材分布的大概。事实上每一册都是以柏拉图开始,因为那些苏格拉底的对话集是西方文化思想最重要的开端,几乎所有的后世思想家多多少少的是为柏拉图做注脚。第一册以马克思、恩格斯《宣言》殿后,也是很有意义的安排。从第一课到第十五课,每一册均是如此,把两千五百年来的文化思想的结晶有选择地陈列在我们眼前。

如果我们不能按照阅读指导的安排去读这部大书,第二、第三两卷,实际是一部索引,西方文化的基本思想分列为一百零二项,其下又胪列为两千九百八十七个题目。读者想知道西方典籍对于某一个题目有何主张,根据索引可以手到擒来。如果编者没有把全部典籍咀嚼一遍,这两卷索引是编不出来的。

西洋名著浩如烟海,要想从中选出几十名家,可能各有所好,未必尽能一致。这一部《西方的典籍》在选择上也不一定是绝对正确。也许有遗漏,也有偏差。不过大致而论,十之八九都是不会令人有异议的。与其读所谓"畅销书",不如读这一部典籍。

这一部是美国人为了美国人而编的,不过对于我们中国人之关心西方文化的,也有极大的帮助。我不知道我们的读者们有多少人曾经涉猎过其中多少部书。我知道,若不曾读过其中相当大部分的书,便无法深入了解西方文化。若不曾对西方文化有相当深入的认识,如何能高谈中西文化之比较?

编者指出,东方人有东方的典籍,如果也参照他的计划编出一部"东方的典籍",则对于东西文化之交流将大有贡献。中国的典籍需要我们中国人编,认真负责地编,由专家学者分担合作,有中文版有英文版,那就更好了。

三、《青衣·花脸·小丑》

一个人嗜好一种事物,一往情深地寝馈①其中。到了入迷的地步,我就觉得他痴得可爱。例如,棋迷。其艺未必高,但是他打棋谱,覆棋局,搜求棋话,打听棋讯,看人对弈,偶然也摆上一盘,枰上岁月乐此不疲。再则就是戏迷。尤其是生长在北平的人,清末民初之际,名伶辈出,耳濡目染,几乎人人都能欣赏戏,于听戏捧场之外还要评剧说剧,久而久之遂成戏迷。

燕京散人丁秉链先生就是标准的戏迷之一。其近作《青衣·花脸·小丑》真是内容丰富,如数家珍,他懂得那样多的事情,记得那样多的东西,实在难能可贵。

余生也晚,没有赶上谭鑫培的时代。可是有些名角演唱,我还是听过不少。有一次义务戏,我听到老乡亲孙菊仙唱《三娘教子》,出台亮相由人搀扶,唱到某一段落他扯下髯口向台下做了简短演说,倚老卖老,大家亦不以为忤。他的唱腔,如洪钟大吕,拐弯抹角的腔调一律免除,腔短而声宏,独成一派,听来尤为过瘾。俞振庭的《金钱豹》,九阵风的《泗州城》,龚云甫的《钓金龟》,余叔岩的《打棍出箱》,刘鸿声的《斩黄袍》,德珺如的《辕门射戟》,张黑的《连环套》,王瑶卿的《悦来店》,杨小楼的《安天会》,郝寿臣

---

① 寝馈:谓时刻在其中。

的《黄一刀》等，给我深刻印象，历久不忘。听过一回好戏，便是一桩永久的喜悦。戏剧的灵魂在演员，好演员难得，三年出一个状元，三十年未必能出一个好演员。好演员的拿手戏，你听过之后，心中有了至善至美的感受，以后便觉得曾经沧海难为水了。演员的艺术难以保存遗留于后世，唱片影片亦终觉有隔，这是无可奈何的事。丁秉鐩先生和我年相若，他听过的名角演过的戏，我也大部分听过，只是我了解的程度远不如他，如今读他的大作，温故知新，获益不少。

去年我在美国，辗转获得周肇良女士翻印其先君的《几礼居戏目笺》一份，是纪念杨小楼的十张戏报子。八张是第一舞台的，两张是吉祥的。十出戏是：《水帘洞》《宏碧缘》《霸王别姬》《挂印封金》《灞桥挑袍》《山神庙》《湘江会》《铁笼山》《连环套》《长坂坡》《蟠桃会》。几礼居是周志辅先生的斋名。这位周先生是杨小楼迷。我有一位朋友邓以蛰（叔存）先生也是杨小楼迷，凡有杨戏必定去看，他有一次对我说："你看杨小楼跟着锣鼓点儿在台上拿着姿势站定，比希腊雕刻的艺术还要动人！"把戏剧与雕刻相比，我还是第一次听到。丁秉鐩先生知道杨小楼的事必多，真想听他谈谈。如今看不到杨小楼的戏，听人谈谈也是好的。

戏剧演员之能享大名，第一由于苦练，第二才是天分。从前私塾读书，讲究"念、背、打"缺一不可，学戏坐科也是离不了打。戏是打出来的。有一回我问过周正荣先生在上海戏剧学校挨过打没有，他说没有一天不挨打。最近我又问过小陆光的刘陆娴小姐挨过打没有，她说不打怎么行呀？看样子，体罚是不可避免的了。凡是艺术都有其一套规矩，通了规矩之后才可以发挥个人的长处。固不仅戏剧一道为然。凡是成功的演员都是守规矩的，好的听众也是懂规矩的，所以名伶登场，观众兴奋，一张口，一投足，满堂叫好，台上台下浑然一片满足享受之感。丁秉鐩先生这本书描写了这种情况的地方很多，我读过之后恍如再度置身于五六十年前的第一舞台、吉祥、三庆。

四、读《烹调原理》

从前文人雅士喜作食谱，述说其饮食方面的心得，例如，袁子才的《随园食单》、李渔的《笠翁偶集·饮馔部》便是。其文字雅洁生动，令人读之不仅馋涎欲滴，而且逸兴遄飞。<u>饮食一端，是生活艺术中重要的项目，未可以小道视之。</u>唯食谱之作，每着重于情趣，随缘触机，点到为止。近张起钧先生著《烹调原理》（新天地书局印行），则已突破传统食谱的作风，对烹饪一道做全盘的了解，条分缕析地做理论的说明，真所谓庖丁解牛，近于道矣！掩卷之后，联想泉涌，兹略述一二就教于方家。

着手烹饪，第一件事是"调货"，即张先生所谓"选材"。北方馆子购买材料，谓之"上调货"，调货即是材料。上调货的责任在柜上，不在灶上。灶上可以提供意见，但是主事则在柜上。如何选购，如何储存，其间很有斟酌。试举一例：螃蟹。在北平，秋高气爽，七尖八团，满街上都有吆喝卖螃蟹的声音。真正讲究吃的就要到前门外肉市正阳楼去，别看那又窄又脏的街道，这正阳楼有其独到之处。路东是雅座，账房门口有两只大缸，打开盖一看，哇，满缸的螃蟹在吐沫冒泡，只只都称得上广东话所谓"生猛"。北平不产螃蟹，这螃蟹是柜上一清早派人到东火车站，等大篓螃蟹从货车上运下来，一开篓就优先选取其中之硕大健壮的货色。螃蟹是从天津方面运来，所谓胜芳螃蟹。正阳楼何以能拔头筹，其间当然要打通关节。正阳楼不惜工本，所以有最好的调货。一九一二年的时候要卖两角以至四角一只。货运到柜上还不能立即发售，要放在缸里养上几天，不时地泼浇蛋白上去，然后才能长得肥胖结实。一个人到正阳楼，要一尖一团，持螯把酒，烤一碟羊肉，配以特制的两层薄皮的烧饼，然后叫一碗氽大甲,简直是一篇起承转合首尾照应的好文章!

第二件是刀口,一点也不错,一般家庭讲究刀法的不多,尤其是一些女佣来自乡间,经常喂猪,青菜要切得碎碎细细,要煮得稀巴烂,如今给人做饭也依样画葫芦。很少人家能拿出一盘炒青菜而刀法适当的。炒芥蓝菜加蚝油,是广东馆子的拿手,但是那四五英寸长的芥蓝,无论多么嫩多么脆,一端下了咽,一端还在嘴里嚼,那滋味真不好受。切肉,更不必说,需要更大的技巧。以狮子头为例,谁没吃过狮子头?真正做好却不容易。我的同学驻葡萄牙公使王化成先生是扬州人,从他姑妈那儿学得了狮子头做法,我曾叨扰过他的杰作。其秘诀是:七分瘦三分肥,多切少斩,芡粉抹在手掌上,搓肉成团,过油以皮硬为度,碗底垫菜,上笼猛蒸。上桌时要撇去浮油。然后以匙取食,鲜美无比。再如烤涮羊肉切片,那是真功夫。大块的精肉,蒙上一块布,左手按着,右手操刀。要看看肉的纹路,不能顺丝切,然后一刀挨着一刀地往下切,缓急强弱之间随时有个分寸。现下所谓"蒙古烤肉",肉是碎肉,在冰柜里结成一团,切起来不费事,摆在盘里很像个样子,可是一见热就纷纷解体成为一缕缕的肉条子,谈什么刀法?我们普通吃饺子之类,那肉馅也不简单。要剁碎,可是不能剁成泥。我看见有些厨师,挥起两把菜刀猛剁,把肥肉瘦肉以及肉皮剁成了稠稠的糨糊似的。这种馅子弄熟了之后可以有汁水,但是没有味道。讲究吃馅子的人,也是赞成多切少斩,很少人肯使用碾肉机。肉里面若是有筋头巴脑,最煞风景,吃起来要吐核儿。

讲到煎炒烹炸,那就是烹饪的主体了。张先生则细分为二十五项,洋洋大观。记得齐如山先生说过我们中国最特出的烹饪法是"炒",西方最妙的是"烤"。确乎如此。炒字没有适当的英译,有人译为scramble-fry,那意思是连搅带炸,总算是很费一番苦心了。其实我们所谓炒,必须使用尖底锅,英译为wok,大概是广东音译。没有尖底锅便无法炒,因为少许的油无法聚在一起,而且一翻搅则菜就落在外面去了。烤则有赖于烤箱,可以烤出很多东西,如烤鸭、烤鱼、烤通心粉、烤各种点心,以至于烤马铃薯、烤菜花。炒菜,要注意火候,在菜未下锅之前也要注意到油的温度。许多菜需要旺火旺油,北平有句俗话"毛厨子怕旺火",能使旺油才算手艺。我在此顺便提一提所谓"爆肚"。北平摊子上的爆肚,实际上是氽。馆子里的爆肚则有三种做法:油爆、盐爆、汤爆。油爆是加芡粉、葱、蒜、香菜梗。盐爆是不加芡粉。汤爆是水氽,外带一小碗卤虾油。所谓肚,是羊肚,不是猪肚,而且要剥掉草芽子,只用那最肥最厚的白肉,名之为肚仁。北平凡是山东馆子都会做,以东兴楼、致美斋等为最擅长。有一回我离开北平好几年,真想吃爆肚,后来回去一下火车便直奔煤市街,在致美斋一口气点了油爆肚、盐爆肚、汤爆肚各一,嚼得我牙都酸了。此地所谓爆双脆,很少馆子敢做,而且用猪肚也不对劲,根本不脆。再提另一味菜,炒辣子鸡。是最普通的一道菜,但也是最考验手艺的一道菜,所谓内行菜。仔鸡是小嫩鸡,最大像鸽子那样大,先要把骨头剔得干干净净,所谓"去骨",然后油锅里爆炒,这时候要眼明手快,有时候用手翻搅都来不及,只能掂起"把儿勺",把锅里的东西连鸡汁飞抛起来,这样才能得到最佳效果,真是神乎其技。这就叫作掌勺。在饭馆里学徒,从剥葱剥蒜起,在厨房打下手,耳濡目染,要熬个好多年才能掌勺爆肚仁、炒辣子鸡。

张先生论素菜,甚获我心。既云素菜,就不该模拟荤菜取荤菜名。有些素菜馆,门口立着观音像,香烟缭绕,还真有食客在那里膜拜,而端上菜来居然是几可乱真的炒鳝糊、松鼠鱼、红烧鱼翅。座上客包括高僧大德在内。这是何等的讽刺?我永不能忘的是大陆和台湾的几个禅寺所开出的清斋,真是果蔬素食,本味本色。烧冬菇就是烧冬菇,焖笋就是焖笋。在这里附带提出一个问题:味精。这东西是谁发明的我不知道,最初是由日本输入,名味之素,现在大规模自制,能"清水变鸡汤",风行全国。台湾大小餐馆几无不大量使用。做汤做菜使用它，烙饼也加味精，实在骇人听闻。美国闹过一阵子"中国餐馆并发症状"，以为这种 sodium salt 足以令人头昏肚胀，几乎要抵制中国菜。平心而论，为求方便，汤里素菜里加一点味精是可以的，唯不可滥用不可多用。我们中国馆子灶上经常备有"高汤"，就是为提味用的。高汤的制作法是用鸡肉之类切碎微火慢煮而成，不可沸滚，沸滚则汤混浊。馆子里外敬一碗高汤，应该不是味精冲的，应该是舀一勺高汤稍加稀释而成。我到熟识的馆子里去，他们时常给我一小饭碗高汤，醇厚之至，绝非味精汤所能比拟。说起汤，想起从前开封洛阳的馆子，未上菜先外敬一大碗"开口汤"，确是高汤。谁说只有西餐才是先喝汤后吃菜？我们也有开口汤之说，也是先喝汤。

我又联想到西餐里的生菜，张先生书里也提到它。他说他"第一次在一位英国人家吃地道的西餐，看见端上一碗生菜，竟是一片片不折不扣洗干净了的生的菜叶子，我心里顿然一凉，暗道：'这不是喂兔子的吗？'"在国内也有不少人忌生冷，吃西餐看见一小盆拌生菜（tossed salad），莴苣菜拌番茄、洋葱、胡萝卜、小红萝卜，浇上一勺调味汁，从冰箱里拿出来冰冷冰冷的，便不由得不倒抽一口凉气，把它推在一旁。其实这是习惯问题，生菜生吃也不错。吃炸酱面时，面码儿不也是生拌进去一些黄瓜丝、萝卜缨吗？我又想起"菜包"，张先生书里也提到，他说："菜包乃清朝王室每年初冬纪念他们祖先作战绝粮吃树叶的一种吃法。其法是用嫩的生白菜叶，用手托着包拢各种菜成一球状咬着吃，所以叫菜包。"我要稍作补充。白菜叶子要不大不小。取多半碗热饭拌以刚炒好的麻豆腐，麻豆腐是发酵过的绿豆渣，有点酸。然后再和以小肚丁，小肚是膀胱灌粉及肉末所制成，其中加松子，味很特别，酱肘子铺有得卖。再加摊鸡蛋也切成丁。这是标准的材料，不能改变。菜叶子上面还别忘了抹上蒜泥酱。把饭菜酌量倒在菜叶子上，双手捧起，缩颈而食之，吃得一嘴一脸两手都是饭粒菜屑。在台湾哪里找麻豆腐？炒豆腐松或是鸡刨豆腐也将就了。小肚不是容易买到的，用炒肉末算了。我曾以此飨客，几乎没有人不欣赏。这不是大吃生菜吗？广东馆子的炒鸽松用莴苣叶包着吃，也是具体而微地吃生菜了。

看张先生的书，令人生出联想太多了，一时也说不完。对于吃东西不感兴趣的人，趁早儿别看这本书！

五、读《文明的跃升》

畅销书不一定长久畅销，更不见得一定有多少价值。所以畅销书一语只能算是广告术语，要看过书的内容才能算数。

汉宝德译布罗诺斯基著《文明的跃升》（Bronowsky：*The Ascent of Man*），景象出版社出版，不仅是一部畅销书，而且是值得关心人类文明的人一读的好书。译者在序里特别希望"我国在文艺界的朋友也能抽暇读读这本书"。岂止文艺界的朋友应该读读这本书，别的什么界的朋友也应该人手一本。以我个人来说，我对人类文明的发展史所知至为有限，而且东鳞西爪也不能贯穿起来，今读此书确是获益不少。

这本书本来是英国广播公司邀请作者所做的一个电视节目，其目的是向观众报道科学的发展史。事实上所报道的不仅是科学，举凡文学、哲学之重要的进展也包括了进去，而且和科学进展的情形配合起来，融为一体。所以这本书的中文译名称作"文明的跃升"，实在是整个人类文明的发展史。这本书所要说明的是"人"。我想起英国十八世纪诗人蒲伯（Pope）有一句有名的诗：

人类最宜研究的是"人"。

The proper study of man is Man.

自然界是外物，我们研究自然现象是必要的，但是人不可以为物役，一切研究皆应以人为指归。这便是所谓人文主义的思想。英国十九世纪后半期阿诺德与赫胥黎的论辩，虽已成明日黄花，其意义仍然存在，如今我们读到《文明的跃升》这样的一本书，好像是得到了一个综合的结论似的。

前些时克拉克爵士（Clark）在电视上讲《文明史》，侧重艺术的成就，我正好在国外旅居，有机会看到这杰出的电视节目的一部分。记得是一星期播讲一次，历时一小时余，其间没有惹人厌恶的广告穿插，观众可以一口气欣赏到底。图片当然是非常丰富，讲释当然是深入浅出，雅俗共赏。我很佩服英美国家肯播出这样有价值的节目，我也很艳羡他们有这样学问渊博而又组织力强的人才来制作主持这样的节目。《文明的跃升》电视节目，我没有赶上看，最近才看到这本书的纸面本，封面上说：拥有五百万观众。电视观众达五百万，在美国这数目不算大，可是像这样高级教育性质的节目有五百万人收视，却算是很难得了。

我特别感到兴趣的是书中讲到中国的地方也不少。人类文明的历史如何能没有中国？"二百万年前我们还不是人，一百万年前我们是人，因为约一百万年前有一种称之为猿人或直立人的生物，散布在非洲之外，最有名的例子是在中国发现的猿人，即北京人，约四十万年前，他是最早确定使用火的生物。"在人类文明历史中，我们中国很早地就有光荣的位置。

从游牧生活改变为村居农业，是人类成长中很大的一步。游牧民族是好战的，他们常发动有组织的军事行动劫掠富裕的农村。作者举出成吉思汗，他自己不事生产，以掠夺为业，拓成横亘欧亚的一个王朝，但是他们征服一个地方之后，终于又让那被征服的生活方式所征服，成吉思汗的孙子忽必烈在中国做了皇帝，他要做的事是在上都盖宫殿定居下来——

忽必烈汗下令

在上都兴建华丽的夏宫。

In Xanadu did Kubla Khan

A stately pleasure dome decree.

柯勒律治的这两行诗的背景做如此的解释，真是新鲜极了。

铜里加锡，其合金便是青铜，又坚硬又耐久，这又是文明一大进步。这种铸冶青铜之术虽不是中国人的最早发明，但是青铜制作在中国达到最佳的效果。这就是公元前一千五百年之前的商朝文化最灿烂的一面。商代青铜器包含百分之十五的锡，这是最精确的比例，其硬度约三倍于铜。青铜器之留于今日者，其技巧之高明，与其艺术之美妙，皆令人叹为观止。除了青铜之外，炼金术也是来自中国，大约在两千年前就有炼金术的记录。本书作者还引用了一句中国的俗话"真金不怕火炼"来说明中国人对于黄金的抵抗侵蚀的能力之认识。

中古以后中国的文明可得而言者尚多，例如医药以及建筑等，可惜均未加以采用。最大的缺失是在人类社会组织方面孔子的伦理思想应该是重大的一项，而竟未提及。在本书的末章，作者对于"西方文明"表示悲观，他说："举目四顾，我无尽悲哀地突然发现，西方人竟已闻知识而丧胆，自知识退到——退到哪里？禅宗佛教……"又说："西方文明此时正受到考验。如果西方要放弃，则下一步仍有进展却不是西方的贡献了。"作者是站在西方人的立场说话。其实文明并无国界，凡是真理必然会流传到全世界，人的知识即是真理的认识，原无东方西方畛域之可言。据我看，西方文明没有没落，也不会倒退，不过所谓物质文明发展到一个阶段可能产生许多弊端，这时候需要考虑到价值观念，需要节制，东方的伦理哲学思想以及西方的历史悠久的人本主义都是匡济的妙方。在整个人类文明发展史中,我们中国已贡献了些什么,以后能贡献些什么,这是值得我们深虑长思的问题。

这本书虽然是通俗的性质,而其内容牵涉到的学问很广,作者从一九六九年七月写成大纲,最后到一九七二年十二月才完成,经过了三年多的努力,其内容之丰富可知。译成中文当然也是甚为困难之事。对自然科学与人文科学都能大体认识的通才是极难得的。汉宝德先生的翻译,虽然无英文原书在手边供我对看,我相信是能"传达原意"的。书中引用诗人的若干诗句,都很有趣味,如译文字句再加推敲,或附加注释,当更为完美。

六、祝《书评书目》五周年

苏文忠公《李氏山房藏书记》有这样一段:"予犹及见老儒,先生自言其少时欲求《史记》《汉书》而不可得,幸而得之,皆手自书,日夜诵读,唯恐不及。近岁,市人转相摹刻诸子百家之书,日夜传万纸,学者之于书,多且易致如此,其文词学术当倍蓰[①]于昔人。而后生科举之士皆束书不观,游谈无根。"在刻版、活字、石印、影印之术未发明之前,书是辗转抄写的,得来不易,所以一书在手,没有束之高阁的道理。如今读书比较起来太容易了,许多图书馆是公开的,不少古书珍籍都有了翻印本,外文书的影印与翻译也渐成时尚,而且还有像《书评书目》这样的定期刊物专为读书人服务。在这样的情形之下,如果不知读书,或有书不读,宁非是亏负自己?

历来劝人读书的箴言很多。孟子曰:"天下之善士,斯友天下之善士,以友天下之善士为未足,又尚论古之人。颂其诗读其书,不知其人,可乎?是以论其世也,是尚友也。"读书就是尚友古人;读书可以打通时间空间的隔阂,直接与古人游,人生乐趣孰有逾于此者?

---

① 倍蓰(xǐ):数倍。

黄山谷说："人不读书，则尘俗生其间，照镜则面目可憎，对人则语言无味。"这话好像有一点玄，其实不然。人不读书，则何所事事？尘俗顿生是可以想象得到的。脸上没有书卷气，一定可憎。满脑子的名缰利锁世网尘劳，他的谈吐如何能够有味？

宋真宗《劝学文》："富家不用买良田，书中自有千钟粟；安居不用架高堂，书中自有黄金屋；娶妻莫愁无良媒，书中有女颜如玉；出门莫愁无人随，书中车马多如簇。"这不是说以书为敲门砖，因读书而青云直上享受荣华；这只是说读书自有乐趣，无关功利。

英国文学作品中直写读书乐而给我印象最深的，一是幼时英文课堂上所用的读本之一——罗斯金的演讲录《芝麻与茉莉》，刊于一八六五年。第一篇讲演告诉我们读什么，怎样读。最令我不能忘的是其中关于弥尔顿《黎西达斯》最精彩的一段之阐释。"瞎嘴"一语好生硬，经罗斯金一解释，无视于自己的职责谓之瞎，只知道吃东西的谓之嘴，可见古人落笔之有分寸，何等浓缩有致！另一篇作品是湖畔诗人之一的罗伯特·骚塞所作的一首小诗，题目是《我一生是和死人一起过的》，粗译其大意如下：

我一生是和死人一起过的；
我举目四顾，
无论眼光落在哪里，
全是古代的伟大人物；
他们是我的知交好友，
我和他们日日聊天叙旧。

我和他们一起享福，
苦恼来时他们为我分忧；
我得到他们多少好处，

我自明白在我心头。
我的感激的泪，
常湿润了我的腮。

我心神想的全是死人，我和他们
好多年来生活在一起，
我爱他们的长处，憎他们的缺点，
分享他们的希望与恐惧。
我以谦逊的心
从他们寻求教训。

我的希望寄托在死人，不久
我也将和他们在一处，
我将和他们一起走，
走上所有未来的路；
在人间会留下一点名，
永不磨朽在尘世中。

这首诗作于一八一八年，所谓死人指图书言，与我们所谓尚友古人之说如出一辙。书，不应限于古人，今人之书也尽有可观者。"非三代两汉之书不敢观"那时代早已过去了，不过也有人相信阿诺德的"试金石学说"，没经过五十年时间淘汰的书总觉得不太可靠。书评与书目不失为一个好办法，近于培根所谓的"由人代读"之说。

七、读《历史研究》

翻译之事甚难。所译之书有艰深者，有浅显者，其译事之难易相差不可以道里计。

翻译,和创作一样,没有一套固定的方法可资遵循。够资格的译者运用其文字之技巧,曲达原作之意义,如是而已。

翻译不待宣传鼓吹,只要有人肯埋头苦干,就行。

陈晓林先生最近一声不响地译了两部大书,一部是斯宾格勒著《西方的没落》,一部是汤因比著《历史研究》,两部书都是现代史学巨著。没有充分的知识、热心、毅力,是不可能有此成绩的。

《西方的没落》一书成于一九一四年,出版于一九一八年,正是第一次世界大战的时期。大战方过,创痛巨深,尤其是欧洲经此浩劫,疮痍满目,识者皆谓西方文化根本出了问题。我记得梁任公先生在战后游欧归来,著《欧游心影录》,在序言里就提到了斯宾格勒这一本书。我当时年纪尚轻,对于这样的大事不敢妄议,不过私心以为战争之事何代无之,一部人类史不就是一部相斫书?而且一番破坏,说不定以后还会另有一副新的面貌。至于西方的没落,并不等于东方的崛起,那是更浅而易见之事。可是《西方的没落》一书,直到陈先生的中译本出来我才得一读为快。读了之后,我的幼稚的成见依然未改。

汤因比对于斯宾格勒的见解并不满意,他说:"斯宾格勒虽然提出了文化诞生、茁壮、衰老与死亡的理论,却并没有为他那文化生命的四幕神秘剧提出详细的解释……我觉得斯宾格勒是颇不光彩的教条主义与定命主义的。据他的看法,文明以固定不变的一致性与固定不变的时间表兴起、发展、没落,以至崩溃,他对任何一项都没有提出解释。"于是《历史研究》这部大书便是他对历史演化过程的解释。解释尽管解释,斯宾格勒的文化生命四幕神秘剧的看法,他依然是默认了的。这一个看法并不算错。任何事物都有兴有衰,有起有伏。犹之乎我们说"天下分久必合,合久必分",乃是放诸四海而皆准的道理。犹之乎我们预测天气变化时说:"阴久必晴,晴久必阴",也是永远立于不败的推理。历史哲学的研究者,大概无不想从文化演变之中寻求一个合情合理的模式,鉴往知来,从而揣想以展的趋势。历史哲学的书不容易逃出宿命论的范畴。

历史上的剧变,以及一种文化的兴亡,其原因千头万绪。有时候偶然的事件也许能引起严重的后果。十七世纪的哲学家巴斯加说:"如果克利奥帕特拉的鼻梁短一些,整个地球的面貌都会变得不同。"(《玄想集》第八章第二十九节)这不是无聊的笑话。杜牧诗:"东风不与周郎便,铜雀春深锁二乔。"这也不是轻佻的讽刺。所以要找出一套文化兴亡的公式,实在困难。"汤因比不承认有什么'放之四海而皆准,俟诸百世而不惑'的模式,他说:'当历史展开了它的进程时,它是不会停止下来的。'于是,在分析与综合之间,在归纳与演绎之间,在实证与灵悟之间,在考古学家的新发现与精神史家的新著作之间,汤因比一再修正与充实他的模式。"(译者序中语)汤因比既不承认有放之四海而皆准俟诸百世而不惑的模式,可是他又旁搜幽讨各大文明的资料来修正并充实他的模式,可见他还是有他的模式。凡是钻研历史哲学的,没有不追求某一种模式的。

国家兴亡与文化盛衰,其中道理如有轨迹可寻,大概不外是天灾人祸。所谓人祸,实际上是少数的领导人物所造成的。领导人物如果是明智的、强毅的、仁慈的,如果环境许可时机成熟,他便可以做出一番辉煌的事业,一人有庆,兆民赖之。如果他是思想偏颇而又残暴自私的人物,他就会因利乘便以图一逞,结果是庐舍为墟,生灵涂炭。在文化上,有人苦心孤诣地推动发扬,也有人倒行逆施信奉蒙昧主义。像这种事迹,汤因比举出的例证太多了,普及于三十七种文明。但是他独具慧眼,特别强调领导人物的品质之重要。大多数的人民是"日出而作日入而息"的那一类型,他们对于文化的支持是不可否认的,可是他们不能和那"创造的少数"相提并论,他们是沉默的、被驱使的,无论是守成还是破坏都是被动的。关于这一点,卡莱尔的英雄崇拜之说似是一套颠扑不破的理论。英雄造时势,时势造英雄,毕竟英雄难得。英雄在何时何地出现,事前谁也不知道。

汤因比对于中国文化有相当的认识与欣赏,他到过大陆,也到过台湾。中国文化是一个庞大的整合体制,有韧性,有吸收能力,所以他说:"只要这一体制能够承续不绝,则即使中国文明中,其他要素的连续性遇到最强烈的破坏而呈碎裂状态,中国文明仍然可以赓续下去。"我们没有理由为了这一看法而沾沾自喜。我们的文化已有悠长历史,当然我们更希望其继续发扬,不过中国文化的体制是否能承续不绝,现在似乎是在考验之中。其中若干要素,在遭受西方文化冲击之下,是否仍能屹立不动,亦有待于事实的证明。汤因比的《历史研究》应该能激起我们对中国文化前途的关心。

《国王不会错》

偶然在一本杂志上看到一则补白,题曰"国王不会错"。这句话是英国的一位专横的国王所说的名言(A king can do no wrong),国王不可能犯错,错了也是对的。天子圣明,怎能有错?这一则补白的内容却是记载着有关一位法国国王的故事。

法王查尔斯八世,生于一四七〇年,卒于一四九八年,只活了短短的二十八年,实际在位不过十五年,可是他结婚三次。第一次是在他十四岁的时候,娶的是德国国王马克西米连二世之女玛格莱特,新娘子四岁。他一登王位便把她休了,送还给德王。第二次结婚是娶不列颠的安妮,不久亦告仳离。第三次娶的是他的岳母,德王马克西米连二世之妻,马克西米连成婚才十九个月,便由着查尔斯八世把其妻夺了过去。这双重的侮辱,德王屈于势力之下都吞下去了。

婚姻男女之事,位愈高则愈乱,此乃普遍之事实。查尔斯八世之娶岳母为妻,辈分不对好像是乱伦,实则他的岳母与他的前妻并非血亲,故此只是在名分上有些骇人听闻而已,但事实上他也算得是和他的岳母犯了"聚麀①"的罪行。此种行为不足为训,逃不了后世的董狐之笔,可是当时朝野上下对于这种事谁敢公然指责或是微

---

① 聚麀(yōu):禽兽父子共牝,后指两代的乱伦行为。

言讽刺,还不是一个个地觍^①着脸三呼万岁,争说天子圣明？讲到"聚麀",我们历史上也有好多例子,最著名的如唐朝初为太宗才人后为高宗之后的武则天。此一妇人虽然私德有亏,后宫面首不计其数,当时没人敢说那是帷薄不修^②,至今仍有人称道她的政治长才。

"位愈高则责愈重",这是理论。事实上居高位者很少不滥用他的权势地位而为所欲为,在婚姻男女之事能维持正常形态者很少。人言不足恤,清议不足畏,一意孤行,而无不称心如愿。社会上对于这样的荡闲越检的人和事不是噤若寒蝉,便是觍颜谀谄。只有斗筲^③小民或寒微之士若有停妻再娶或寡妇再醮的事,便立刻会出现一撮遗老遗少之辈奋其如椽之笔,鼓其如簧之舌大加呵斥。这些人媚上傲下,好像是尽了维护名教的本分,实际上是暴露他们的奴才相!

---

① 觍（tiǎn）：厚着脸皮。

② 帷薄不修：家门淫乱的讳语。帷薄,帐幔和帘子。修,整饬。

③ 斗筲（shāo）：斗和筲都是很小的容器,比喻微贱。筲,一种竹器,仅容一斗二升。

画梅小记

余北人，从没有见过梅树，所谓"暗香疏影""边边篱落"，全是些想象中的境界。过年前后，亲朋馈赠，尝有四盆红梅，或是蜡梅之类，移植在瓷盆里面，放在客厅里作为陈设，看它瘦曲似铁，又如鹭立空汀，冻萼数点，散缀其间，颇饶风趣。但是花谢之后便无可观，自己不善调护，弃置一年之后，即使幸而不死，也甚少生机，偶尔于近根处抽出一两枝气条，生出三五朵细僵的花苞，反觉败兴。所以对于梅花并无多少好感。

后来我读了龚定庵的《病梅馆记》，乃大为感动。这篇古文使我了解什么叫作"自然之美"，什么叫作"自由"。我后来之所以对于"自由"发生强烈的爱慕，对于束缚"自由"的力量怀着甚深的憎恨，大半是受了此文之赐。但是附带着我对于梅花感到兴趣了。盆梅不足以餍我之望，病梅更是令人难过，我憧憬着的乃是庾岭、邓尉。我想看看"江边一树垂垂发"是什么样子。

我遨游江南巴楚之后，有机会看见了梅兄的本色，有带苔藓的丑干老枝，有繁花如簇的香雪海，有的红如口脂，有的白若敷粉，有的是瘦骨嶙峋地斜欹着，有的是杈丫盘空如晴雪塞门，形形色色，各极其妍。但其最足令人妙赏处，乃在一"冷"字。凌厉风霜，不与百花争艳，自有一种孤高幽独的气息。

我不善画，但如《芥子图》之类童时亦曾披阅，"攒三""聚四"

之类亦曾依样画葫芦。羁旅无聊,寒窗呵冻,辄为梅兄写真。水墨勾勒,不假丹青,只图抒写胸中逸气,根本谈不到工拙,金冬心《画梅题记》有云:

四月浴佛日清斋毕,在无忧林中画此遣兴,胜与猫儿狗子盘桓也。

"心出家庵僧",实在朴直得可爱。我每次乘兴画梅,亦正做如此想耳。有一回,我效陆凯范晔故事,画了一枝梅,题上"江南无所有,聊赠一枝春"之句寄赠友好,复信云:"如此梅花,吾家之犬,亦优为之!"是终不免与猫儿狗子为伍,为之大笑。

一张素纸,由我笔墨驰骋,我想到了"自由",怎样把枝子画得扶疏掩映,怎样把疏密浓淡画得错落有致,怎样把花朵勾得向背得宜,当然是大费周章,但是在这过程中我意识到了"创造"的酸辛。有人说,画梅花要把那一股芬芳都要画出来才算是尽了画梅的能事,这种说法可就不免玄虚了。华山一泉《画墨梅》题云:

一枝常占百花先,信手挥来淡更妍。
独有清香描不到,几回探在玉堂前。

要想描出梅花的清香,我觉得实在太难了。我只求能写出梅花的孤高,不要臃肿,不要俗艳,就算是不唐突梅花了。

时在严冬,大风凛冽,遥想江南梅树,不知着花也未?

第三辑
修身养性

谈幽默

  幽默是 humour 的音译,译得好,音义兼顾,相当传神,据说是林语堂先生的手笔。不过幽默二字,也是我们古文学中的现成语。《楚辞·九章·怀沙》:"眴①兮杳杳,孔静幽默。"幽默是形容山高谷深荒凉幽静的意思,幽是深,默是静。我们现在所要谈的幽默,正是意义深远耐人寻味的一种气质,与成语幽默二字所代表的意思似乎颇为接近。现在大家提起幽默,立刻想起原来幽默二字的意思了。

  幽默一语所代表的那种气质,在西方有其特定的意义与历史。据古代生理学,人体有四种液体:血液、黏液、黄胆液、黑胆液。这些液体名为幽默(humours),与四元素有密切关联。血似空气,湿热;黄胆液似火,干热;黏液似水,湿冷;黑胆液似土,干冷。某些元素在某一种液体中特别旺盛,或几种液体之间失去平衡,则人生病。液体蒸发成气,上升至脑,于是人之体格上的、心理上的、道德上的特点于以形成,是之谓他的脾气性格,或径名之曰他的幽默。完好的性格是没有一种幽默主宰他。乐天派的人是血气旺,善良愉快而多情。胆气粗的人易怒、焦急、顽梗、记仇。黏性人迟钝,面色苍白、怯懦。忧郁的人贪吃、畏缩、多愁善感。幽默之反常状态能进一步导致夸张的特点。在英国伊丽莎白时代,幽默一词成了人的"性格"(disposition)的代名词,继而成了"情绪"(mood)的代名

---

① 眴(shùn):看。

词。到了一六〇〇年,常以幽默作为人物分类的准绳。从十八世纪初起,英语中的幽默一语专用于语文中之足以引人发笑的一类。幽默作家常是别具只眼,能看出人类行为之荒谬、矛盾、滑稽、虚伪、可哂之处,从而以犀利简洁之方式一语点破。幽默与警语(wit)不同,前者出之以同情委婉之态度,后者出之以尖锐讽刺之态度,而二者又常不可分辨。例如莎士比亚创造的人物之中,福斯塔夫滑稽突梯[1],妙语如珠,便是混合了幽默与警语之最好的榜样之一。

幽默一词虽然是英译,可是任何民族都自有其幽默。常听人说我们中国人缺乏幽默感。在以儒家思想为正统的社会里,幽默可能是不被鼓励的,但是我们看《诗经·卫风·淇奥》:"善戏谑兮,不为虐兮。"谑而不虐仍不失为美德。东方朔、淳于髡,都是滑稽之雄。太史公曰:"天道恢恢,岂不大哉?谈言微中,亦可以解纷。"为立《滑稽列传》。较之西方文学,我们文学中的幽默成分并不晚出,也并未被轻视。宋、元、明理学大盛,教人正心诚意居敬穷理,好像容不得幽默存在,但是文学作家,尤其是戏剧与小说的作者,在编写行文之际从来没有舍弃幽默的成分。几乎没有一部小说没有令人绝倒的人物,几乎没有一出戏没有小丑插科打诨。至于明末流行的笑话书之类,如冯梦龙《笑府序》所谓"古今世界一大笑府,我与若皆在其中供话柄,不话不成人,不笑不成话,不笑不话不成世界",直把笑话与经书子史相提并论,更不必说了。我们中国人不一定比别国人缺乏幽默感,不过表现的方式容或不同罢了。

我们的国语只有四百二十个音缀,而语词不下四千(高本汉这样说)。这就是说,同音异义的字太多,然而这正大量提供了文字游戏的机会。例如诗词里"晴""情"二字相关,俗话中生熟的"生"与生育的"生"二字相关,都可以成为文字游戏。能说这是幽默吗?在英国文学里,相关语(pun)太多了,在十六世纪时还成了一种时

---

[1] 突梯:圆滑貌。

尚，为雅俗所共赏。文字游戏不是上乘的幽默，灵机触动，偶一为之，尚无不可，滥用就惹人厌。幽默的精义在于其中所含的道理，而不在于舞文弄墨博人一粲。

所以善幽默者，所谓幽默作家（humourists），其人必定博学多识，而又悲天悯人，洞悉人情世故，自然地谈吐珠玑，令人解颐。英小说家萨克雷于一八五一年做一连串演讲，《英国十八世纪幽默作家》，刊于一八五三年，历述斯威夫特、斯特恩等的思想文字，着重点皆在于其整个的人格，而不在于其支离琐碎的妙语警句。幽默引人笑，引人笑者并不一定就是幽默。人的幽默感是天赋的，多寡不等，不可强求。

王尔德游美，海关人员问他有没有应该申报纳税的东西，他说："没有什么可申报的，除了我的天才之外。"这回答很幽默也很自傲。他可以这样说，因为他确是有他一份的天才。别人不便模仿他。我们欣赏他这句话，不是欣赏他的恃才傲物，是欣赏他讽刺了世人重财物而轻才智的陋俗的眼光。我相信他事前没有准备，一时兴到，乃脱口而出，语妙天下，讥嘲与讽刺常常有幽默的风味，中外皆然。

我有一次为文，引述了一段老的故事：某寺僧向人怨诉送往迎来不胜其烦，人劝之曰："尘劳若是，何不出家？"稿成，投寄某刊物，刊物主编以为我有笔误，改"何不出家"为"何必出家"，一字之差，点金成铁。他没有意会到，反语（irony）也往往是幽默的手段。

谈话的艺术

一个人在谈话中可以采取三种不同的方式，一是独白，一是静听，一是互话。

谈话不是演说，更不是训话，所以一个人不可以霸占所有的时间，不可以长篇大论地絮聒不休，旁若无人。有些人大概是口部筋肉特别发达，一开口便不能自休，绝不容许别人插嘴，话如连珠，音容并茂。他讲一件事能从盘古开天地讲起，慢慢地进入本题，亦能枝节横生，终于忘记本题是什么。这样霸道的谈话者，如果他言谈之中确有内容，所谓"吐佳言如锯木屑，霏霏不绝"，亦不难觅取听众。在英国文人中，约翰逊博士是一个著名的例子。在咖啡店里，他一开口，老鼠都不敢叫。那个结结巴巴的高尔斯密一插嘴便触霉头。Sir Oracic 在说话，谁敢出声？约翰逊之所以被称为当时文艺界的独裁者，良有以也。学问风趣不及约翰逊者，必定是比较地语言无味，如果喋喋不已，如何令人耐得。

有人也许是以为嘴只管吃饭而不做别用，对人乃钳口结舌，一言不发。这样的人也是谈话中所不可或缺的，因为谈话，和演戏一样，是需要听众的，这样的人正是理想的听众。欧洲中古时代的一个严肃的教派 Carthusian monks 以不说话为苦修精进的法门之一，整年地不说一句话，实在不易。那究竟是方外人，另当别论，我们平常人中却也有人真能寡言。他效法金人之三缄其口，他的背上应有铭曰:"今之慎言人也。"你对他讲话,他洗耳恭听,你问他一句话,他能用最经济的词句把你打发掉。如果你恰好也是"毋多言,多言多败"的信仰者,相对不交一言,那便只好共听壁上挂钟之嘀嗒嘀嗒了。钟会之与嵇康,则由打铁的叮当声来破除两人间之岑寂。这样的人现代也有,相对无言,莫逆于心,吧嗒吧嗒地抽完一包香烟,兴尽而散。无论如何,老于世故的人总是劝人多听少说,以耳代口,凡是不大开口的人总是令人莫测高深;口边若无遮拦,则容易令人一眼望到底。

谈话,和作文一样,有主题,有腹稿,有层次,有头尾,不可语无伦次。写文章肯用心的人就不太多,谈话而知道剪裁的就更少了。写文章讲究开门见山,起笔最要紧,要来得挺拔而突兀,或是非常爽朗,总之要引人入胜,不同凡响。谈话亦然。开口便谈天气好坏,当然亦不失为一种寒暄之道,究竟缺乏风趣。常见有客来访,宾主落座,客人徐徐开言:"您没有出门啊?"主人除了重申"我没有出门"这一事实之外没有法子再做其他的答话。谈公事,讲生意,只求其明白清楚,没有什么可说的。一般的谈话往往是属于"无题""偶成"之类,没有固定的题材,信手拈来,自有情致。情人们喁喁私语,总是有说不完的话题,谈到无可再谈,则"此时无声胜有声"了。老朋友们剪烛西窗,班荆道旧,上下古今无不可谈,其间并无定则,只要对方不打哈欠。禅师们在谈吐间好逗机锋,不落迹象,那又是一种境界,不是我们凡夫俗子所能企望得到的。善谈和健谈不同。健谈者能使四座生春,但多少有点霸道,善谈者尽管舌灿莲花,但总还要给别人留些说话的机会。

话的内容总不能不牵涉到人,而所谓人,则不是别人便是自己。谈论别人则东家长西家短全成了上好的资料,专门隐恶扬善则内容枯燥听来乏味,揭人隐私则又有伤口德,这其间颇费斟酌。英文gossip一字原义是"教父母",尤指教母,引申而为任何中年以上之妇女，再引申而为闲谈，再引申而为飞短流长，而为长舌妇，可见这种毛病由来有之，"造谣学校"之缘起亦在于是，而且是中外皆然。不过现在时代进步，这种现象已与年纪无关。谈话而专谈自己当然不会伤人，并且缺德之事经自己宣扬之后往往变成为值得夸耀之事。不过这又显得"我执"太深，而且最关心自己的事的人，往往只是自己。英文的"我"字，是大写字母的I，有人已嫌其夸张，如果谈起话来每句话都用"我"字开头不更显着是自我本位了吗？

在技巧上，谈话也有些个禁忌。"话到口边留半句"，只是劝人慎言，却有人认真施行，真个地只说半句，其余半句要由你去揣摩，好像文法习题中的造句，半句话要由你去填充。有时候是光说前半句，要你猜后半句；有时候是光说后半句，要你想前半句。一段谈话中若是破碎的句子太多，在听的方面不加整理是难以理解的。费时费事，莫此为甚。我看在谈话时最好还是注意文法，多用完整的句子为宜。另一极端是唯恐听者印象不深，每一句话重复一遍，这办法对于听者的忍耐力实在要求过奢。谈话的腔调与嗓音因人而异，有的如破锣，有的如公鸡，有的行腔使气有板有眼，有的回肠荡气如怨如诉，有的于每一句尾加上一串咯咯的笑，有的于说完一段话之后像鲸鱼一般喷一口大气，这一切都无关宏旨，要紧的是说话的声音之大小需要一点控制。一开口便血脉贲张，声震屋瓦，不久便要力竭声嘶，气急败坏，似可不必。另有一些人的谈话别有公式，把每句中的名词与动词一律用低音，甚至变成耳语，令听者颇为吃力。有些人唾腺特别发达，三言两句之后嘴角上便积有两摊如奶油状的泡沫，发出重唇音的时候便不免星沫四溅，真像是痰唾珠玑。人与人相处，本来易生摩擦，谈话时也要保持距离，以策安全。

为什么不说实话

听一个朋友说起一个有趣的故事,这是个老故事,但我是初次听见,所以以为有趣。他说:

有一家酒店,隔壁住着好几个酒徒,酒徒竟偷酒喝,偷酒的方法是凿壁成穴,以管入酒缸而吸饮之,轮流吸饮,每天夜晚习以为常。酒店老板初而惊讶酒浆损失之巨,继而暗叹酒徒偷饮技术之精,终乃思得报复之道。老板不动声色,入晚于置酒缸之处改置小便桶一,内中便溺洋溢,不可向迩。夜深人静,酒徒又来吮饮,争先恐后,欲解馋吻。甲尽力一吸,饱尝异味,挤眉咧嘴,汩汩自喉而下,刚要声张,旋思我若声张,别人必不再来上当,我独自吃亏,岂不太冤枉乎?有亏大家吃。于是甲连呼"好酒!好酒"而退。乙继之,亦同样上当,亦同样不肯独自上当,亦连呼"好酒!好酒"而退。丙丁戊己,循序而饮,以至于全体酒徒均得分润。事毕环立,相视而笑。

我听过这个故事之后,心里有一点明白为什么有些人不肯说老实话。有些人宁愿自己吃亏,宁愿跟着别人吃亏,宁愿套引别人跟着他吃亏,而也不愿意把自己所实感的坦白直说出来。因为说出来之后,别人就不再吃亏,而他自己就显着特别委屈。别人和他同样地吃亏,他就觉得有人陪着他吃亏了,不冤枉了。

我又想:万一其中有一个心直口快,把老实话脱口而出,这个人将要受怎样的遭遇呢?我想这个人是不受欢迎的,并且还要受到诅咒,尤其是那些已经饮过小便而貌作饮过醇酿的人必定要骂这个人是个呆瓜!

要下水,大家拖下水。谁也不说老实话。说老实话就是呆瓜!

这种心理,到处皆然,要不得!

废　话

尝有客过访,我打开门,他第一句话便是:"您没有出门?"我当然没有出门,如果出门,现在如何能为你启门?那岂非是活见鬼?他说这句话也不是表讶异。人在家中乃寻常事,何惊诧之有?如果他预料我不在家才来造访,则事必有因,发现我竟在家,更应该不露声色,我想他说这句话,只是脱口而出,没有经过大脑,犹如两人见面不免说一句"今天天气……"之类的话,聊胜于两个人都绷着脸一声不吭而已。没有多少意义的话就是废话。

人不能不说话,不过废话可以少说一点。十一世纪时罗马天主教会在法国有一派僧侣,专主苦修冥想,是圣·布鲁诺所创立,名为 Carthusians,盖因地而得名。他的基本修行方法是不说话,一年到头地不说话。每年只有到了将近年终的时候,特准交谈一段时间,结束的时刻一到,尽管一句话尚未说完,大家立刻闭起嘴巴。明年开禁的时候,两人谈话的第一句往往是"我们上次谈到……"一年说一次话,其间准备的时光不少,废话一定不多。

梁武帝时,达摩大师在嵩山少林寺,终日面壁,九年之久,当然也不会随便开口说话,这种苦修的功夫实在难能可贵。明莲池大师《竹窗随笔》有云:"世间醞醞醇醴,藏之弥久而弥美者,皆由封锢牢密不泄气故。古人云:'二十年不开口说话,向后佛也奈何你不得。'旨哉言乎!"一说话就怕要泄气,可是这一口气憋二十年不泄,真也不易。监狱里的重犯，常被判处独居一室，使无说话机会，是一种惩罚。畜生没有语言文字，但是也会发出不同的鸣声表示不同的情意。人而不让他说话，到了寂寞难堪的时候真想自言自语，甚至说几句废话也是好的。

可是有说话自由的时候，还是少说废话为宜。"群居终日，言不及义，好行小慧，难矣哉！"那便是废话太多的意思。现代的人好像喜欢开会，一开会就不免有人"致辞"，而致辞者常常是长篇大论，直说得口燥舌干，也不管听者是否恹恹欲睡欠伸连连。《孔子家语》："庙堂右阶之前，有金人焉，三缄其口，而铭其背曰：'古之慎言人也。'"能慎言，当然于慎言之外不会多说废话。三缄其口只是象征，若是真的三缄其口，怎么吃饭？

串门子闲聊天，已不是现代社会所允许的事，因为大家都忙，实在无暇闲嗑牙。不过也有在闲聊的场合而还侈谈本行的正经事者，这种人也讨厌。最可怕的是不经预先约定而闯上门来的长舌妇或长舌男，他们可以把人家的私事当作座谈的资料。某人资产若干，月入多少，某人芳龄几何，美容几次，某人帷薄不修，某人似有外遇，说得津津有味，实则有伤口德的废话而已。行文也最忌废话。《朱子语类》里有两段文字：

欧公文，亦多是修改到妙处。顷有人买得他《醉翁亭记》稿。初说滁州四面有山，凡数十字，末后改定，只曰："环滁皆山也。"五字而已。如寻常不经思虑，信意所作言语，亦有绝不成文理者，不知如何。

南丰过荆襄，后山携所作以谒之。南丰一见爱之，因留款语。适欲作一文字，事多，因托后山为之，且授以意。后山文思亦涩，穷日之力方成，仅数百言，明日以呈南丰。南丰云："大略也好，只是冗字多，不知可为略删动否？"后山因请改窜。但见南丰就座，取笔抹数处，每抹处连一两行，便以授后山，凡削去一二百字。后山读之，则其意尤完，因叹服，遂以为法，所以后山文字简洁如此。

前一段说的是欧阳修的《醉翁亭记》。开端第一句"环滁皆山也"，不说废话，开门见山，是从数十字中删汰而来。后一段记的是陈后山为文数百言，由曾巩削去一二百个冗字，而文意更为完整无瑕。凡为文者皆须知道文字须要简练，简言之，就是少说废话。

应酬话

两位素未谋面的人,一旦遇到了,经人略一介绍,或竟未经介绍,马上就要攀谈起来,并且要做出十分亲热的样儿,这不是一件容易事。非善于应酬者不办。

初出茅庐的后生小子,会到生人,面红耳赤,手忙脚乱,一句人话也说不出,假如旁边有一座钟,恐怕只有钟声嘀嘀嗒嗒地响着。善于应酬者,则不然了,他能于请教"尊姓""大名""台甫""府上"之后,额外寻出一套趣味浓厚的应酬话。其中的精粹,可以略举一二如下:

"今天的天气热啊!"

"是的,这两天热得难过。"

"下一阵雨就好了。"

"可不是,下一阵雨至少要凉快好几天呢。"

这样地谈下去,可以延长到半点多钟,而讨论的范围不出"天气"一端。旁边的人看着将不禁啧啧称叹曰:这两位士兄多么漂亮!多么健谈!多么会应酬!应酬至此,真可以出而问世矣!

但是除了天气之外,还有可谈的事物没有?凡是自己能辨明天气之冷热的人,常常感觉到,语言无味,还不如免开尊口,比较地可以令人不致笑出声来。

沉 默

我有一位沉默寡言的朋友。有一回他来看我，嘴边绽出微笑，我知道那就是相见礼，我肃客入座，他欣然就席。我有意要考验他的定力，看他能沉默多久，于是我也打破我的习惯，我也守口如瓶。两人默对，不交一语，壁上的时钟嘀嗒嘀嗒的声音特别响。我忍耐不住，打开一听香烟递过去，他便一支接一支地抽了起来，吧嗒吧嗒之声可闻。我献上一杯茶，他便一口一口地翕呷，左右顾盼，意态萧然。等到茶尽三碗，烟罄半听，主人并未欠伸，客人兴起告辞，自始至终没有一句话。这位朋友，现在已归道山，这一回无言造访，我至今不忘。想不到"闻所闻而来，见所见而去"的那种六朝人的风度，于今之世，尚得见之。

明张鼎思《琅琊代醉编》有一段记载："刘器之待制对客多默坐，往往不交一谈，至于终日。客意甚倦，或谓去，辄不听，至留之再三。有问之者，曰：'人能终日危坐，而不欠伸欹侧，盖百无一二，其能之者必贵人也。'以其言试之，人皆验。"可见对客默坐之事，过去亦不乏其例。不过所谓"主贵"之说，倒颇耐人寻味。所谓贵，一定要有副高不可攀的神情，纵然不拒人千里之外，至少也要令人生莫测高深之感，所以处大居贵之士多半有一种特殊的本领，两眼望天，面部无表情，纵然你问他一句话，他也能听若无闻，不置可否。这样的人，如何能不贵？因为深沉的外貌，正好掩饰内部的空虚，这样的人最宜于摆在庙堂之上。《孔子家语》明明地写着，孔子"入太祖后稷之庙，庙堂右阶之前有金人焉，三缄其口，而铭其背曰：'古之慎言人也。'"这庙堂右阶的金人，不啻是为市井细民做榜样的。

謇谔①之臣，骨鲠在喉，一吐为快，其实他是根本负有进谏之责，并不是图一时之快。鸡鸣犬吠，各有所司，若有言官而钳口结舌，宁不有愧于鸡犬？至于一般的仁人君子，没有不愤世忧时的，其中大部分悯默无言，但间或也有"宁鸣而死，不默而生"的人，这样的人可使当世的人为之感喟，为之击节，他不能全名养寿，他只能在将来历史上享受他应得的清誉罢了。在有"不发言的自由"的时候而甘愿放弃这一项自由，这也是个人的自由。在如今这个时代，沉默是最后的一项自由。

有道之士，对于尘劳烦恼早已不放在心上，自然更能欣赏沉默的境界。这种沉默，不是话到嘴边再咽下去，是根本没话可说，所谓"知者不言，言者不知"。世尊在灵山会上，拈花示众，众皆寂然，唯伽叶尊者破颜微笑，这会心微笑胜似千言万语。莲池大师说得好："世间酽醯醇醴，藏之弥久而弥美者，皆由封锢牢密不泄气故。古人云，'二十年不开口说话，向后佛也奈何你不得。'旨哉言乎！"二十年不开口说话，也许要把口闷臭，但是吾言道断之后，性水澄清，心珠自现，没有饶舌的必要。基督教 Carthusian 教派也是以沉默静居为修行法门，经常彼此不许说话。"此中有真意，欲辨已忘言"。

庄子说："吾安得夫忘言之人，而与之言哉？"现在想找真正懂得沉默的朋友，也不容易了。

---

① 謇谔（jiǎn è）：正直敢言。

小声些

我觉得我们中国人的喉咙之大,在全世界,可称首屈一指。无论是开会发言,客座谈话,商店交易,或其他公众的地方,说话的声音时常是尖而且锐,声量是洪而且宽,耳膜脆弱一点的人,往往觉得支持不住。我们的华侨在外国,谈起话来,时常被外国人称作"吵闹的勾当"(noisy business),我以为是良有以也。

在你好梦正浓的时候,府上后门便发一声长吼,接着便是竹帚和木桶的声音。那一声长吼是从人喉咙里发出来的,然而这喉咙就不小,在外国就是做一个竞争选举时的演说员,也绰绰有余。

挑着担子的小贩,走进弄堂,扯开嗓子连叫带唱地喊一顿,我时常想象着他的面红筋突的样子。假如弄里有出天花的老太太,经他这一喊,就许一惊而绝。

坐在影戏院里,似乎大家都可以免开尊口了,然而也不尽然,你背后就许有两位太太叽叽咕咕地谈论影片里的悲欢离合,你越不爱听,她的声音越高。在火车里,在轮船里,听听那滔滔不断的谈话的声音,真足以令人后悔生了两只耳朵。

喉咙稍微大一点,不算丑事。且正可以表示我们的一点国民性——豪爽,直率,堂皇。不过有时为耳部卫生起见,希望这一点国民性不必十分地表现出来。朋友们,小声些!

骂人的艺术

古今中外没有一个不骂人的人。骂人就是有道德观念的意思，因为在骂人的时候，至少在骂人者自己总觉得那人有该骂的地方。何者该骂，何者不该骂，这个抉择的标准，是极道德的。所以根本不骂人，大可不必。骂人是一种发泄感情的方法，尤其是那一种怨怒的感情。想骂人的时候而不骂，时常在身体上弄出毛病，所以想骂人时，骂骂何妨。

但是，骂人是一种高深的学问，不是人人都可以随便试的。有因为骂人挨嘴巴的，有因为骂人吃官司的，有因为骂人反被人骂的，这都是不会骂人的缘故。今以研究所得，公诸同好，或可为骂人时之一助乎？

一、知己知彼

骂人是和动手打架一样的，你如其敢打人一拳，你先要自己忖度下，你吃得起别人的一拳否。这叫作知己知彼。骂人也是一样。譬如你骂他是"屈死"，你先要反省，自己和"屈死"有无分别。你骂别人荒唐，你自己想想曾否吃喝嫖赌。否则别人回敬你一两句，你就受不了。所以别人有着某种短处，而足下也正有同病，那么你在骂他的时候只得割爱。

二、无骂不如己者

要骂人须要挑比你大一点的人物,比你漂亮一点的或者比你坏得万倍而比你得势的人物。总之,你要骂人,那人无论在好的一方面或坏的一方面都要能胜过你,你才不吃亏。你骂大人物,就怕他不理你,他一回骂,你就算骂着了。在坏的一方面胜过你的,你骂他就如教训一般,他即便回骂,一般人仍不会理会他的。假如你骂一个无关痛痒的人,你越骂他他越得意,时常可以把一个无名小卒骂出名了,你看冤与不冤?

三、适可而止

骂大人物骂到他回骂的时候,便不可再骂;再骂则一般人对你必无同情,以为你是无理取闹。骂小人物骂到他不能回骂的时候,便不可再骂;再骂下去则一般人对你也必无同情,以为你是欺负弱者。

四、旁敲侧击

他偷东西,你骂他是贼;他抢东西,你骂他是盗,这是笨伯。骂人必须先明虚实掩映之法,须要烘托旁衬,旁敲侧击,于要紧处只一语便得,所谓杀人于咽喉处着刀。越要骂他你越要原谅他,即便说些恭维话亦不为过,这样的骂法才能显得你所骂的句句真实确凿,让旁人看起来也可见得你的度量。

五、态度镇定

骂人最忌浮躁。一语不合,面红筋跳,暴躁如雷,此灌夫骂座,泼妇骂街之术,不足以骂人。善骂者必须态度镇静,行若无事。普通一般骂人，谁的声音高便算谁占理，谁来得势猛便算谁骂赢，唯真善骂人者，乃能避其锋而击其懈。你等他骂得疲倦的时候，你只消轻轻地回敬他一句，让他再狂吼一阵。在他暴躁不堪的时候，你不妨对他冷笑几声，包管你不费力气，把他气得死去活来，骂得他针针见血。

六、出言典雅

骂人要骂得微妙含蓄，你骂他一句要使他不甚觉得是骂，等到想过一遍才慢慢觉悟这句话不是好话，让他笑着的面孔由白而红，由红而紫，由紫而灰，这才是骂人的上乘。欲达到此种目的，深刻之用词故不可少，而典雅之言辞尤为重要。言辞典雅则可使听者不致刺耳。如要骂人骂得典雅，则首先要在骂时万万别提起女人身上的某一部分，万万不要涉及生理学范围。骂人一骂到生理学范围以内，底下再有什么话都不好说了。譬如你骂某甲，千万别提起他的令堂令妹。因为那样一来，便无是非可言，并且你自己也不免有令堂令妹，他若回敬起来，岂非势均力敌，半斤八两？再者骂人的时候，最好不要加入种种难堪的名词，称呼起来总要客气，即使他是极卑鄙的小人，你也不妨称他先生，越客气，越骂得有力量。骂的时节最好引用他自己的词句，这不但可以使他难堪，还可以减轻他对你骂的力量。俗话少用，因为俗话一览无遗，不若典雅古文曲折含蓄。

七、以退为进

两人对骂，而自己亦有理屈之处，则处于开骂伊始，特宜注意，最好是毅然将自己理屈之处完全承认下来，即使道歉认错均不妨事。先把自己理屈之处轻轻遮掩过去，然后你再重整旗鼓，咄咄逼人，方可无后顾之忧。即使自己没有理屈的地方，也绝不可自行夸张，务必要谦逊不遑，把自己的位置降到一个不可再降的位置，然后骂起人来，自有一种公正光明的态度。否则你骂他一两句，他便以你个人的事反唇相讥，一场对骂，会变成两人私下口角，是非曲直，无从判断。所以骂人者自己要低声下气，此所谓以退为进。

八、预设埋伏

你把这句话骂过去，你便要想想看，他将用什么话骂回来。有眼光的骂人者，便处处留神，或是先将他要骂你的话替他说出来，或是预先安设埋伏，令他骂回来的话失去效力。他骂你的话，你替他说出来，这便等于缴了他的械一般。预设埋伏，便是在他要攻击你的地方，你先轻轻地安下话根，然后他骂过来就等于枪弹打在沙包上，不能中伤。

九、小题大做

如对方有该骂之处，而题目过小，不值一骂，或你所知不多，不足一骂，那时节你便可用小题大做的方法，来扩大题目。先用诚恳而怀疑的态度引申对方的意思，由不紧要之点引到大题目上去，处处用严谨的逻辑逼他说出不逻辑的话来，或是逼他说出合于逻辑但不合乎理的话来，然后你再大举骂他，骂到体无完肤为止，而原来惹动你的小题目，轻轻一提便了。

十、远交近攻

一个时候，只能骂一个人，或一种人，或一派人，绝不宜多树敌。

所以骂人的时候，万勿连累旁人，即使必须牵涉多人，你也要表示好意，否则回骂之声纷至沓来，使你无从应付。

　　骂人的艺术，一时所能想起来的有上面十条，信手拈来，并无条理。我做此文的用意，是助人骂人。同时也是想把骂人的技术揭破一点，供爱骂人者参考。挨骂的人看看，骂人的心理原来是这样的，也算是揭破一张黑幕给你瞧瞧！

说　俭

俭是我们中国的一项传统的美德。老子说他有三宝，其中之一就是"俭"，"俭故能广"。《周易·否》："君子以俭德辟难。"《尚书·太甲上》："慎乃俭德，唯怀永图。"《墨子·辞过》："俭节则昌，淫佚则亡。"都是说俭才能使人有远大的前途，长久的打算，安稳的生活，古训昭然，不需辞费。读书人尤其喜欢以俭约自持，纵然显达，亦不欲稍涉骄溢，极端的例如正考父为上卿，粥以糊口，公孙弘位在三公，犹为布被，历史上都传为美谈。大概读书知礼之人，富在内心，应不以处境不同而改易其操守。佛家说法，七情六欲都要斩尽杀绝，俭更不成其为问题。所以，无论从哪一种伦理学说来看，俭都是极重要的一宗美德，所谓"俭，德之共也"就是这个意思。不过，理想自理想，事实自事实，奢靡之风亦不自今日始。一千年前的司马温公在他著名的《训俭示康》一文里，对于当时的风俗奢侈即已深致不满。"走卒类士服，农夫蹑丝履"，他认为是怪事。士大夫随俗而靡，他更认为可异。可见美德自美德，能实践的人大概不多。也许正因为风俗奢侈，所以这一项美德才有不时标出的必要。

在西洋，情形好像是稍有不同。柏拉图的"共和国"，列举"四大美德"（cardinal virtues），而俭不在其内；后来罗马天主教会补列三大美德，俭亦不包括在内。当然基督教主张生活节约，这是众所熟知的。有人问 Thomas Kempis（《效法基督》的作者）："你是过来人，请问和平在什么地方?"他回答说:"在贫穷、在退隐、与上帝同在。"不过这只是为修道之士说法,其境界不是一般人所能企及的。西洋哲学的主要领域是它的形而上学部分,伦理学不是主要部分,这是和我们中国传统迥异其趣的。所以在西洋,俭的观念一向是很淡薄的。

西洋近代工业发达,人民生活水准亦因之而普遍提高。物质享受方面,以美国为最。美国是个年轻的国家,得天独厚,地大物博,人口稀少,秉承了欧洲近代文明的背景,而又特富开拓创造的精神,所以人民生活特别富饶,根本没有"饥荒心理"存在。美国人只要勤,并不要俭。有一分勤劳,即有一分收获;有一分收获,即有一分享受。美国的《独立宣言》明白道出其立国的目标之一是"追求幸福",物质方面的享受当然是人生幸福中的一部分。"一箪食,一瓢饮",在我们看来是君子安贫乐道的表现,在美国人看来是落伍的理想,至少是中古的禁欲派的行径。美国人不但要尽量享受,而且要尽量设法提前享受。分期付款制度的畅行,几乎使得人人经常负上债务。

奢与俭本无明确界限,在某一时某一地并无亏于俭德之事,在另一时另一地即可构成奢侈行为。我们中国地大而物不博,人多而生产少,生活方式仍宜力持俭约。像美国人那样的生活方式,固可羡慕,但是不可立即模仿。

廉

贪污的事,古今中外滔滔皆是,不谈也罢。孟子所说穷不苟求的"廉士"才是难能可贵,谈起来令人齿颊留芬。

东汉杨震,暮夜有人馈送十斤黄金,送金的人说:"暮夜无人知。"杨震说:"天知、神知、我知、子知,何谓无知?"这句话万古流传,直到晚近许多姓杨的人家常榜门楣曰"四知堂杨"。清介廉洁的"关西夫子"使得他家族后代脸上有光。

汉末有一位郁林太守陆绩(唐陆龟蒙的远祖),罢官之后泛海归姑苏家乡,两袖清风,别无长物,唯一空舟,恐有覆舟之虞,乃载一巨石镇之。到了家乡,将巨石弃置城门外,日久埋没土中。直到明朝弘治年间,当地有司曳之出土,建亭覆之,题其楣曰"廉石"。一个人居官清廉,一块顽石也得到了美誉。

"银子是白的,眼珠是黑的",见钱而不眼开,谈何容易。一时心里把握不定,手痒难熬,就有堕入贪墨的泥沼之可能,这时节最好有人能拉他一把。最能使人顽廉懦立①的莫过于贤妻良母。

《列女传》:田稷子相齐,受下吏货金百镒,献给母亲。母亲说:"子为相三年矣,禄未尝多若此也,岂修士大夫之费哉!安所得此?"他只好承认是得之于下。母亲告诫他说:"士修身洁行,不为苟得。竭情尽实,不行诈伪。非义之事不计于心,非理之利不入于家……不

---

① 顽廉懦立:使贪婪的人廉洁,使懦弱的人自立,形容感化力量巨大。

义之财非吾有也，不孝之子非吾子也。"这一番义正辞严的训话把田稷子说得惭惊不已，急忙把金送还原主。按照我们现下的法律，如果是贿金，收受之后纵然送还，仍有受贿之嫌，纵然没有期约的情事，仍属有玷官箴①。这种簠簋不修②之事，当年是否构成罪状，固不得而知，从廉白③之士看来总是秽行。我们注意的是田稷子的母亲真是识达大义，足以风世。为相三年，薪俸是有限的，焉有多金可以奉母？百镒不是小数，一镒就是二十四两，百镒就是二千四百两，一个人搬都搬不动，而田稷子的母亲不为所动。家有贤妻，则士能安贫守正，更是例不胜举，可怜的是那些室无莱妇的人，在外界的诱惑与阃内④的要求两路夹击之下，就很容易失足了。

"取不伤廉"这句话易滋误解，一介不取才是最高理想。晋陶侃"少为浔阳县吏，尝监鱼梁，以一封鲊遗母，湛还鲊，以书责侃曰：'尔为吏，以官物遗我，非唯不能益吾，乃以增吾忧矣'"（《晋书·陶侃母湛氏传》）。掌管鱼梁的小吏，因职务上的方便，把腌鱼装了一小瓦罐送给母亲吃，可以说是孝养之意，但是湛氏不受，送还给他，附带着还训了他一顿。别看一罐腌鱼是小事，因小可以见大。

谢承《后汉书》："巴祇为扬州刺史，夜与士对坐，处瞑暗之中，不燃官烛。"私人宴客，不用公家的膏火，宁可暗饮，其饮宴之资，当然不会由公家报销了。因此我想起一件事：好久好久以前，丧乱中值某夫人于途，寒暄之余愀然告曰："恕我们现在不能邀饮，因为中外合作的机关凡有应酬均需自掏腰包。"我闻之悚然。

还有一段有关官烛的故事。宋周紫芝《竹坡诗话》中有一故事，说李京兆诸父中有一人，极廉介，一日有家问，即令灭官烛，取私

---

① 官箴：做官的戒规。
② 簠簋不修：贪污。簠（fǔ）簋（guǐ），古代食器、祭器。
③ 廉白：廉洁清白。
④ 阃（kǔn）内：妻室。

烛阅书，阅毕，命秉官烛如初。公私分明到了这个地步，好像有一些迂阔。但是，"彼岂乐于迂阔者哉！"

不要以为志行高洁的人都是属于古代，今之古人有时亦可复见。我有一位同学供职某部，兼理该部刊物编辑，有关编务必须使用的信纸信封及邮票等放在一处，私人使用之信函邮票另置一处，公私绝对分开，虽邮票信笺之微，亦不含混，其立身行事砥砺廉隅①有如是者！尝对我说，每获友人来书，率皆使公家信纸信封，心窃耻之，故虽细行不敢不勉。吾闻之肃然起敬。

---

① 砥砺廉隅（yú）：指磨练节操。廉隅，棱角，比喻方正的操守。

懒

人没有不懒的。

大清早，尤其是在寒冬，被窝暖暖的，要想打个挺就起床，真不容易。荒鸡叫，由他叫。闹钟响，何妨按一下钮，在床上再赖上几分钟。白香山大概就是一个惯睡懒觉的人，他不讳言"日高睡足犹慵起，小阁重衾不怕寒"。他不仅懒，还馋，大言不惭地说："慵馋还自哂，快活亦谁知？"白香山活了七十五岁，可是写了二千七百九十首诗，早晨睡睡懒觉，我们还有什么说的？

懒字从女，当初造字的人，好像是对于女性存有偏见。其实勤与懒与性别无关。历史人物中，疏懒成性者嵇康要算是一位。他自承："不涉经学，性复疏懒，筋驽肉缓，头面常一月十五日不洗，不大闷痒，不能沐也。每常小便，而忍不起，令胞中略转，乃起耳。"同时，他也是"卧喜晚起"之徒，而且"性复多虱，把搔无已"。他可以长期地不洗头、不洗脸、不洗澡，以至于浑身生虱！和扪虱而谈的王猛都是一时名士。白居易"经年不沐浴，尘垢满肌肤"，还不是由于懒？苏东坡好像也够邋遢的，他有"老来百事懒，身垢犹念浴"之句，懒到身上蒙垢的时候才做沐浴之想。女人似不至此，尚无因懒而昌言无隐[①]引以自傲的。主持中馈的一向是女人，缝衣捣砧的也一向是女人。"早起三光，晚起三慌"是从前流行的女性自励语，所谓

[①] 昌言无隐：直言不讳。昌言，原指善言，引申为直言。

三光、三慌是指头上、脸上、脚上。从前的女人，夙兴夜寐，没有不患睡眠不足的，上上下下都要伺候周到，还要揪着公鸡的尾巴就起来，来照顾她自己的"妇容"。头要梳，脸要洗，脚要裹。所以朝晖未上就花朵盛开的牵牛花，别称为"勤娘子"，懒婆娘没有欣赏的份，大概她只能观赏昙花。时到如今，情形当然不同，我们放眼观察，所谓前进的新女性，哪一个不是生龙活虎一般，主内兼主外，集家事与职业于一身？世上如果真有所谓懒婆娘，我想其数目不会多于好吃懒做的男子汉。北平从前有一个流行的儿歌："头不梳，脸不洗，拿起尿盆儿就舀米"是夸张的讽刺。懒字从女，有一点冤枉。

凡是自安于懒的人，大抵有他或她的一套想法。可以推给别人做的事，何必自己做？可以拖到明天做的事，何必今天做？一推一拖，懒之能事尽矣。自以为偶然偷懒，无伤大雅。而且世事多变，往往变则通，在推拖之际，情势起了变化，可能一些棘手的问题会自然解决。"不须计较苦劳心，万事元来有命！"好像有时候馅饼是会从天上掉下来似的。这种打算只有一失，因为人生无常，如石火风灯，今天之后有明天，明天之后还有明天，可是谁也不知道自己还有没有明天。即使命不该绝，明天还有明天的事，事越积越多，越多越懒得去做。"虱多不痒，债多不愁"，那是自我解嘲！懒人做事，拖拖拉拉，到头来没有不丢三落四狼狈慌张的。你懒，别人也懒，一推再推，推来推去，其结果只有误事。

懒不是不可医，但须下手早，而且须从小处着手。这事需劳做父母的帮一把手。有一家三个孩子都贪睡懒觉，遇到假日还理直气壮地大睡，到时候母亲拿起晒衣服用的竹竿在三张小床上横扫，三个小把戏像鲤鱼打挺似的翻身而起。此后他们养成了早起的习惯，一直到大。父亲房里有份报纸，欢迎阅览，但是他有一个怪毛病，任谁看完报纸之后，必须折好叠好放还原处，否则他就大吼大叫。于是三个小把戏触类旁通，不但看完报纸立即还原，对于其他家中日用品也不敢随手乱放。小处不懒，大事也就容易勤快。

我自己是一个相当懒的人，常走抵抗最小的路，虚掷不少光阴。"架上非无书，眼慵不能看"（白香山句）。等到知道用功的时候，徒惊岁晚而已。英国十八世纪的斯威夫特，偕仆远行，路途泥泞，翌晨呼仆擦洗他的皮靴，仆有难色，他说："今天擦洗干净，明天还是要泥污。"斯威夫特说："好，你今天不要吃早餐了。今天吃了，明天还是要吃。"唐朝的高僧百丈禅师，以"一日不作，一日不食"自励，每天都要劳动做农事，至老不休，有一天他的弟子们看不过，故意把他的农具藏了起来，使他无法工作，他于是真个地饿了自己一天没有进食。得道的方外的人都知道刻苦自律，清代画家石溪和尚在他一幅《溪山无尽图》上题了这样一段话，特别令人警醒：

大凡天地生人，宜清勤自持，不可懒惰。若当得个懒字，便是懒汉，终无用处。……残衲住牛首山房，朝夕梵诵，稍余一刻，必登山选胜，一有所得，随笔作山水数幅或字一段，总之不放闲过。所谓静生动，动必做出一番事业。端教一个人立于天地间无愧。若忽忽不知，懒而不觉，何异草木？

一株小小的含羞草，尚且不是完全的"忽忽不知，懒而不觉"！若是人而不如小草，羞！羞！羞！

勤

勤，劳也。无论劳心劳力，竭尽所能黾勉从事，就叫作勤。各行各业，凡是勤奋不怠者必定有所成就，出人头地。即使是出家和尚，息迹岩穴，徜徉于山水之间，看破红尘，与世无争，他们也自有一番精进的功夫要做，于读经礼拜之外还要勤行善法不自放逸。且举两个实例：

一个是唐朝开元间的百丈怀海禅师，亲近马祖时得传心印，精勤不休。他制定了"百丈清规"，他自己笃实奉行，"一日不作，一日不食"。一面修行，一面劳作。"出坡"的时候，他躬先领导以为表率。他到了暮年仍然照常操作，弟子们于心不忍，偷偷地把他的农作工具藏匿起来。禅师找不到工具，那一天没有工作，但是那一天他也就真个地没有吃东西。他的刻苦的精神感动了不少的人。

另一个是清初的以山水画著名的石溪和尚。请看他自题《溪山无尽图》："大凡天地生人，宜清勤自持，不可懒惰。若当得个懒字，便是懒汉，终无用处。……残衲住牛首山房，朝夕焚诵，稍余一刻，必登山选胜，一有所得，随笔作山水数幅或字一段，总之不放闲过。所谓静生动，动必做出一番事业。端教一个人立于天地间无愧。若忽忽不知，懒而不觉，何异草木？"人而不勤，无异草木，这句话沉痛极了。过饱食终日无所用心的生活，英文叫作 vegetate，意为过植物的生活。中外的想法不谋而合。

勤的反面是懒。早晨躺在床上睡懒觉,起得床来仍是懒洋洋的不事整洁,能拖到明天做的事今天不做,能推给别人做的事自己不做,不懂的事情不想懂,不会做的事不想学,无意把事情做得更好,无意把成果扩展得更多,耽好逸乐,四体不勤,念念不忘的是如何过周末如何度假期。这是一个标准懒汉的写照。

恶劳好逸,人之常情。就因为这是人之常情,人才需要鞭策自己。勤能补拙,勤能损欲,这还是消极的说法,勤的积极意义是要人进德修业,不但不同于草木,也有异于禽兽,成为名副其实的万物之灵。

谈 礼

礼不是一件可怕的东西，不会"吃人"。礼只是人的行为的规范。人人如果都自由行动，社会上的秩序必定要大乱。法律是维持秩序的一套方法，但是关于法律的力量不及的地方，为了使人能更像是一个人，使人的生活更像是人的生活，礼便应运而生。礼是一套法则，可能有官方制定的成分在内，亦可能有世代沿袭的成分在内，在基本精神上还是约定俗成的性质，行之既久，便成为大家公认共守的一套规则。一套礼法也不是一成不变的，事实上是随时在变，不过可能变得很慢，可能赶不上时代环境之变迁得那样快，因此至少在形式上可能有一部分变成不合时宜的东西。礼，除非是太不合理，总是比没有礼好。这道理有一点像"坏政府胜于无政府"。有些人以为礼是陈腐的有害的东西，这看法是不对的。

我们中国是礼仪之邦，一向是重礼法的。见于书本的古代的祭礼、丧礼、婚礼、士相见礼等，那是一套，事实上社会上流行的又是一套。现行的一套即是古礼之逐渐的各别的修正，虽然各地情形不同，大体上尚有规模存在，等到中西文化接触之后便比较有紊乱的现象了。紊乱尽管紊乱，礼还是有的，制礼定乐之事也许不是当前急务，事实上吾人之生活中未曾一日无礼。问题是我们是否认真地严肃地遵循着礼。孔门哲学以"克己复礼"为做人的大道理。意即为吾人行事应处处约束自己使合于礼的规范。怎样才是非礼勿视，非礼勿言，非礼勿动，那是值得我们随时思考警惕的。

读书人应该知道礼，但是有些人偏不讲礼，即所谓名士。六朝时这种名士最多，《世说新语》载阮籍的一句话最有趣："礼岂为我辈设也？"好像礼是专为俗人而设。又载这样的一段：

阮步兵籍丧母，裴令公楷往吊之。阮方醉，散发坐床，箕踞不哭。裴至，下席于地，哭，吊唁毕，便去。或问裴："凡吊，主人哭，客乃为礼。阮既不哭，君何为哭？"裴曰："阮方外之人，故不崇礼制；我辈俗中人，故以仪轨自居。"时人叹为两得其中。

没有阮籍之才的人，还是以仪轨自居为宜。像阮步兵之流，我们可以欣赏，不可以模仿。

中西礼节不同。大部分在基本原则上并无二致，小部分因各有传统亦不必强同。以中国人而用西方的礼，有时候觉得颇不合适，如必欲行西方之礼则应知其全部底蕴，不可徒效其皮毛，而乱加使用。例如，握手乃西方之礼，但后生小子在长辈面前不可首先遽然伸手，因为长幼尊卑之序终不可废，中西一理。再例如，祭祖先是我们家庭传统所不可或缺的礼，其间绝无迷信或偶像崇拜之可言，只是表示"慎终追远"的意思，亦合于我国所谓之孝道，虽然是西礼之所无，然义不可废。我个人觉得，凡是我国之传统，无论其具有何种意义，苟非荒谬残酷，均应不轻予废置。再例如，电话礼貌，在西方甚为重视，访客之礼、探病之礼，均有不成文之法则，吾人亦均应妥为仿行，不可忽视。

礼是形式，但形式背后有重大的意义。

礼　貌

前些年有一位朋友在宴会后引我到他家中小坐。推门而入，看见他的一位少爷正躺在沙发椅上看杂志。他的姿势不大寻常，头朝下，两腿高举在沙发靠背上面，倒竖蜻蜓。他不怕这种姿势可能使他吃饱了饭呲出来。这是他的自由，我的朋友喊了他一声："约翰！"他好像没听见，也许是太专心于看杂志了。我的朋友又说："约翰！起来喊梁伯伯！"他听见了，但是没有什么反应，继续看他的杂志，只是翻了一下白眼，我的朋友有一点窘，就好像耍猴子的敲一声锣教猴子翻筋斗而猴子不肯动，当下喃喃地自言自语："这孩子,没礼貌！"我心里想：他没有跳起来一拳把我打出门外，已经是相当的有礼貌了。

礼貌之为物，随时随地而异。我小时在北平，常在街上看见戴眼镜的人（那时候的眼镜都是两个大大的滴溜圆的镜片，配上银质的框子和腿）。他一遇到迎面而来的熟人，老远地就唰的一下把眼镜取下，握在手里，然后向前紧走两步，两人同时口中念念有词互相蹲一条腿请安。我至今不明白为什么两人相见要先摘下眼镜。戴着眼镜有什么失敬之处？如今戴眼镜的人太多了，有些人从小就成了四眼田鸡，摘不胜摘，也就没人见人摘眼镜了。可见礼貌随时而异。

人在屋里不可以峨大冠，中外皆然，但是在西方则女人有特权，屋里可以不摘帽子。尤其是从前的西方妇女，她们的帽子特大，常常像是头上顶着一个大鸟窝，或是一个大铁锅，或是一个大花篮，奇形怪状，不可方物。这种帽子也许戴上摘下都很费事，而且摘下来也难觅放置之处，所以妇女可以在室内不摘帽子。多半个世纪之前，有一次在美国，我偕友进入电影院，落座之后，发现我们前排座位上有两位戴大花冠的妇人，正好遮住我们的视线。我想从两顶帽子之间的空隙窥看银幕亦不可得，因为那两顶大帽子不时地左右移动。我忍耐不住，用我们的国语低声对我的友伴说："这两个老太婆太可恶了，大帽子使得我无法看电影。"话犹未了，一位老太婆转过头来，用相当纯正的中国话对我说："你们二位是刚从中国来的吗？"言罢把帽除去。我窘不可言。她戴帽子不失礼，我用中国话背后斥责她，倒是我没有礼貌了。可见礼貌也是随地而异。

西方人的家是他的堡垒，不容闲杂人等随便闯入，朋友访问时，照例事前通知。我们在这一方面的礼貌好像要差一些。我们的中上阶级人家，深宅大院，邻近的人不会随便造访。中下的小户人家，两家可以共用一垛墙，跨出门不需要几步就到了邻舍，就容易有所谓串门子闲聊天的习惯。任何人吃饱饭没事做，都可以踱到别人家里闲嗑牙，也不管别人是否有工夫陪你瞎嚼咀。有时候去的真不是时候，令人窘，例如在人家睡的时候，或吃饭的时候，或工作的时候，实在诸多不便，然而一般人认为这不算是失礼。一聊没个完，主人打哈欠，看手表，客人无动于衷，宾至如归。这种串门子的陋习，如今少了，但未绝迹。

探病是礼貌，也是艺术。空手去也可以，带点东西来无妨。要看彼此的关系和身份加以斟酌。有的人病房里花篮堆积如山，像是店铺开张，也有病人收到的食物冰箱里装不下。探病不一定要面带戚容，因为探病不同于吊丧，但是也不宜高谈阔论有说有笑，因为病房里究竟还是有一个病人。别停留过久，因为有病的人受不了，没病的人也受不了。除非特别亲近的人，我想寄一张探病的专用卡片不失为彼此两便之策。

吊丧是最不愉快的事,能免则免。与死者确有深交,则不免拊棺一恸。人琴俱亡,不执孝子手而退,抚尸陨涕,滚地做驴鸣而为宾客笑都不算失礼。吊死者曰吊,吊生者曰唁。对生者如何致唁语,实在难于措辞。我曾见一位孝子陪灵,并不匍匐地上,而是跷起二郎腿坐在椅子上,嘴里叼着纸烟,悠然自得。这是他的自由,然而不能使吊者大悦。西俗,吊客照例绕棺瞻仰遗容。我不知道遗容有什么好瞻仰的,倒是我们的习惯把死者的照片放大,高悬灵桌之上,供人吊祭,比较合理。或多或少患有"恐尸症"的人,看了面如黄蜡白蜡的一张面孔,会心里难过好几天,何苦来哉?在殡仪馆的院子里,通常麇集着很多的吊客,不像是吊客,像是一群人在赶集,热闹得很。

　　关于婚礼,我已谈过不止一次,不再赘述。

　　饮宴之礼,无论中西都有一套繁文缛节。我们现行的礼节之最令人厌烦的莫过于敬酒。主人敬酒是题中应有之义,三巡也就够了。客人回敬主人,也不可少。唯独客人与客人之间经常不断地举杯,此起彼落,也不管彼此是否相识,也一一地皮笑肉不笑地互相敬酒。有些人根本不喝酒,举起茶杯汽水杯充数。有时候正在低头吃东西,对面有人向你敬酒,你若没有觉察,对方难堪,你若随时敷衍,不胜其扰。这种敬酒的习惯,不中不西,没有意义,应该简化。还有一项陋习就是劝酒,说好说歹,硬要对方干杯,创出"先干为敬"的谬说,要挟威吓,最后是捏着鼻子灌酒,甚至演出全武行,礼貌云乎哉?

让

初到西方旅游的人,在市区中比较交通不繁的十字路口,看到并无红绿灯指挥车辆,路边常竖起一个牌示,大书 Yield 一个字,其义为"让",觉得奇怪。等到他看见往来车辆的驾驶人,一见这个牌示,好像是面对纶缚一般,真个地把车停了下来,左顾右盼,直到可以通行无阻的时候才把车直驶过去。有时候路上根本并无车辆横过,但是驾驶人仍然照常停车。有时候有行人穿越,不分老少妇孺,他也一律停车,乖乖地先让行人通过。有时候路口不是十字,而是五六条路的交叉路口,则高悬一盏闪光警灯,各路车辆到此一律停车,先到的先走,后到的后走。这种情形相当普遍,他更觉得奇怪了,难道真是礼失而求诸野?

据说,"让"本是我们"固有道德"的一个项目,谁都知道孔融让梨王泰推枣的故事。《左传》老早就有这样的嘉言:"让,德之主也。"(《左传·昭公十年》)"让,礼之主也。"(《左传·襄公十三年》)《魏书》卷二十记载着东夷弁辰国的风俗:"其俗,行者相逢,皆住让路。"当初避秦流亡海外的人还懂得"行者相逢皆住让路"的道理,所以史官秉笔特别标出,表示礼让乃泱泱大国的流风遗韵,远至海外,犹堪称述。我们抛掷一根肉骨头于群犬之间,我们可以料想到将要发生什么情况。人为万物之灵,当不至于狼奔豕突地攘臂争先地夺取一根骨头。但是人之异于禽兽者几稀,从日常生活中,我们可以窥察到懂得克己复礼的道理的人毕竟不太多。

在上下班交通繁忙的时刻，不妨到十字路口伫立片刻，你会看到形形色色的车辆，有若风驰电掣，目不暇接。从前形容交通频繁为车水马龙，如今马不易见，车亦不似流水，直似迅濑①哮吼，惊波飞薄。尤其是一溜臭烟噼噼啪啪呼啸而过的成群机车，左旋右转，见缝就钻，比电视广告上的什么狼什么豹的还要声势浩大。如果车辆遇上红灯摆长队，就有性急的骑机车的拼命三郎鱼贯蹿上红砖道，舍正路而弗由，抄捷径以赶路，红砖道上的行人吓得心惊胆战。十字路口附近不是没有交通警察，他偶尔也在红砖道上蹀躞，机车骑士也偶尔被拦截，但是刚刚拦住一个，十个八个又嗖地飞驰过去了。不要以为那些骑士都是汲汲地要赶赴死亡约会，他们只是想省时间，所以不肯排队，红砖道空着可惜，所以权为假道之计。骑车的人也许是贪睡懒觉，争着要去打卡，也许有什么性命攸关的事耽误不得，行人只好让路。行人最懂得让，让车横冲直撞，不敢怒更不敢言，车不让人人让车，我们的路上行人维持了我们传统的礼让。什么时候才能人不让车车让人，只好留待高谈中西文化的先生们去研究了。

大厦七层以上，即有电梯。按常理，电梯停住应该让要出来的人先出来，然后要进去的人再进去，和公共汽车的上下一样。但是我经常看见一些野性未驯的孩子，长头发的恶少，以及绅士型的男士和时装少妇，一见电梯门启，便疯狂地往里挤，把里面要出来的人憋得唧唧叫。公共场所如电影院的电梯门前总是拥挤着一大群万物之灵，谁也不肯遵守先来后到的顺序而退让一步。

有人说，我们地窄人稠，所以处处显得乱哄哄。例如任何一个邮政支局，柜台里面是桌子挤桌子，柜台外面是人挤人，尤其是邮储部门人潮汹涌，没有地方从容排队，只好由存款簿图章在柜台上排队。可见大家还是知道礼让的。只是人口密度太高，无法保持秩序。

---

① 迅濑（lài）：急湍。

其实不然,无论地方多么小,总可以安排下一个单行纵队,队可以无限伸长,伸到街上去,可以转弯,可以队首不见队尾,循序向前挪移,岂不甚好?何必存款簿图章排队而大家又在柜台前挤作一团?说穿了还是争先恐后,不肯让。

小的地方肯让,大的地方才会与人无争。争先是本能,一切动物皆不能免;让是美德,是文明进化培养出来的习惯。孔子曰:"当仁不让于师。"只有当仁的时候才可以不让,此外则一定当以谦让为宜。

太随便了

吾人衣装服饰，本可绝对自由，谁也用不着管谁。但是我们至少总应希望，一个人穿上衣服戴了装饰品之后，远远望过去仍然还是像人。然而这个希望，时常只是个希望。

若说妖装异服，必是生于怎样恶劣的心理，我倒也不信。大半还是由于"随便"。而天下事有可"随便"者，即有不可"随便"者。太随便了，往往足以令人产生一种很不好说出来的感想。譬如说，压头发的网子，戴与不戴均无关宏旨，但是要戴起来在马路上行走，并且居然上头等电车，而并且竟能面无愧色，我便自叹弗如远甚了。再譬如说，袜子上系条吊带，也是人情之常，但是要把吊带系在裤脚管外面，并且在天未甚黑的时候走到有人迹的地方，我便又自叹弗如远甚了。

最爱随便的人，我劝他穿洋装。绅士的洋装、流氓式的洋装、运动时的洋装、宴会时的洋装、打"高尔夫"时的洋装……在我们中国人看来是没有大分别的，只要是洋人穿过的那种衣服就叫洋装，而加在我的身上当然仍是洋装。即便穿的稍微差池一点，譬如在做绅士的时候误穿了一身流氓洋装，或在宴会时忘记换掉短裤，我们都不能挑剔，因为他虽然外面穿着洋装，骨子里似乎还是中国人，既是中国人，则无妨随便一点矣！

养成好习惯

人的天性大致是差不多的，但是在习惯方面却各有不同，习惯是慢慢养成的，在幼小的时候最容易养成，一旦养成之后，要想改变过来却还不很容易。

例如说，清晨早起是一个好习惯，这也要从小时候养成，很多人从小就贪睡懒觉，一遇假日便要睡到日上三竿还高卧不起，平时也是不肯早起，往往蓬首垢面地就往学校跑，结果还是迟到，这样的人长大了之后也常是不知振作，多半不能有什么成就。祖逖闻鸡起舞，那才是志士奋励的榜样。

我们中国人最重礼，因为礼是行为的规范。礼要从家庭里做起。姑举一例：为子弟者"出必告，反必面"，这一点点对长辈起码的礼，我们是否已经每日做到了呢？我看见有些个孩子们早晨起来对父母视若无睹，晚上回到家来如入无人之境，遇到长辈常常横眉冷目，不屑搭讪。这样的跋扈乖戾之气如果不早早地纠正过来，将来长大到社会服务，必将处处引起摩擦不受欢迎。我们不仅对长辈要恭敬有礼，对任何人都应维持相当的礼貌。

大声讲话，扰及他人的宁静，是一种不好的习惯。我们试自检讨一番，在别人读书工作的时候是否有过喧哗的行为？我们要随时随地为别人着想，维持公共的秩序，顾虑他人的利益，不可放纵自己，在公共场所人多的地方，要知道依次排队，不可争先恐后地去乱挤。

时间即是生命。我们的生命是一分一秒地在消耗着，我们平常不大觉得，细想起来实在值得警惕。我们每天有许多的零碎时间于不知不觉中浪费掉了。我们若能养成一种利用闲暇的习惯，一遇空闲，无论其为多么短暂，都利用之做一点有益身心之事，则积少成多，终必有成。常听人讲过"消遣"二字，最是要不得，好像是时间太多无法打发的样子。其实人生短促极了，哪里会有多余的时间待人"消遣"？陆放翁有句云："待饭未来还读书。"我知道有人就经常利用这"待饭未来"的时间读了不少的大书。古人所谓"三上之功"，枕上、马上、厕上，虽不足为训，其用意是在劝人不要浪费光阴。

吃苦耐劳是我们这个民族的标志。古圣先贤总是教训我们要能过俭朴的生活，所谓"一箪食，一瓢饮"，就是形容生活状态之极端的刻苦，所谓"嚼得菜根"，就是表示一个有志的人之能耐得清寒。恶衣恶食，不足为耻，丰衣足食，不足为荣，这在个人之修养上是应有的认识。罗马帝国盛时的一位皇帝 Marcus Aurelius（马可·奥勒留），他从小就摒绝一切享受，从来不参加当时那风靡全国的赛车比武之类的娱乐，终其身成为一位严肃的苦修派的哲学家，而且也建立了不朽的功勋。这是很值得钦佩的。我们中国是一个穷的国家，所以我们更应该体念艰难，弃绝一切奢侈，尤其是从外国来的奢侈。宜从小就养成俭朴的习惯，更要知道物力维艰，竹头木屑，皆宜爱惜。

以上数端不过是偶然拈来，好的习惯千头万绪，"勿以善小而不为"。习惯养成之后，便毫无勉强，临事心平气和，顺理成章。充满良好习惯的生活，才是合于"自然"的生活。

守 时

《史记》五十五《留侯世家》，记载圯上老人授书张良的故事，甚为生动："后五日平明，与我会此。"良因怪之，跪曰："诺。"五日平明，良往，父已先在，怒曰：'与老人期，后何也？"去曰："后五日早会。"五日鸡鸣，良往，父又先在，复怒曰："后何也？"去曰："后五日复早来。"五日良夜未半往。有顷，父亦来，喜曰："当如是。"

老人与良约会三次。第一次平明为期，平明就是天刚亮，语义相当含糊，天亮到什么程度才算是平明，本难确定。"东方未明"是一阶段，"东方未晞①"又是一阶段，等到东方天际泛鱼肚色则又是一阶段。良平明往，未到日出之后，就不算是迟到。老人发什么脾气？说什么"与老人期"之倚老卖老的话？第二次约，时间更不明确，只说早一点去。良鸡鸣往，"鸡既鸣矣"，就是天明以前的一刹那，事实上已经提早到达，还嫌太晚。第三次良夜未半往，夜未半即是午夜以前，这一次才满老人意。既然如此，为什么不早明说，虽然这是老人有意测验年轻人的耐性，但也不必这样蛮不讲理地折磨人。有人问我，假如遇见这样的一个老人作何感想，我说我愿效禅师的说法："大喝一声，一棒打杀！"

黄石公的故事是神话。不过守时却是古往今来文明社会共有的一个重要的道德信念。远古的时候问题简单，日出而作，日入而

---

① 晞（xī）：破晓。

息，根本没有精确的时间观念，而且人与人要约的事恐怕也不太多。《易·系辞》所谓"日中为市，致天下之民，聚天下之货，交易而退，各得其所"，不失为大家在时间上共立的一个标准，晚近的庙会市集，也还各有其约定俗成的时期规格。自从有了漏刻，分昼夜为百刻，一天之内才算有正确时间可资遵循。周有挈壶氏，自唐至清有挈壶正，是专管时间的官员。沙漏较晚，制在元朝。到了近年，也还有放午炮之说。现代的准确计时之器，如钟表之类，则是明朝的舶来品，"明万历二十八年，大西洋人利玛窦来献自鸣钟"（《续通考·乐考》），嗣后自鸣钟在国内就大行其道。我小时候在三贝子花园畅观楼内，尚及见清朝洋人所贡各式各样的自鸣钟，金光灿烂，洋洋大观。在民间几乎家家案上正中央都有一架自鸣钟，用一把钥匙上弦，昼夜按时刻叮叮当当地响。外国人家墙上常见的鹧鸪钟，一只小鸟从一个小门跳出来报时，在国内尚比较少见。好像我们老一辈的中国人特别喜爱钟表，除了背心上特缝好几个小衣袋专放怀表之外，比较富裕人家墙上还常有一个硬木螺钿玻璃门的表柜，里面挂着二三十只形形色色的表，金的、银的、景泰蓝的、闷壳的，甚至背面壳里藏有活动秘戏图的，非如此不足以餍其收藏癖。至于如今的手表（实际是腕表）则高官大贾以至贩夫走卒无不备有一只了。

普遍的有了计时的工具，若是大家不知守时，又有何用？普通的衙门机关之类都定有办公时间，假如说是八点开始，到时候去看看，就会知道那是怎么一回事。大抵较低级的人员比较最守时，虽然其中难免有几位忙着在办事桌上吃豆浆油条。首长及高级人员大概就姗姗来迟了，他们还有一套理由，只有到了十点左右办稿拟稿逐层旅行的公文才能到达他们手里，早去了没有用。至于下班的时间，则大家多半知道守时，眼巴巴地望着时钟，谁也不甘落后。

和民众接触最频繁的莫过于银行邮局，可是在门前逡巡好久，进门烧头炷香的顾客不见得立刻就能受理，往往还要伫候一阵子，因为柜台后面的先生小姐可能很忙,忙着打开保险柜,忙着搬运文件,忙着清理卡片,忙着数钞票,忙着调整戳印,甚至于忙着泡茶,都需要时间。顾客们要少安毋躁。

朋友宴客,有一两位照例迟到,一碟瓜子大家都快嗑完了,主人急得团团转,而那一两位客偏不来。按说"后至者诛"才是正理,但是后至者往往正是主客或是贵宾,所以必须虚上席以待。旧日戏园演戏,只有两盏汽油灯为照明之具,等到名角出台亮相,则几十盏电灯一齐照耀,声势非凡。有迟到之癖的客人大概是以名角自居,迟到之后不觉得歉然,反倒有得色。而迟到的人可能还要早退,表示另有一处要应酬,也许只是虚晃一招,实际是回家吃碗蛋炒饭。

要守时,但不一定要分秒不差,那就是苛求了。但也不能距约定时间太远,甲欲访乙,先打电话过去商洽,这是很有礼貌的行为,甲问什么时候驾临,乙说马上就去。问题就出在这"马上"二字,甲忘了叮问是什么马,是"竹披双耳峻,风入四蹄轻"的胡马,还是"皮干剥落,毛暗萧条"的瘦马,是练习纵跃用的木马,还是渡过了康王的泥马。和人要约,害得对方久等,揆诸时间即生命之说,岂是轻轻一声抱歉所能赎其罪愆?

守时不是容易事,要精神总动员。要不要先整其衣冠,要不要携带什么,要不要预计途中有多少红灯,都要通过大脑盘算一下。迟到固然不好,早到亦非万全之策,早到给自己找烦恼,有时候也给别人以不必要的窘。黄石公那段故事是例外,不足为训。记得莎士比亚有一句戏词:"赴情人约,永远是早到。"情人一心一意地在对方身上,不肯有分秒的延误,同时又怕对方忍受枯守之苦,所以"月上柳梢头,人约黄昏后",老早地就去等着,"拂墙花影动,疑是玉人来"了。

我们能不能推爱及于一切邀约,大家都守时?

悲 观

悲观不是消极。所以自杀的人不是悲观，悲观主义者反对自杀。

悲观是从坏的一方面来观察一切事物，从坏的一方面着眼的意思。悲观主义者无时不料想事物的恶化，唯其如此，所以他最积极地生活，换言之，最不为虚幻的希望所误引入歧途，最努力地设法来对付这丑恶的现实。

叔本华说，幸福即是痛苦的避免。所谓痛苦是实在的，而幸福则是根本不存在的。痛苦不存在时之状态，无以名之，名之曰幸福。是故人生之目标，不在幸福之追求，而在痛苦之避免。人生即是由一串痛苦所构成。能避免一分的苦痛，即是一分的幸福。故悲观主义者待人接物，步步为营，不求有功，但求无过。这是悲观主义的真谛。

从坏处着想，大概可以十猜十中百猜百中；从好处着想，往往一次一失望十次十失望。所以乐观者天真可爱，而禁不住现实的接触，一接触就水泡一般地破灭。悲观者似乎未免自苦，而在现实中却能安身立命。所以自杀者是乐观的人，幸福者倒是悲观的人。

义　愤

有一天我从马路上经过,看见壁上有一幅硕大无朋的宣传画,上面写着"我们要驱逐倭寇收回失地",画的是一个倭兵,矮矮的身量,两腿如弓,身上全副披挂,脸上满是横肉,眼里冒着凶焰,嘴里露着獠齿,作狞笑状。他脚底下是一堆一堆的骷髅,他身背后是一堆一堆的瓦砾。他代表的是凶残、破坏、横暴、黑暗。这幅画的确画得不坏,因为它能活画出倭兵的一副穷凶极恶的气概。

过几天,我又从这里经过,我又回过头望望这幅壁画,情形稍微有点儿两样了。这画里的倭兵身上沾满了橘子瓤,脸上身上都沾满了橘子瓤。这些橘子,一经沾上,是不容易落下来的。我略略查看,橘子瓤的块数,总不在百八十以下,而且大多数都很准确地命中了,想见投掷的技术很不坏的。

投橘子瓤的是些什么人呢?当然是我们的爱国的民众。他们为什么要这样做呢?当然是因为激于义愤。他们看见这幅画里的倭兵,就想起真的倭兵来了,于是义愤填膺,顿起杀贼之念,可巧四川的橘子既多且贱,可巧嘴里正嚼着一块橘子,于是忍无可忍,"呸"的一声将橘瓤吐在手里,"嗖"一声掷将过去,"啪"的一声不偏不倚地命中了倭兵的身上。一个人这样做,许多人起来仿行。顷刻而倭兵遍体疮痍,而所费者仅为本来要吐在地上的百八十块橘瓤而已。

平心而论,这些义愤之士都是可钦佩的。他们是有良心的,他们是爱国的。从前我游西湖,看见岳坟前有不少人围绕着秦桧的铁像小便,大家争先恐后地向他身上浇冲,有些挤不进的便在很远的地方吐送一口黏痰过去。这件事虽与公共卫生有碍,然而也是一种义愤的表示。这都证明人心未死。

不过,我常想,假如我们把这种义愤积蓄起来,假如我们不亟亟地把橘瓣作为宣泄义愤的工具,假如我们能用一个更有效的方法使敌人感受一些真实的打击,那岂不是更好吗?

听说普法战后,法国的油画院中陈列着普兵屠害法人的画片,令法人有所警惕。这并非是"长他人的威风,灭自己的志气",这是要锻炼磨砺人民的复仇心。听说那些画片上并没有橘子瓣或黏痰之类。

我们要驱逐倭寇,收回失地。那幅壁画是提醒我们这种意志的。戏台上的曹操,我们杀他做啥子?

怒

一个人在发怒的时候,最难看。纵然他平素面似莲花,一旦怒而变青变白,甚至面色如土,再加上满脸的筋肉扭曲,眦裂发指,那副面目实在不仅是可憎而已。俗语说,"怒从心上起,恶向胆边生",怒是心理的也是生理的一种变化。人逢不如意事,很少不勃然变色的。年少气盛,一言不合,怒气相加,但是许多年事已长的人,往往一样地火发暴躁。我有一位姻长,已到杖朝之年①,并且半身瘫痪,每晨必阅报纸,戴上老花镜,打开报纸,不久就要把桌子拍得山响,吹胡子瞪眼,破口大骂。报上的记载,他看不顺眼。不看不行,看了怄气。这时候大家躲他远远的,谁也不愿逢彼之怒。过一阵雨过天晴,他的怒气消了。

《诗》云:"君子如怒,乱庶遄沮;君子如祉,乱庶遄已。"这是说有地位的人,赫然震怒,就可以收拨乱反正之效。一般人还是以少发脾气少惹麻烦为上。盛怒之下,体内血球不知道要伤损多少,血压不知道要升高几许,总之是不卫生。而且血气沸腾之际,理智不大清醒,言行容易逾分,于人于己都不相宜。古罗马哲学家爱比克泰德说:"计算一下你有多少天不曾生气。在从前,我每天生气;有时每隔一天生气一次;后来每隔三四天生气一次;如果你一连三十

---

① 杖朝之年:指男子80岁。《礼记·工制》:"五十杖于家,六十杖于乡,七十杖于国,八十杖于朝。"

天没有生气，就应该向上帝献祭表示感谢。"减少生气的次数便是修养的结果。修养的方法，说起来好难。另一位同属于斯多葛派的哲学家罗马的马可·奥勒留这样说："你因为一个人的无耻而愤怒的时候，要这样地问你自己：'那个无耻的人能不在这世界存在吗？'那是不能的。不可能的事不必要求。"坏人不是不需要制裁，只是我们不必愤怒。如果非愤怒不可，也要控制那愤怒，使发而中节。佛家把"嗔"列为三毒之一，"嗔心甚于猛火"，克服嗔恚是修持的基本功夫之一。《燕丹子》说："夏扶，血勇之人，怒而面赤；宋意，脉勇之人，怒而面青；武阳，骨勇之人，怒而面白；光所知荆轲神勇之人，怒而色不变。"我想那神勇是从苦行修炼中得来的。生而喜怒不形于色，那天赋实在太厚了。

清朝初叶有一位李绂，著《穆堂类稿》，内有一篇《无怒轩记》，他说："吾年逾四十，无涵养性情之学，无变化气质之功，因怒得过，旋悔旋犯，惧终于忿戾而已，因以'无怒'名轩。"是一篇好文章，而其戒谨恐惧之情溢于言表，不失读书人的本色。

快　乐

天下最快乐的事大概莫过于做皇帝。"首出庶物，万国咸宁。"至不济可以生杀予夺，为所欲为。至于后宫粉黛三千，御膳八珍罗列，更是不在话下。清乾隆皇帝，"称八旬之觞，镌十全之宝"，三下江南，附庸风雅。那副志得意满的神情，真是不能不令人兴起"大丈夫当如是也"的感喟。

在穷措大眼里，九五之尊，乐不可支。但是试起古今中外的皇帝于地下，问他们一生中是否全是快乐，答案恐怕相当复杂。西班牙国王拉曼三世（Abder Rahman Ⅲ，960）说过这么一段话：

我于胜利与和平之中统治全国约五十年，为臣民所爱戴，为敌人所畏惧，为盟友所尊敬。财富与荣誉，权力与享受，呼之即来，人世间的福祉，从不缺乏。在这情形之中，我曾勤加计算，我一生中纯粹的真正幸福日子，总共仅有十四天。

御宇五十年，仅得十四天真正幸福日子。我相信他的话，宸谟睿略①，日理万机，很可能不如闲云野鹤之怡然自得。于此我又想起从一本英语教科书上读到的一篇寓言。题目是"一个快乐人的衬衫"。某国王，端居大内，抑郁寡欢，虽极耳目声色之娱，而王终不乐。

---

① 宸谟睿略：形容帝王的谋略圣明。

左右纷纷献计,有一位大臣言道:如果在国内找到一位快乐的人,把他的衬衫脱下来,给国王穿上,国王就会快乐。王韪其言,于是使者四出寻找快乐的人,访遍了朝廷显要,朱门豪家,人人都有心事,家家都有一本难念的经,都不快乐。最后找到一位农夫,他耕罢在树下乘凉,裸着上身,大汗淋漓。使者问他:"你快乐吗?"农夫说:"我自食其力,无忧无虑!快乐极了!"使者大喜,便索取他的衬衣。农夫说:"哎呀!我没有衬衣。"这位农夫颇似我们的禅门之"一丝不挂"。

常言道,"境由心生",又说"心本无生因境有"。总之,快乐是一种心理状态。内心湛然,则无往而不乐。吃饭睡觉,稀松平常之事,但是其中大有道理。大珠《顿悟入道要门论》:"源律师问:'和尚修道,还用功否?'师曰:'用功。'曰:'如何用功?'师曰:'饥来吃饭,困来即眠。'曰:'一切人总如是,同师用功否?'师曰:'不同。'曰:'何故不同?'师曰:'他吃饭时不肯吃饭,百种须索,睡时不肯睡,千般计较。所以不同也。'律师杜口。"可是修行到心无挂碍,却不是容易事。我认识一位唯心论的学者,平素昌言意志自由,忽然被人绑架,系于暗室十有余日,备受凌辱,释出后他对我说:"意志自由固然不诬,但是如今我才知道身体自由更为重要。"常听人说烦恼即菩提,我们凡人遇到烦恼只是深感烦恼,不见菩提。快乐是在心里,不假外求,求即往往不得,转为烦恼。叔本华的哲学是:苦痛乃积极的实在的东西,幸福快乐乃消极的根本不存在的东西。所谓快乐幸福乃是解除苦痛之谓。没有苦痛便是幸福。再进一步看,没有苦痛在先,便没有幸福在后。梁任公先生曾说:"人生最快乐的事,莫过于看着一件工作的完成。"在工作过程之中,有苦恼也有快乐,等到大功告成,那一份"如愿以偿"的快乐便是至高无上的幸福了。

有时候,只要把心胸敞开,快乐也会逼人而来。这个世界,这个人生,有其丑恶的一面,也有其光明的一面。良辰美景,赏心乐事,随处皆是。智者乐水,仁者乐山。雨有雨的趣,晴有晴的妙,小鸟跳跃啄食,猫狗饱食酣睡,哪一样不令人看了觉得快乐?就是在路上,在商店里,在机关里,偶尔遇到一张笑容可掬的脸,能不令人快乐半天?有一回我住进医院里,僵卧了十几天,病愈出院,刚迈出大门,陡见日丽中天,阳光普照,照得我睁不开眼,又见市廛熙攘,光怪陆离,我不由得从心里欢叫起来:"好一个艳丽盛装的世界!"

"幸遇三杯酒美,况逢一朵花新。"我们应该快乐。

《誓还小品》读后

小时候听"话匣子",其中有一张唱片为《洋人大笑》,没有说明,没有道白,没头没脑地大笑,笑得力竭声嘶,死去活来。听的人忍俊不禁,也只好跟着大笑一阵,好像笑是有传染性似的。这一串笑声已经过了半个世纪,有时候还在我耳边响着。本来,"尘世难逢开口笑",庄子说得更好,"人上寿百岁,中寿八十,下寿六十,除病瘐死丧忧患,其中开口而笑者,一月之中不过四五日而已矣。"其实,庄子的估计还嫌过高,我们好像没有那么多的"开口而笑"。别有作用的胁肩谄笑和勉强堆下来的媚笑都应该不计,嘴角上挂着的天真无邪的笑容在这年头不是时常可以看得到的,何况开口大笑?所以,《洋人大笑》那张片子使我念念不忘。

吴延环先生(誓还)哈哈大笑的习惯,朋友们是无人不知的。他不"捧腹大笑",因为他没有腹可捧,他的肚子上一块块的全是腱子,捏都捏不动,不用说捧了。触动机关,他便仰起头来,一串爽朗的笑声自丹田上升,嘎嘎而出,向天空喷去,喷出三两串之后倏然而止,一切归于平静。我每次听他大笑,实在胜过听那《洋人大笑》。笑,虽然是唯一的世界通行的语言,仔细分辨起来,仍然有区域性的分别。中国人还是听中国人的笑,比较亲切。延环的笑,是来自他的健康。有健康的体格,才能有笑的心情,然后才能收缩腹部肌肉,鼓动横膈膜,利用那二公升以上的肺活量,喷气通过咽喉,顺便震动声带,

张开大嘴,形成所谓哈哈大笑。不过延环的笑不是天生来的,呱呱堕地的时候大概他还是哭的,据他自己说他的笑是由学习而来:

> 笔者年轻时体弱多病,肠胃病闹得尤凶,迭经名医指点,据说我那种肠胃病跟情绪有关,设能练习着时常发笑,即可不药而愈。……听过他的指点之后,就开始照行。由此之后,只消碰到稍感可笑事件,即张起嘴巴,哈哈大笑。他的说法果然不虚,初笑时心里还无响应,及哈哈数声之后,心怀即感开朗,笑得越加起劲。因口笑而心开,因心开而口更笑,彼此循环,常致欲罢不能。(《生活漫谈》一五一页)

患肠胃病的人,脸上必定酸苦,精神必定抑郁,但我认识延环的时候,他已经是膀大腰圆的北方之强,而且笑口常开了。他不但自己享有健康,而且经常地以传教士的热忱宣传养生健体之道。他见了人就劝散步、打拳、游泳、做腹部运动,听者是否奉行没有关系,他不彻底讲说一遍便不得心安。

一个人的"主要情绪"无论如何是会在他的文字里流露出来的。八册《誓还小品》,字里行间,到处洋溢着乐观愉快的精神。作者有时也喜欢征引类书,摭拾典故,但是遮掩不住那一股活泼健康的气概。一般的文人积习是叹老嗟贫,伤时感逝,至于无病呻吟者更是等而下之。这八本小品无所不谈,都是积极向上有益世道人心之作,没有伤感气息,没有官样文章,痛快淋漓,令人叫绝!